オリオンは静かに詠《うた》う

Orion Sings
Silently

村崎なぎこ

Nagiko Murasaki

小学館

目次

そして此の素晴らしい星の配列を
単なる偶然に帰してしまへなくなる。

――野尻抱影（『星座風景』所収「オリオンを斯くも見る」より）

オリオンは静かに詠う

プロローグ

〜序歌〜

きらきらと
満天の星が騒がしく輝いて
ごうごうと
天の川も轟音《ごうおん》をたてて流れていく
夜空はにぎやかだ

この詩は本当に自分が書いたのかと、咲季《さき》はノートを眺めながら苦笑いした。

幼く、拙《つたな》い。

即興でこれを作ったのは、高校一年生の時だ。十九歳になった今はよく分かる。あの時は、自分の世界だけがすべての子どもだったのだと。

しかし、今日。よりによって今日見つけるとは、不思議なものだ。

運命的なものを感じながら、手のひらサイズのノートをめくった。

一枚札　　むすめふさほせ

プロローグ　～序歌～

二枚札　　うつしもゆ
三枚札　　いちひき
四枚札　　はやよか
五枚札　　み
十六枚札　あ

暗号のような言葉の羅列は、ママンから最初に与えられた課題だ。拒否せず挑んだからこそ、今がある。

そもそもママンに出会ったのは、さっきの拙い詩がきっかけだったっけ――。

ふと、我に返る。

思い出に浸っている時間はない。咲季は慌ててノートを元に戻した。探していたのは、これではない。

愛用していたバレッタを、確かこのあたりにしまった記憶がある。木花《このはな》咲季という自分の名前にふさわしい、木の枝に花が咲く可憐《かれん》な意匠だ。

カーテンから朝陽《あさひ》が漏れていることに気づいた。五時半に起床してちらと覗《のぞ》いた時、瑠璃色の空に見えたのは月と明けの明星《みょうじょう》だった。探しものをしている間に、太陽が昇り始めたのだろう。

カーテンを全開にすると部屋が明るくなった。

陽の光で気づいた。バレッタだ。棚の奥に落ちている。大切なものだったはずなのに、今朝まで存在すら忘れていた。

高校卒業後伸ばしていた髪をまとめ、バレッタで留める。この意匠は、今日の袴《はかま》に似合うに違いない。

くすっと笑みが漏れる。

棚の奥にあったのは、探しものだけではない。あのころの記憶も次から次へと溢《あふ》れてくる。

そして三年前の決着をつけるのだ。今日――。

日永カナは、万年床の上で悩んでいた。

今日の服装をどうするか。きっと咲季は袴姿で来るに違いない。ならば自分も……。いや、合わせる必要はない。自分は自分の道を行くのだから、ジャージにしよう。

ひとり暮らしだから、朝食は自分の分だけあればいい。冷蔵庫からコンビニで買ったプリンを取り出した。皿にあけ、レンジで一分温めて溶かす。そこにカットした食パンを浸した。このまま五分ほど置く。この時間が微妙に暇だ。

テレビをつけ、適当にザッピングをする。ふと、指を止めた。

画面には、これから行く「戦場」が映っている。

宇都宮《うつのみや》市立駅東体育館。JR宇都宮駅東口から歩いて二十分ほどの場所にある、市営の体育館だ。駅から走るLRT《次世代型路面電車》の電停がすぐ近くにあるはずだが、開業は二〇二三年八月……来年の話だ。

チャンネルを確認すると地元テレビ局の情報番組だ。「隣のお姉さん」的な親近感のあるリポーターが、元気な声を上げている。

「おはようございます！　本日、こちらの会場で『宇都宮百人一首かるた市民大会』が行われます。コロナ禍で中断していましたが、三年ぶりにやっと開催できることになったんですね！　ところで、なぜ宇都宮で百人一首なのか。スタジオの田中《たなか》さん、分かりますか？」

なんでだっけとつぶやくと、セットしておいたスマホのタイマーが鳴った。答えを聞かずにテレビを消し、朝食の準備に戻る。

フライパンにバターをたっぷりと落とし、プリンが染みた食パンを焦げ目がつくまで焼く。すぐ隣で、薄切りリンゴもじゅわじゅわと音を立てていた。これはママンに教えてもらった、超お手軽アップルフレンチトーストだ。糖質的には最強クラスだろうが、「戦場」に臨む今日、エネルギー源としてはこれでも足りないくらいだ。

三年ぶり。

リポーターの言葉が脳裏をよぎる。人が変わるには、十分すぎる時間だ。

リンゴの酸味が効いたフレンチトーストを口に含みながら、カナは今日再会するであろう顔ぶれを想像し、笑みを漏らした。

咲季も白田《しろた》先生も、今のカナにびっくりするに違いない。そして、松田《まつだ》も。どんな驚きの言葉を漏らすか。

ママンは「まだまだ、アタシには追いつかないわね」と言うだろうが――。

市民大会の朝、ママンは誰よりも忙しい。

なにせ、栃木県内で数人しかいない「A級公認読手《どくしゅ》」なのである。自身の着付けもあるし、模範試合のために東京からお招きした「かるたクイーン」と「専任読手」の応対……は、今年はないのだった。コロナ禍明け初の大会だから、規模はかなり縮小している。それでも、スマホに届くメッセージは大会に関するもの以外、相手にしている余裕はない。

　通知音が鳴り、ちらりとスマホを見た。最新メッセージが待機画面に表示されている。

「ママン、おはよ。あたしの朝ごはん見て！　ママンのレシピを完全再現！」

　カナからだ。

　今日の大会の「た」の字もないのが、逆に彼女の緊張を物語っていた。

「まったく、素直じゃないね」

　あははと笑い、洗面所に行って丁寧にうがいをする。

　今回の大会はイベントだけでなく試合回数も簡素化されていて、午前中に団体戦が四試合、午後は個人戦の三試合が予定されている。本来ならば、それぞれの決勝のみ読めばいい。

　しかし今日は、もうひと試合ある。個人戦決勝の後に待つ「リベンジ決勝戦」だ。

「連続は疲れるでしょう。代わりますよ」とほかの読手から提案されたが、断った。そもそも自分から「この試合はぜひ読ませてください」と役員にお願いしたのだ。

　鏡を見つめ、大きく息を吸う。

「天《あま》つ風《かぜ》〜雲のかよひ路《じ》〜吹きとぢ〜よ〜　をとめの〜姿〜しばしとど〜めむ〜」

　大会の朝、体調を確認するのは必ずこの歌だ。

　標準は、下《しも》の句五秒程度、余韻三秒、間合い一秒、上《かみ》の句六秒程度。競技かるたで歌を読むにあたり、読唱の基本パターンは「五・三・一・六方式」である。従来「四・三・一・五方式」と呼ばれていた表現が、一年の周知期間を経て二〇二一年四月から「五・三・一・六方式」と変更された。「伸ばし」が変わった箇所もあり、まだちょっと体がなじまない。四十七歳になり、物覚えが悪くなったらしく、無意識に元の方式で読んでしまう。

試合の最中は歌の情景が脳裏をよぎることなどない。しかし、調子を確かめるこの時は、鏡の中に見える気がする――競技かるたに青春を懸ける生徒たちの姿が。

「あれっ」

ママンは鏡に顔を近づけ、まじまじと見た。

「いやー、また丸くなったかな、こりゃ。ほうれい線も肉が押し上げそう」

今日は新聞やテレビの取材も入ると聞いている。厚めにカバーしておくかと、いつもより念入りにファンデーションを叩《たた》き込んだ。


白田映美《えみ》は、右の上腕二頭筋をもみほぐすことから朝の活動を始めた。

これは、競技かるたの試合がある日のルーティンだ。教師である映美の右腕には、試合に参加する生徒たちの運命が託されている。そして、今日はさらにもうひとりの運命も。

「もう少し、ほぐしておくか」

少し長めのマッサージが終了したら、朝食をとらねばならない。ご飯は一食で二合。体力と気力勝負の今日は、これでも足りないくらいだ。

「人間ドック前じゃなくてよかった……」

まだ三十一歳なのにコレステロール値などの数値がよろしくないからか、団体健康診断ではなく人間ドックを受けた方がいいと職場から言われている。

「！」

思い出した。試合の前に、インタビューを何件か申し込まれている。地元テレビに、地元紙、地元ラジオに公共放送の宇都宮支局。

「この量食べたら、スーツの前ボタン留まらないかも……」

慌てておにぎりを作ることにした。朝ごはんはパス。取材が終わったら、こっそり食べるのだ。

冷蔵庫に、小さな鏡を張り付けてある。三十過ぎたら顔なんか気にしないわよと生徒たちには豪語しているが、ご飯を握りながら笑みを浮かべてカメラうつりの練習をする。しかし、アパートのキッチンは寒い。温度計が九度を示していることに気づき、笑顔はすぐに凍りついた。


――まるで、星空みたいだった。

朝八時の開場と同時に駅東体育館に入った松田南《みなみ》は、まだ誰もいないアリーナを観客席から見下ろした。場内の冷たい空気が頭を冴《さ》えさせるようで、コロナ禍前の思い出が蘇《よみがえ》ってくる。

そうか、もう三年になるんだな。

あの日、八百枚の畳が敷かれたこのアリーナで、七百一人の参加者による「同時にかるた遊びをした最多人数でギネスに挑戦」が行われたのだ。

その様子を、今のように観客席の最上段から眺めていた。アリーナは、星空だった。広大な畳が空、着物の袖を翻す参加者や整然と配列された札は無数の星のように、彼の目に映った。

あの時の読手はママンで、そのすぐ隣に立っていたのは映美。ふたりの正面で対峙《たいじ》していたのは、咲季とカナだった。

見つめていると、星空の中でこの「四つ星」が浮かび上がってきたのだ。星座のように。その時まさに、咲季とカナの間には三枚の取り札が残っていた。その光景がオリオン座に見えたと四人に伝えたら「誰がどの星か言いなさい」とからかわれた。

どう答えても誰からか抗議を受けそうで、結局黙りこくってしまったっけ。

「やっと見られるんだな。あの続きが」

この星空で、オリオン座は再び詠《うた》うのだ。

競技かるたは「序歌」から始まる。百人一首には収められていないが、読手は最初にこの歌を読む。

難波津《なにわず》に　咲くやこの花　冬ごもり　今を春べと　咲くやこの花

そして、下の句をもう一度繰り返す。

今を春べと　咲くやこの花――。

第一章

きらきらと

溢《あふれ》んばかりに存在しているのに、わたしには捉えられないものがある。

音だ。

レジにあるメニューの中から、飲みたいドリンクの画像とショートサイズの文字に指を動かす。最後に床を指さした。

店員さんは「分かりました」と言いたげに細かく頷《うなず》く。

「できましたらお呼びしますので、このレシートを持ってあちらでお待ちください」

レシートを渡しながら伝える口の動きはそう言っているんだろう、マニュアル通りなら。でも呼ばれても、わたしには分からない。

どうもわたしは「口話」が苦手だ。

スマホの文字起こしアプリを起動し、オーダーを次々にこなすバリスタさんの前で待つことにする。

五月下旬の放課後、宇都宮《うつのみや》駅ビルのカフェは女子高生でいっぱいだ。今、この空間はおしゃべりの声が飛び交っているに違いない。コーヒーの香りで満ちているように。

〈今どきの子はいいよねぇ。お母さんが高校生の頃は、ＪＲ宇都宮駅にはスタバもタリーズも無

かったんだよ〉

今朝家を出る時、〈駅でお茶してから帰るね〉と伝えると、母は羨ましそうにため息をつき、口と手の動き、そして表情を連動させてそう語った。

家《うち》で使われる言語、それは手話だ。

——わたしは、わたしたちの世界に住んでいる。

小さい頃から、ずっとそう思っていた。わたしたちとは、家族のこと。父、母、そして娘《わたし》。全員が聴覚障害者だ。

わたしは生後三日で新生児聴覚検査を受け、結果はリファー……要再検査となった。精密検査をした大病院の先生は「聴こえていません。諦めてください」と母に深刻な顔で伝えたそうだけど、母は「仲間が増えた！　手話でおしゃべりができる」と喜んだらしい。

物心ついた頃には「県立若草《わかくさ》ろう学校」幼稚部に通っていた。栃木県内に二か所あるろう学校のひとつで、同じ敷地に幼稚部、小学部、中学部、高等部がある。

わたしは今年——二〇一九年四月から高等部普通科の一年生になった。十六年目の人生で、十年以上を同じ場所で過ごしてきたことになる。

同級生もずっと同じ顔ぶれかというと、そうではない。人工内耳手術の効果があって転校していく子もいるし、逆に、中途失聴などで転入してくる子もいる。

さらに、ろう学校といっても生徒たちの聴力の程度はさまざまで、わたしのように両耳がほとんど聴こえない「重度難聴」は、むしろ少ない。

クラスメートの寺島《てらしま》うららちゃんは、家族で彼女だけが聴こえない。彼女のお母さんは手話ができるけれど、お父さんはあえて学ばなかった。外の世界は、手話が必ずしも通じるわけではない。それを娘に分かってほしくて、お父さんがふたつの世界の窓口の役割を荷《にな》うのだとか。

家族のかかわり方も、さまざまなのだ。

わたしたちの新しい担任は、白田映美《しろたえみ》先生だ。うららちゃん情報によると、今年で二十八歳になるらしい。銀ぶちメガネをかけ、長い髪はアップにしてきっちりまとめている。滅多に笑わないクールな雰囲気で、生徒たちがつけたあだ名は「雪の女王」だ。

でも、わたしには関係ない。生徒たちも先生たちも。

白田先生は「聴者の世界」の住人だし、うららちゃんだって補聴器を使えば音を拾うことができる。「まったく聴こえない世界」にいるわたしとは違うのだから。

わたしは、風景画が好きだ。音がなくても楽しい世界へ誘ってくれるから。雲がたなびく青空も、数多《あまた》の星がちりばめられた夜空も。天にわたしだけの世界がどこまでも広がっていく、そんな夢を持たせてくれる。

豆乳ラテができあがるちょっとの時間に、自分の世界に入り込んでいた。

ふと見ると、文字起こしアプリには『五番のお客様、お待たせしました』と何回も表示されている。

あたりを見回していたバリスタさんに「五番」と書かれたレシートを見せると、安心したようにマグカップを差し出してきた。

豆乳ラテ、ショートサイズ、イートインで。

良かった、注文どおり。

会釈して受け取り、キープしていた席に戻った。ふたり用の座席だけど、一緒に来たうららちゃんはいない。駅ビルで買い物があるから、ここでちょっと待っててという話だったのに。「ちょっと」は彼女にとって何分なんだろう。他人の都合で振り回されるのは好きじゃない。

周りの女子高生たちは、みんな誰かとおしゃべりしている。なんとなくいたたまれなくて、豆乳ラテを少し口に含んだ。

豆の甘さがエスプレッソの苦みと渾然一体《こんぜんいったい》となって、熱くわたしを満たしていく……んだけど、飲んだ気がしない。聴者がひしめく中で、飲食をするのは抵抗があるからだ。

「聴覚障害者と食事するのは苦手。咀嚼音《そしゃくおん》が分からないから、自分で不愉快な音を出してるのに気づかないいんだよね」という書き込みをネットで見かけたことがある。

なに、咀嚼音って。どんな風に響くの。なぜ不快と感じるの。

もぐもぐ。ぱくぱく。むしゃむしゃ。

文字は認識できても、それがどんな音なのか、わたしには分からない。なのにイヤだと言われたって、どうにもできない。

だから、ほんの少しずつ口に含むことにしている。そもそも熱いから一気飲みもできないけど。冷めるのを待ってボーっとしていると、変な雰囲気を感じた。顔を上げると、すぐそばに立つ中年男性がわたしに怒鳴っているようだ。

慌ててスマホを見る。文字起こしアプリは起動したままだった。

『荷物をこんなところに置きやがって――』

わたしが床に置いたバッグが、引っ掛かったのだろうか。

慌てて立ち上がり頭を下げた。「すみませんでした」と精一杯発語する。

中年男性は一瞬顔を歪め、足早に去っていった。

『なに、今の声。変なの』

『ビビったぁ』

アプリは、冷酷に言葉を映し出す。

隣のふたり掛けシートに、私立青風《せいふう》学院の制服を身に着けた女子高生ふたり組がいた。こっちをちらちら見ているから、彼女たちの会話だろう。

口話は、相手の口の形を読み取るだけでなく、聴覚障害者も表現したい言葉を発声する。主に手話を学んできたわたしは、口話が得意ではない。きっと、さっきわたしが発した言葉も奇異に感じたのだろう。すごく頑張ったんだけど。

わたしと目が合い、ふたりは笑みを浮かべた口を押さえて視線をそらした。

ああ、イヤだ。あの目。

嘲り、蔑んでいるんだ。物心ついてから今まで、数えきれないくらい浴びてきた。だから「こっちの世界」には来たくないのに。

『それでさぁ、私、百人一首かるた市民大会に出ようと思って。袴《はかま》ってカッコよくね？』

『ちょっと待った。えりな、バッグの口が開いてるよ。ヤバくない』

『マジ。超ヤバ』

会話はまだ続いている。

わたしはアプリを閉じ、豆乳ラテを飲み干すとカフェを急いで出た。入り口で、誰かとぶつかりそうになる。

〈咲季《さき》ちゃん、どうしたの〉

手話！　うららちゃんだ。

〈遅いよ。帰る〉

もう出ていきたい。聴者の世界を。

わたしの様子から察したのだろう。うららちゃんは、申し訳なさそうに「ごめん」の手話をした。

〈混んでてさ。でも、帰りに寄りたいところが……〉

うららちゃんは両手を下に向け、細かく開いて閉じて、「ピカピカ」を表しながら手を前に進めた。宇都宮の聴覚障害者なら、すぐに分かる。これは「オリオン通り」を意味する手話だ。

オリオン通りは、わたしが生まれるずっと前から宇都宮の中心市街地にある商店街だ。最近は映画やドラマ、バラエティのロケ地などでも有名で、収録予告の看板がＳＮＳに上がっているのをよく見かける。アーケードもあるので、雨が降っても問題ない。

四十九歳の母はよく思い出話をし、懐かしそうに笑う。

〈私が咲季ぐらいの頃のオリオン通りっていったらねぇ、そりゃすごかったの。マック、ケンタ、ロッテリア……当時の高校生が憧れたお店が、みんな揃《そろ》ってたんだよ！　映画館もあったし、百貨店だって〉

だったら、宇都宮の郊外にあるショッピングモールと大して変わらないと思うけれど、母の世代にとってオリオン通りは特別らしい。

うららちゃんは、ショートヘアの髪をかき上げながら、ふっくらした頰を染めて邪気のない笑みを浮かべている。耳にかかる補聴器が新しくなっていることに気づいた。そうか、前よりもっと音を捉えられるようになったんだ。

まぁ、これも「つきあい」というものかもしれない。

JR宇都宮駅からオリオン通りに行くには歩くかバスに乗るかだけど、車内で手話を使うと乗客の視線が気になる。

母に言うと〈そうかなぁ。昔に比べたら世間の見方は変わったよ。ホント、前向きになったと思う〉と遠い目をする。でも、わたしはやっぱり抵抗があるのだ。

結局、歩いていくことにした。

〈バスの方が良かったかなぁ。汗かいちゃう〉

歩き始めてすぐ、うららちゃんは後悔したように顔を手で扇《あお》いだ。

駅の西口を出ると、すぐに大きな「宮の橋」が現れる。橋が架かる田川からしっとりとした爽やかな風が吹きぬけてきて心地良い。でも渡り終えれば、片側三車線の大通りを走る車の排気ガスと熱で、暑いくらいだ。

まっすぐ伸びる大通りを歩いていくと、二十分くらいで木製の大きな鳥居が右手に現れる。近代的な商業ビルと高層マンションに挟まれた、宇都宮よりも古い歴史のある二荒山《ふたあらやま》神社だ。県外の人が宇都宮に来て驚くことのひとつが「街の中心に大きな神社がある」ことらしい。

神社の前は交差点になっていて、反対側に渡ってちょっと歩けばオリオン通りの入り口だ。歩行者専用の信号は赤になったばかりだから、青になるまでしばらく待つ。わたしは振り返って鳥居を眺め、左手で横に「二」を作り、そこに右手で縦の「二」をクロスさせた。「井」の形に似ている。

〈二荒山神社のこと？〉

うららちゃんは「ふたあらやまじんじゃ」と口を動かしながら、手話で「二」「荒」「山」「神社」と表現した。

〈咲季ちゃん、ずいぶん古い手話使うね〉

頷きながらわたしは「二荒山神社」を表す手話を、石段を上った先にある神門に重ねた。この指の形に囲まれると、青空を背景に神門をトリミングしたみたい。ここに来るたび、祖母との思い出が蘇《よみがえ》ってくる。

生まれつき耳が聴こえない祖母が育ったのは「手話は『手まね』である」と禁じられた時代で、口話教育が主流だったそうだ。しかし祖母は、若草ろう学校どころか普通の学校にもほとんど行かせてもらえず、家事や農業など家の手伝いで青春時代を終えてしまった。幸運だったのは近くに住んでいた手話ができる人と隠れて交流できたことだ。わずかながら手話を身につけ、同じく聴こえない祖父と結婚して母を産み、一生懸命育てあげた。

母が若草ろう学校に入る頃には、手話は聴覚障害者に必要なものとして見直されてきていて、母は口話と手話、両方を身につけた。

父と母が結婚し、わたしが生まれた頃。夫を亡くしてひとり暮らしだった祖母が一緒に住むようになった。わたしの記憶にある祖母はとても優しくて、陽だまりのような温かい笑みを浮かべていた。

口話が苦手なわたしと、手話がほとんどできない祖母——それでも、一緒にいると安らげた。

祖母は、小麦粉と炭酸で生地を作り、手作りの餡子《あんこ》を包んでふっくらと蒸しあげた「まんじゅう」を作るのが大得意だった。今でも覚えている。蒸し器の蓋《ふた》を開けた時の、魔法のような湯気。立ち上る小麦の香ばしい香り。湯気が消えると、タンポポのようなやさしい黄色い生地が見える。熱い、でも早く食べたい。わたしは、冷めるのをひたすら待つのだ。

指の先でチョイチョイ触り、この熱さなら大丈夫と判断したら、両手で持ってガブリ。

ふかふかというよりは、ちょっと硬さが残る生地だったけど、粒々が残るようにほっこり炊き上げた餡子と一緒に嚙《か》みしめると、幸せな気持ちが口に広がった。

手作りのまんじゅうは人気で、近所の人に頼まれて作ることもあった。わずかな額だったと思うけどお礼にお金をもらうこともあり、お手製の巾着袋にお金を貯《た》め、わたしに「井」の手話を見せた。

〈二荒山神社に行こう〉

バスに乗って三十分ほどの、小旅行だ。

そのころは祖母の足も悪くなっていたので石段を上がることはできなかったけれど、手を「井」の形にし、ふたりで神門を見上げた。指の隙間から見えた光景——青い空に囲まれた石段は、わたしと祖母だけの思い出なのだ。

わたしが小三の時、祖母は亡くなった。病室で最期の力で見せてくれたのは、「二荒山神社」の手話だった。

しわしわの指の隙間に、わたしは青い空と神門を見た。

だからわたしは、祖母に会いたくなると来るのだ。二荒山神社に。

信号が変わった。歩行者たちが一斉に渡り始める。

〈お参りしていかない？〉

交差点に歩き出そうとしたうららちゃんの袖を引くと、九十五段の石段を振り返り、顔をしかめた。

〈体力温存しておきたいな。明日バイトなの〉

〈バイト？〉

驚いた。校則でアルバイトは禁止なのに。

うららちゃんは、悪びれない様子で続けた。

〈結婚式場でドリンクを配膳するの。日給で、一日だけでもいいんだ。咲季ちゃんもやる？〉

わたしは首を横に振った。校則遵守《じゅんしゅ》の気持ちがあったわけではない。聴者の世界で、イヤな思いをするのが目に見えていたからだ。

うららちゃんは怖くないんだ……あちらの世界が。補聴器を使えば音を捉えることができるからだろう。わたしとは違うんだ。

〈咲季ちゃん、急いで！〉

歩行者専用信号の青の時間は短い。慌てて走り出す。先を進むうららちゃんの背中は遠く感じた。

〈咲季、今日は帰りにどこに寄ってきたの〉

夕ご飯の煮込みハンバーグの皿を置き、母が訊《き》いてきた。

〈駅ビルとオリオン通り。ねぇ、なんでオリオン通りってこの手話なの〉

わたしは「ピカピカ」と手話で表現した。

工場で働く父は二交代勤務で今日は夜勤だから、今はいない。わたしと母のふたりきりで、たくさん女子トークをするのだ。人目をまったく気にせず手話を使えるのは、心の底からホッとする。

母は首を傾《かし》げ、ちょっと考えた。

〈昔のオリオン通りには、そういうピカピカするものが飾られてたから……って教えてもらったような〉

〈そもそも、なんでオリオン通りって名前なの〉

〈なんだろうね。星座由来なのかな。あれ？　オリオン座ってどういう形だっけ。どの星だか教えてよ〉

〈今は見えないよ！　冬の星座だもの〉

ふたりで笑った。

「仲間」の母と、なんてことない話題を「手話」で話し、笑いあっているだけで、ちょっとした辛《つら》いことなんて忘れられる……でも、やっぱり愚痴りたい。わたしは〈ねぇ、聴いてよ！〉とカフェでのできごとを訴えた。

〈いちいち相手にしない！〉

予想通り、母はあっけらかんと笑う。

〈ううん、手話で言ってやればよかったのよ。あなたは聞いたことのない音をどうやって発音するんです？　って〉

「ろう者」「難聴者」「聴覚障害者」「耳が聴こえない人」――。医学的には「聴覚障害」や「難聴」と言われる。でも当事者たちの間では、コミュニケーションの手段に主として手話を選んだ人を「ろう者」、音声言語を選んだ人を「難聴者」と呼ぶこともある。

自分がどう呼ばれたいか、自分がどうやってコミュニケーションを行うかは、人それぞれだ。両親は「自分は、ろう者です」と胸を張っている。だけどわたし自身は「耳が聴こえない人」と言っていた。

聴こえないことをなんて表現すればいいのかも、わたしの小さな悩みごとだ。

その夜、わたしはベッドで夜空を見上げた。小学四年でこの家に引っ越してきた時からの習慣だ。綺麗《きれい》に星が見えるような郊外ではないけれど、瞬いているのは分かる。

きらきら、きらきらと歌いながら。

オリオン座のことを思い出し、横になったままスマホで調べてみた。オリオンは確か、ギリシャ神話の狩人《かりゅうど》だっけ。弓矢を背負って夜空を馬で駆けめぐり、星を矢で射る姿が思い浮かぶ。ロマンティックだ。

『オリオンは猟師である。怪力を誇り、棍棒《こんぼう》で獲物を殴り倒して仕留める』

なんて暴力的な。幻想はあっさり壊れた。朝に備えてスマホのアラームをセットし、振動で目が覚めるように枕の下に入れて、目を閉じた。

しかし、わたしを起こしたのはアラームでなく、明け方に見た夢だった。

わたしは棍棒を片手に夜空を走り回っていた。狙う獲物は、ライオンと狼《おおかみ》を合わせたような恐ろしい野獣だ。獣たちは、不快な目で睨《にら》みつけてくる。嘲り、蔑み……。カフェで遭遇した、あの視線だ。

野獣を追いかけ棍棒を振り下ろす。当たるたびに、獲物たちは星屑《ほしくず》となって宇宙に飛び散っていった。

なんて乱暴な夢なんだろう、自分が恐ろしい。

目が覚めると、悪夢の残像を消したくて思い切りカーテンを開けた。穏やかに差し込む光には、清められるような救いを感じる。

でも、夢の後味はどこか心地良くもあった。あんな視線、やっつけてやる。そんな負けん気が、もしかしてわたしの心の奥底にあるのだろうか。

週明けの月曜日、五時限目は白田先生の授業だ。つまりは理科で、正直眠いし退屈すぎる。早く帰って、ひとりでのんびり画集を眺めたい。

ときどき、SNSで「ろう学校ってどういう授業やってるの」という投稿を目にすることがある。

一度、どこの誰とも知らない人に答えてあげた。

『普通科にいるならば、国語、数学、英語……あなたたちと同じです。ただ、生徒たちの机には、文字起こしアプリがインストールされたタブレットが置かれていることもあります。先生が手話のほかに発語で授業をする場合、テキストが表示されるのです』と丁寧に。『へー』としか返ってこなかったけど。

先生の手話レベルも幅がある。白田先生は手話通訳士の資格を持っていて、生徒や保護者から「上手！」と評判だけれど、母は「表情の表現がイマイチね」とダメ出しをしていた。

まあ、わたしが眺めるのは先生の手話やタブレットではなく、窓の外なんだけど。画集の代わりだ。

そろそろかなと正面に目を向けた。壁掛け時計の隣に、赤、緑、黄色が縦に並ぶ標示がある。それぞれ「非常」「始業」「終業」と書いてあり、黄色のランプが点灯した。終業だ。ホッとする合図でもあるので、緑色の方が似合う気がする。

〈今日はここまで〉

タブレットに浮かぶ文字の通り、白田先生が「終わり」の手話をする。

さぁ、放課後だ。

すぐに出ていこうとしたら、白田先生がわたしのところに来た。

〈木花《このはな》さん、職員室に来なさい〉

雪の女王の異名をとる白田先生の顔は、いつにも増して冷たいものだった。

〈授業中の態度、よろしくないですね〉

わたしを目の前に座らせて、こんこんとお説教だ。

先生にも黒板にもタブレットにも興味を示さず、ただ外を眺めていることを責めているのだろう。でも、白田先生だけにではなく、先生全員に対してだから平等ではなかろうか。

こういう時は簡単。反抗せず、言い訳もしない。あっさり切り抜けることが大切だ。

〈はい、これから気をつけます。すみません〉

手話でそう返すと、まだまだ言い足りない顔をしている。

表面的とはいえわたしが反省している以上、それより先は言えないのだろう。あっさり解放された。

頭の奥で、アルミホイルがクシャッとなったようなイヤな感じがする。気晴らししたい。

学校の周囲は昔ながらの住宅街が広がっている。寄り道して裏路地を歩いてみることにした。

新しい家、昔からある家。幼稚部からここに通うわたしには、どこも見知った建物なのだけど

——一軒、なにか違和感を覚えた。

ブロック塀に囲まれた瓦屋根の平屋は、古民家というよりただの古い家だ。しかも小さい。

以前、この道を歩いていた時、母はこの家を見かけて喜んでいた。

〈お母さんが小さいころ住んでいた家にそっくり。昭和中期テイストでいいな〉

青い瓦屋根に古い木製の扉、玄関を囲む茶色のタイルくらいしか特徴の無いこの建物は、ずっと空き家だった気がする。しかし今は、空色の和紙の看板（看紙？）がドアノブに糸で吊《つ》るされていた。

「カフェ　アライン　～おひとりさま専用～」

おひとりさま専用……ということは、おしゃべりしているお客さんはいないんだ。背中を押されたような気分になった。駅カフェの仕切り直しができるかも。勇気を出してドアを開けた。

木の廊下が続く。中も想像通りの「昭和の民家」だ。ただ、漂ってくる豊かなコーヒーの香り

がカフェとして蘇ったのだと誇らしげに語っているようで、わたしもウキウキしてくる。

　奥から、赤いエプロン姿の中年女性が現れた。

　燦々《さんさん》と。

　ヨーロッパの中世絵画で見るような、顔のある太陽にそっくりだ。いわゆるオバさんパーマにまんまるの顔が。

　その輝きは凍《い》てついた大地を溶かし、豊穣《ほうじょう》の地へと変貌させる。そんな幻想まで抱かせる豊かな体を揺らしながら、太陽さんはわたしを見た瞬間にっこり笑い、お腹《なか》の前で両手を上に向け、揃えて横に動かした。

〈いらっしゃいませ〉

　手話だ！

　戸惑ったけど、すぐ理解した。わたしの服装だ。ベージュのジャケットに、白のブラウス、赤いリボン。そしてブルーのギンガムチェックのスカートは若草ろう学校高等部の制服だから、このあたりに住む人なら一目瞭然だった。

〈あなたから見て右の座敷が客室なの。今はほかにお客様はいないから、好きな席へどうぞ〉

　驚いた。とても自然で流暢《りゅうちょう》な手話だ。一単語ずつ考えながら変換するのではなく、身に染み込んでいるような動きだった。手話通訳士のようにキッチリしてはいなくて、若草ろう学校の友達同士で使う手話に近い。もしかして卒業生だろうか。

〈さ、どうぞ〉

　勧められるままに上がり、右側の襖《ふすま》を開けてみた。

その瞬間、懐かしく優しい風がわたしを包んだ。自分が住んでいた家ではないのに。

十二畳くらいの座敷の向こうには縁側がある。ガラス戸からは、手入れされた庭木の緑が輝いているのが見えた。

座敷には、小さな卓袱台《ちゃぶだい》と座布団が八つずつ程よい距離感で置かれ、背の低い衝立《ついたて》で区切られている。壁際には大きな古い本棚があり、ぎっしり本が並べられていた。読みたい本をお伴に「巣ごもり」気分が味わえそうだ。

目の前に縁側、右横に本棚というお得な席に座ると、振動が伝わってきた。太陽さんが、お冷とメニュー表を持ってきてくれたのだ。

〈メニューっていっても、三つしかないのよね。コーヒー、紅茶、そして日替わりのパフェ。飲み物はアイスとホットね。ありゃ、三つじゃなくて五つだわね。あはは〉

達筆な毛筆で書かれたメニューには、すべて五百円とある。

そして、末尾に記載してある営業時間は「平日のみ　午後一時から午後五時まで」。これで商売として成り立つのだろうか。余計なお世話かもしれないけど。

わたしは左手でティーカップをつまみ、右手でティーバッグを上下させる動きをした。口の動きと手、両方を見て太陽さんはニッコリ笑う。

〈かしこまりました、ホットの紅茶ですね。少々お待ちください〉

手話でオーダーできるなんて！

紅茶が来るまで、本棚を眺めて待つことにした。もしかしたら、画集があるかもしれない。

あらためて見て気づいた。本のタイトルが偏っている。共通する言葉は……。

背中を優しく叩《たた》かれた。振り返ると、目を細める太陽さんがいる。

〈もしかして、興味ある?〉

続いた手の動きは……。

「百」「人」「一」、そして自分の首をポンと触る。

百人一首。

そう、ずらりと並ぶ本に共通のタイトル。それは「百人一首」だった。

和歌を百首集めたものであることくらいは知っている。でも、正直に答えた。

〈いいえ〉

だってわたしが好きなのは、画集だから。

太陽さんは笑顔を崩さず紅茶を置くと、〈ゆっくりしてね〉と出ていってしまった。

興味を引く本がないかとじっくり眺めていると、一冊だけ百人一首とは違う本があった。アルバムみたいに大きいサイズで『星座散歩』と背表紙に書いてある。かなり古そうだ。手に取ろうとしたら、その隣の『イラストレーター百人が描く百人一首の世界』という大型本に気づいた。

こっちにしよう!　わたしが好きなイラストレーターさんの作品があるかもしれない。

正座をし、真っ白なティーカップに入った紅茶を少し口に含む。

おいしい。

えぐみを感じない、紅茶のまろやかな香りと心地良い渋みが広がる。心のどこか凍りついたところも溶かしていきそうな、やさしくて温かい……まるで、このお店の太陽さんみたいだ。

最高の読書タイムになりそう!

いそいそとページを開く。青い空に流れる雲の絵が出てきた。書いてあった歌は。

「天《あま》つ風《かぜ》　雲のかよひ路《じ》　吹きとぢよ　をとめの姿　しばしとどめむ」

それだけなのに。そもそもこの歌を知らなかったのに。

わたしがいる古びた和室が、空色に染まった。本棚も縁側も消えていく。代わりに現れたのは乙女たちだ。平安時代の舞姫の装束をまとい、優雅に裾をゆらしている。初めての披露なのだろうか。恥ずかしそうに目を伏せる乙女もいれば、誇り高く顔を上げる乙女もいる。その時、一陣の風が吹いた。雲が流れて裾が舞い上がり、乙女たちは一瞬動きを止める。彼女たちの戸惑いを察したように、雲がヴェールのように乙女たちの姿を隠していった。

まだ見たい。乙女たちの可憐《かれん》な舞を、瑞々《みずみず》しい姿を。彼女たちに手を伸ばしたわたしをも、雲と風が包む。背中まである、わたしのウェーブした長い髪をゆらめかせて。

文字列が幻想に変わりわたしを包む。驚き、慌ててページをめくったら解説が載っていた。平安時代の歌で五節《ごせち》の舞姫を見て詠んだのだそうだ。けど、僧正遍昭《そうじょうへんじょう》というオジさんが作者らしい。なんだ、ちょっと冷めた。

隣の席に、木製のバインダーが置いてあることに気づいた。手に取ると、毛筆で何か書かれた半紙が十枚近く挟まっている。一枚一枚、日付ごとに違うようだ。

「四月三十日　本日の日替わりパフェ　春過ぎて　夏来にけらし　白妙《しろたえ》の　衣ほすてふ　天《あま》の香《か》具山《ぐやま》」

「五月一日　本日の日替わりパフェ　いま来《こ》むと　いひしばかりに　長月《ながつき》の　ありあけの月を待ち出《い》でつるかな」

これも、百人一首だろうか。さっきみたいに、言葉が情景となって目の前に広がっていく。夏の山、夜明けの月――。紙をめくるたびに新しい世界へと誘《いざな》われていく。

ボーっとしていたのだろう、背中を叩かれるまで太陽さんが来たことに気づかなかった。

〈お味はどうだったかな？　って、正面きってマズイって言えないよね、あはは〉

思わず噴き出した。

でも、わたしは正面きってマズイと言ってしまうタイプだから、本心を答えた。笑みを湛《たた》えて自分の右頬を撫《な》でる。この手と口の動きと表情は――。

〈おいしい？　よかったあー！〉

さっきのバインダーを示しながら〈これは何ですか？〉と訊いてみる。

〈それはね、日替わりパフェのメニュー。常連さんをつかむには、日替わりメニューで攻めていかないとね〉

〈ランチはないんですね？〉

〈アタシひとりでやってるから。負担や材料ロスを考えると、パフェで精いっぱいだもん〉

〈半紙に書いてあったパフェってどういうのですか。たとえば……春過ぎて　夏来にけらし　白妙の　衣ほすてふ　天の香具山〉

わたしが興味を示したことが嬉《うれ》しいのか、頬を染めながら説明してくれる。

〈夏いちごのムースにね、黄身が白い卵で作ったクレープを何枚も重ねてあるの〉

〈黄身が白い？〉

〈餌をトウモロコシじゃなくて玄米にすると、白くなるらしいのよね。農産物直売所で売ってる

の〉

なるほど。おいしそうだし健康的な気がする。

〈じゃあ……ひさかたの　光のどけき　春の日に　しづ心なく　花の散るらむ〉

〈ラムレーズンアイスの上に、桜形のクッキーがちりばめてあるの。オヤジギャグだわね〉

楽しい人だ。手話が自然に通じるのもいい。心が弾んで、メニューを思い出すままに全部尋ねてしまった。

立て続けに十種類くらい訊いたところで、太陽さんが真顔になった。

〈あなた、百人一首知ってたの？〉

なんでいきなり。もしかして小学部の時に「総合的な学習の時間」でやったかもしれないけど、記憶にない。

〈パフェの名前に使ったのは、全部百人一首の歌だよ。何も見ないで言ったよね〉

太陽さんは鼻の前で右手の親指以外の四指を折り曲げ、右へ引いた。栃木弁では「都会」の意味もある、立派、見事、偉い――などの手話だ。驚いた表情《かお》で、口の動きは「すごい」と読める。

〈すごい記憶力！〉

そんなこと言われるの、生まれて初めてだ。そもそも、他人に褒められたことなんかない。気恥ずかしくて帰りたくなってしまう。

〈ご馳走様でした。お会計お願いします。五百円でしたよね〉

〈はい、ありがとうございました。よければ、また来てね〉

太陽さんは、また笑顔に戻った。暖かい。心が溶けていく。

〈あの……わたしは木花咲季といいます。木／花／咲く／季節〉

自己紹介までしてしまった。一音ずつの文字を伝える指文字だけではなく、単語それぞれの手話をすると、太陽さんの顔はさらに眩《まぶ》しく輝く。

〈あら、すんごくいい名前ね。序歌《じょか》みたい。アタシは……みんなママンって呼ぶから、ママンでいいよ。独身で子どももいないのにね。あはは〉

ママン！　とても、しっくりくる。

また絶対来よう。こんな気持ちになるお店は初めてだ。

その夜、わたしはいつものようにベッドから星空を眺めた。今日は雲がないから、たくさんの煌《きら》めきが見える。まるで星の合唱団が歌うように、今日知った百人一首の歌が情景となって夜空に広がっていった。

「春過ぎて　夏来にけらし　白妙の　衣ほすてふ　天の香具山」は、クレープのような布が舞う緑の山が。

「ひさかたの　光のどけき　春の日に　しづ心なく　花の散るらむ」は、桜の花が日の光を浴びながらひたすら散り行く光景が。

文字からイメージが起こされ、夜空のキャンバスに広がっていく。

「つくばねの　峰よりおつる　みなの川　こひぞつもりて　淵《ふち》となりぬる」

この歌なんて特に素敵で、ときめいてしまう。恋心が積もった淵なんて、どんな色なんだろう。水の流れは、速さは、そして音は……？　星の合唱団は、どんなメロディーで歌うんだろう。夜空は、どんな響きに満ちているんだろう。

この次アラインに行ったら、あの画集を最初から最後まで見てみようか。

それにしても……不思議だ。

ママンはとても陽気で感じがよく、紅茶もおいしかった。お客さんはいっぱい来るだろうに、なぜおひとりさま専用で、営業時間もあんなに短いのだろう。考えるうちに眠りに落ちていった。


週末の授業はいつにも増して、身が入らなかった。

近所の私立青風学院一年生が若草ろう学校にやってくる「交流」があるからだ。

手話交流やレクリエーションを一時間程度するだけとはいえ、アラインに行って本を読んだ方が、わたしにはよほど有益だ。

それぞれの代表が挨拶したあと、各校二、三人ずつの班に分かれてグループ交流になった。

わたしの班は四人で、うららちゃんと青風学院の女子がふたりだ。ふっくらしたショートカットの子は「田崎玲奈《たさきれいな》」、針金みたいに細い体で、おかっぱの子は「日永《ひなが》カナ」と名札をつけている。

玲奈さんからは「頑張らなきゃ！」と初々しいやる気が溢《あふ》れてるけど、カナさんからは隠し切れない不機嫌さがにじみでている。

カナさんは青い。こういうイベントは、作り笑顔でも浮かべてさらっと済ませてしまえばいいのだ。わたしみたいに。

グループ交流で何をするかは、班で決める。手話ソングや伝言ゲームなど学校から提案された中から選ぶのだけど、うららちゃんはお気楽そうにわたしを見た。

〈即興五行詩にしようよ。その場で五行の詩を作るってやつ〉

作るのも大変だし、人に詩を見せるなんて恥ずかしい。

うららちゃんに異議を唱えようとしたら、カナさんが手と口を動かした。

〈いいんじゃない？　とっととやって、さっさと終わりにしよう〉

驚いた。流暢な手話だ。事前に勉強してきたんだろうか。

カナさんにうららちゃんの言葉を通訳された玲奈さんは、ぱあっと微笑《ほほえ》んだ。

『じゃあ、私からやろうかな！』

机の上のタブレットは文字起こしアプリが起動しているから、玲奈さんの発言は文字で表示される。しかし、カナさんは手話通訳を始め、ハッと気づいたように止《や》めた。

玲奈さんは、今日のスケジュールが書いてある紙を裏返し、鉛筆でさらさらと書いていった。

今日まで五月
来週は六月
衣替え
きっと教室は
防虫剤臭い

『これのどこが市なの』

アプリが毎度の誤変換をしているけれど、カナさんの表情から察するに、全然詩的じゃないことを指摘しているのだろう。

俄然《がぜん》、わたしのやる気に火がついた。百人一首の歌の数々に影響されたのかもしれない。普段なら玲奈さんに負けないくらい適当なことを書いただろうけど、本気を出してみようと思ってしまった。

小さいノートをバッグから取り出し、そこに思いつくまま書いていく。

きらきらと
満天の星が騒がしく輝いて
ごうごうと
天の川も轟音《ごうおん》をたてて流れていく
夜空はにぎやかだ

うららちゃんは、「すごい」と頬を染めたけれど、青風学院のふたりは怪訝《けげん》な顔だ。

いくら即興とはいえ、もうちょっと練った方が良かったかも。

カナさんは、わたしをじっと見つめて手話をした。

〈木花さんって、星がきらきらって音を出してると思ってる？〉

当たり前だ。世の中の本には、星がきらきら輝くという描写がたくさんある。

〈違う、星は音なんか出さない。きらきらは擬音語だから〉

音が、ない？

その瞬間、わたしの宇宙から煌めきが失われていった。砂が手からこぼれるように星々は消えていき、月は姿を消し、太陽が隠れる。残るのは、絶対零度の真っ暗闇だ。

空は音で満ちていると思っていたのに。きらきら。燦々。煌々《こうこう》。星や太陽や月が歌う音で。何も歌わない、何もないなんて、嘘《うそ》でしょう。

『それも間違いね』

タブレットに、文字が浮かびあがる。

白田先生が銀ぶちのメガネを光らせて、カナさんを一瞥《いちべつ》していた。

〈きらきらは擬態語、状態を表す言葉です。擬音語は、音や声を直接表す言葉ですから〉

誤りをズバリ指摘されたカナさんも、わたしと似た表情なのかもしれない。玲奈さんはカナさんを、うららちゃんはわたしを懸命にとりなした。

〈じゃあ、今度は私が書くね！〉

うららちゃんも何か書き始めたけど、凍り付くわたしの目には何も入ってこない。

気がつけば交流は終わり、下校時刻になった。

とぼとぼと帰り道を歩く。小さいころから想像していた聴者の空は、まったく違うものだったなんて。カナさんのあの一言は、風景をジグソーパズルに変えてしまった。あと少しで、散らばってしまいそうだ。

亀裂が入ったみたいに心が痛い。ママンの輝く笑顔が脳裏をよぎる。気がつけば、足がアラインに向かっていた。

ほどなく着いた店のドアは開いていて、わたしのお母さんくらいの年代の女性ふたりがママンに詰め寄っているのが見えた。

　心配になって、文字起こしアプリを起動してみる。

『だから、さっき電話して分かってたわよ。おひとりさま専用だって。でも、今はほかにお客さんいないいじゃない』

『申し訳ありませんね。何度も申しましたように、ここは完全におひとりさま専用なんです。おふたりで行けるカフェは、このあたりにいっぱいありますから。ぜひそちらへどうぞ』

　電話？　じゃあ、ママンは聴者なんだ。でも、あんなに流暢に手話を……。

『なにそれ。もう絶対来ないからね』

　不機嫌な顔で、ふたり組はわたしを押しのけるように帰っていった。

〈あら！　咲季ちゃん。いらっしゃい。また来てくれてありがとう〉

　面倒臭いお客さんを太陽風で吹き飛ばすような、ママンの眩しい笑顔だ。

　手話をするふっくらした手からも暖かい風が吹いてきて、何かが溶け始めそうになる。

　前回と同じ席に座り、ホットコーヒーをオーダーした。外は日一日と夏に向かっていることを実感する暑さだけど、心は凍えている。

　オーダーを受けたママンが部屋を出ていってひとりになると、本棚に向かう。今日はじっくり選ぼうと視線を上げたら、棚の上に何かあることに気づいた。

　ひとつは木箱だ。分厚い本くらいの大きさだろうか。何が入っているのかは分からない。もうひとつはスタンド式の額で、小さな色紙が入っている。背伸びをして、じっくり眺めた。かなり年を経ているのか色紙は日に焼けているけれど、文字は読める。毛筆で書かれた流麗な字体だ。

「オリオンは
聲《こえ》なき天の聖歌隊
雪晴れの刃金《はがね》いろの空で
いっせいに煌くが而《しか》も寂として
宇宙の深い深いかなたから
光の合唱を送ってくる」

光の合唱……星の輝きを音に聴く人がいる！　わたしと同じだ！　宇宙は星の歌に満ちているって感じるのはわたしだけではなかったんだ。

人の気配に振り返ると、ママンがいた。慌てて、元の席に座る。

〈あの詩、いいよね〉

カップを置くと、嬉しそうに視線を色紙に移す。

〈ママンが作ったんですか?〉

〈まさか！　あの色紙は昔ね……〉

手を動かしかけ、ママンがふと振り返った。お客さんだろうか。

振動が響いてきたと思ったら、乱暴に襖が開く。

「！」

互いに、見知った人であることに気が付いた。

日永カナさんだ！　戸惑っていると、彼女は露骨にイヤな顔をして、すぐそばまで近寄ってきた。

仁王立ちになり、わたしを見下ろす。

〈ちょっと、あなた。その席はあたし用。どいて〉

手の動きからも怒りの波動が届く。

そんなの理不尽だ。どこにもカナさん専用なんて書いてない。さっきの詩に励まされたのか、負けるもんかという気になってきた。夢に出た猟師オリオンのように堂々と、そしてキッパリと伝えるんだ。

〈そんな決まりはありません。わたしは本が大好きだからここがいいんです。違う席を選ぶべきはあなたじゃないんですか〉

わたしの傍らで両膝立ちをしていたママンは、呆れたように立ち上がった。

〈カナ、わがまま言わない！〉

聴者相手なのに、手話を使っている。きっと、わたしを気遣ってくれたのだろう。

〈だって、こないだ来た時、あたし言ったじゃん。この席好き、これからずっとここに座るからねって。ママンもＯＫって言ったじゃん！〉

カナさんも手話だ。わたしのことなんか気にかけるタイプではなさそうなのに。

〈ほら、カナ。幼稚園児じゃないんだから〉

〈ママンのバカ！　もう来ない！〉

カナさんは怒って、出ていってしまった。

〈しょうがないね、まったく〉

苦笑いしながら、ママンはわたしの傍らに腰を下ろした。

〈お騒がせしてごめん。姪っ子だから甘えちゃってね〉

姪なんだ。体形も、たぶん性格も対極なのに。

ママンは目を輝かせてわたしを覗き込んできた。

〈ねえ、やっぱりあなた向いてるよ。やらない？　百人一首〉

ひゃくにんいっしゅと口で形を作りながらも、手の動きは前回と違う。右手で、何かを払うような動きだ。

〈と言っても、競技かるたの方だよ〉

百人一首に興味はないけど、競技かるたを題材にした少女漫画がアニメや映画になったことは知っているし、袴姿の女性が札を速攻で取りに行く姿は「かるたクイーン戦」を報じるニュース映像で見たことがある。

そう、読まれた札を。

〈無理です。だってわたしは……〉

読まれても聴こえないので、と答えるより先にママンが怒濤《どとう》の勢いで攻めてきた。

〈アタシが読みながら指文字で通訳するから。大丈夫、今日はお試しで。アタシからのお願いだから、このドリンク代はサービス！〉

わたしはお小遣いの残金を考えた。お試しにつきあうだけでコーヒー代が浮くのなら、それに越したことはない。

頷くと、ママンは衝立と卓袱台を端に寄せ、本棚に載っていた木箱を下ろした。

中には、使い古されたことを物語る札が入っている。書いてあるのは、ひらがなだけだ。漢字が入ってないと、読みづらい。しかも濁点がないし、七・七の間で一文字空けも改行もしていない。呪文みたいだ。

ママンは次々に札を並べていく。

〈今日はお試しだから、読むのはこないだの日替わりパフェメニューで咲季ちゃんがすぐに暗記した歌だけにするね〉

バインダーに挟んであった歌はすべて覚えてるから、楽勝だ。

〈ここに並べた札は『取り札』で、下《しも》の句だけが書いてあるの。アタシが上《かみ》の句を読み始めたら、取っていいよ。全部指文字でやるからね〉

そんなの、あっという間に終わってしまいそう。わたしは、ママンの丸々とした右手を見つめた。

ママンは口を引くように開きながら人差し指を立てた。指文字の〈ひ〉だ。ということは……。

ひさかたの――。

下の句が出てこない！　順に思い出さないと下の句までたどりつけない。

――光のどけき　春の日に　しづ心なく　花の散るらむ

みんな同じ札に見える。ひらがなだけだからだ。

し、し、し……。あった。よりによって、わたしの真ん前に。

札を取り上げてママンを見ると、とっくに読み終わっていたのかニコニコ笑いながらわたしを眺めていた。

〈お手付き。違う札だよ〉

慌てて見ると、書いてある文字は「しるもしらぬもあふさかのせき」だった。

知らなかった。こんなに札を探すのが大変だなんて。

ニュース映像で見た、かるたクイーンの姿を思い出した。蚊を叩くみたいにパシパシ取りに行ってたっけ。あれが日本一の速さ……クイーンってすごい。

そりゃ、わたしは初めてだけど、すぐ取れると思っていたのに。歌を暗記していただけではダメなのか。次は、次は読み終わるまでに取ってみせる。

ママンは大きく口を開き、手のひらをわたしに向けながら人さし指と中指を揃え、右斜め下へ向けた。指文字の〈は〉、続く指の形は〈る〉。手が静かに読む歌は……。

春過ぎて　夏来にけらし　白妙の――。

ならば下の句は「衣ほすてふ　天の香具山」だ。ひらがなだけだと見分けが難しい。「ころもほすてふあまのかくやま」がそれだと気づいた時には、ママンの指文字通訳は終わっていた。

結局、読み終わる前に取れた札は一枚もなかった。わたしは正座していた両足を投げ出し、天井を仰ぐ。

〈ママン、分かりましたよね？　わたしに才能はないです〉

〈ううん、あるよ。アタシには分かる。暗記力があるし、それになにせ……〉

ママンはくすりと笑い、わたしの鼻をチョイと触った。

〈気が強い！　あのカナに言い負けないんだから、さすがだわ。競技かるたはね、気が強いこと

も大切なの〉

褒められているのか違うのか、分からない。

〈ねえ。もしも、もうちょっとやってみる気があったら、次来るまでに今から教えることを覚えてきて。そしたら、次回もドリンク代はサービスしちゃう〉

もうイヤです。

と断らなかったのはなぜだろう。

頷くと、ママンはエプロンのポケットからボールペンを出した。

〈なにか書くもの、あるかな？〉

慌ててバッグを手に取り、今日使ったノートを探す。白紙のページを開いて渡すと、ママンはさらさらと何かを書いていった。

一枚札　　むすめふさほせ
二枚札　　うつしもゆ
三枚札　　いちひき
四枚札　　はやよか
五枚札　　み
十六枚札　あ

戻されたノートを眺めても、まったく見当がつかない。魔法の呪文みたいだ。

〈それはね、かるたの音別分類枚数の覚え方〉

かるたに、覚え方なんてあるんだと初めて知った。

〈競技かるたって、上の句に対する下の句を速く取ることで競うでしょ。今やってみて、大変だって分かったよね？　この言葉は、下の句を取るコツ。これをそのまま、また次回までに暗記してきて。しなくても、その時はお客様としてウエルカム！〉

そう言うと、ママンは手を大きく広げた。

目映《まば》ゆい。まるで、ママンが新しい世界の扉を開き、光が差し込んできたようだ。

覚えてきますね！　と確約する自信もなく、わたしはただ〈今日はご馳走様《ちそうさま》でした〉とだけ伝えて、店を出てしまった。

門に向かうと庭が目に入った。一本、すっと伸びている植物に気づく。わたしの背丈くらいだろうか。鈴のように蕾《つぼみ》が付いていて、一番下のひとつだけがほころび始めている。鮮やかな赤でハイビスカスに似ているなと思いながら、歩いて帰った。

その夜、ベッドから眺める夜空は、今までとは違うものだった。

煌く音でうるさいだろうと思っていた夜空は、静かなんだ。「聴こえる世界」と「聴こえない世界」から見える夜空は、同じものだった。ずっと、星たちや月が紡ぐ音を夢想していたのに。だけど、同じ心の持ち主はいる。オリオンの詩の作者だ。どこの誰なのか知らないけど、星の瞬きに音を感じるなんて、わたしと同じ感性を持っているはず。

ふと思い出した。交流とアラインにいた、あの子のことだ。「きらきら」の間違いを指摘した時も、その席からどいてと言った時も、わたしへの「嘲り」や「侮り」、「蔑み」はなかった。そしてあの流暢な手話。彼女のおばさんであるママンも手話が使えるということは……。

今日という一日だけでわたしの世界はずいぶん変わった。壁の一部分が崩れて、見知らぬ風景が見えたような気がする。壁の先に広がるのは競技かるたという未知の世界、でもそこは聴者の世界だ。

帰りに見た、一輪だけ咲き始めていた花を思い出す。わたしの何かも目覚めていく、そんな気がした。


ママンの宿題をクリアすべく、ただひたすらにノートを眺めてるうちに、六月最初の週末が過ぎていた。成果を見せようとアラインに行くと、先客がいた。

二十歳くらいの男性だった。短く刈り込んだ髪に、ポロシャツとジーンズ。半袖から見える腕は筋肉質だから、スポーツマンかもしれない。自分の世界に入り込んだみたいに、縁側に近い席であぐらをかきボーっと庭を見ている。

視線を察したのだろうか。わたしを見ると「すみません」というように会釈をし、衝立を引き寄せた。

〈あ、その人は気にしなくていいよ〉

座敷の入り口で固まっていたわたしの背中をポンと叩き、ママンは説明してくれた。

〈仕事が休みの時にコーヒーを飲みがてら手話を習いに来てるんだけど、まったく身につかないの。もはや置物くらいに思ってくれれば〉

「ひどいことを言いますね、まぁその通りだけど」

彼の言葉をママンが通訳してくれた。思わず笑ってしまう。

でもアラインに来るということは、この人もひとりが好きなのだろう。彼からは離れた席に座った。

〈咲季ちゃん、今日は何をご注文？〉

男性の卓袱台で、アイスティーのグラスが汗をかいていた。秋の夕暮れのような薄茶色が涼やかで、蒸し蒸ししている今の時期にとてもおいしそうだ。

肘を曲げ両手を握る「寒い」という表現に紅茶の手話をつなげる。口の動きは「アイスティー」だ。

〈かしこまりました！〉

やっぱりアラインはとても居心地が良い。

手話で意思疎通ができるし、人目を気にせずのんびり過ごせる。ドリンクもおいしい。そしてママンの人柄！　最高だ。

なのに、あっという間にその雰囲気が壊された。また、あの子が来たのだ。日永カナさんだっけ。前回「もう来ない」とか言ってたのに。

苦々しい表情を彼女も見せたけれど、例の席は空いていたので、おとなしくそちらに行った。男性と衝立を挟んで隣だ。

わたしたちにつられたのか、カナさんの注文もアイスティーだった。

なんとなく、不思議な気がした。

男性はボーっとし、カナさんは素知らぬ顔でアイスティーを飲み、わたしはパラパラと本を眺めている。空間もメニューも同じなのに、衝立で区切られたそれぞれの世界は交わらない。

ママンがやってきて、わたしの隣に腰を下ろした。

〈どうかな?〉

ちょっと心配そうに、顔を覗き込んでくる。

わたしは手話で「二／う／つ／し／も／ゆ」、最後の「十六／あ」まで。「一／む／す／め／ふ／さ／ほ／せ」と表現した。そのまま「二／う／つ／し／も／ゆ」、最後の「十六／あ」まで。

ママンの表情《かお》が一転、弾ける。

〈嬉しい!〉

そう、ママンに出された暗記課題をすべてクリアしたのだ。

〈む、から始まる歌は一首しかない。だから、読み始めた瞬間に下の句の〝きりたちのほるあきのゆふくれ〟を探しに行けばいい。このように最初の一文字で決まる「一字決まり」または「一枚札」は七首あるの。二枚札は「う・つ・し・も・ゆ」。それぞれの字で始まる歌が二枚ずつある。例えば「う」は「うか」「うら」の二首、「つ」は「つき」「つく」の二首。そして十六枚札まで、よく覚えてきたね〉

たったこれだけのことなのに、ママンは全力で褒めてくれる。

照れて、アイスティーを一気にすすった。ほのかな渋みと豊かな香りが口に広がり、さわやかで華やかな気持ちになる。そして、もっと知りたくなる。

〈一字決まりの次は、二字決まりかと思ってました。なんで「二枚札」なんですか?〉

ママンも嬉しいのか、手と表情が賑《にぎ》やかに動く。

〈決まり字ってね、固定じゃないの。試合が進むごとに変化していくんだよ。例えば、「わたの原漕《こ》ぎ出でて見れば久方の」「わたの原八十島《やそしま》かけて漕ぎ出でぬと」は「こ」「や」で決まる六字決まりだけど、どちらかが先に読まれて「出札」になったら、陣から無くなるでしょ。だから以降は二文字目の「た」で決まる「二字決まり」にな……〉

勢いよく衝立が動いた。現れたのはカナさんだ。震える唇と連動するように、手がせわしなく動く。

〈ママン、その子に競技かるた教えてるの？〉

〈そうだよ〉

〈なんで！　あたしには教えてくれないのに〉

〈カナは、やりたくないって言ったでしょ〉

ふたりとも聴者なのに、手話を使っている。こんな時まで、わたしを気遣わなくていいのに。というか、きっともう習性なのだ。

〈やりたくないんじゃない、やれなかったんだよ！〉

カナさんは乱暴に襖を開けて出ていってしまった。

大きなため息をひとつつき、ママンは申し訳なさそうに笑った。

〈雰囲気壊してごめんね。そうだ、これあげる〉

ママンはエプロンのポケットに右手を突っ込み、大きなリングに小さなカードが何枚も留めてある単語帳のようなものを、わたしの手に載せた。

手のひらにスッポリ納まるサイズで、一枚目に〈百人一首暗記カード〉と書いてある。パラパラめくると、一枚ずつ表面に上の句、裏面に下の句が載っていた。

ママンは、嬉しそうに説明してくれる。

〈これを使って、下の句を見ながら、上の句を暗誦したり。その逆もあり。それを繰り返していけば、咲季ちゃんならすぐ全部暗記できる。やってみて！〉

すっかり競技かるたをやると思われてしまったようだ。

違う衝立が動いた。

山際から昇る月みたいに男性の顔が覗き、わたしの手にあるカードを嬉しそうに見つめている。

「ああ、それ便利ですよね」

〈便利って、君にもあげたよね〉

戸惑うわたしに、手話通訳しながらママンが情けなさそうな笑顔を向けてきた。

〈この人はね、去年から習ってるのに、いまだに決まり字も覚えられないんだよ〉

〈競技かるたを、この方もやるんですか？〉

〈やるというか……試合には出なくて、雰囲気を味わうだけでいいんだって〉

ママンに酷評されても、男性は全然気にしていなそう。のほほんとした様子で、アイスティーをすすっている。

そうか、競技かるたを習う理由も人それぞれなんだ。

崩れた壁の向こうに、アラインで出会った人たちがいる。ママンに、この男性。カナさんも。

わたしの世界には誰も来てほしくない。壁を塞ぎたくなる。だけど、向こうに足を踏み入れたら、どんな風景が見えるんだろう。

『それでさぁ、私、百人一首かるた市民大会に出ようと思って。袴ってカッコよくね？』

駅のカフェで隣にいた子を思い出した。あの子も壁の向こうの存在だ。そちらに行けば、もっと出会うはずだ。嘲り、蔑み、侮りの目に。出会った時は逃げるのか、棍棒を持って立ち向かうのか。

オリオンが持つ棍棒は、わたしならこの右手だ。相手より早く札を払えれば、あの目は星屑となって飛び散る。

〈ママン、わたしに教えてくれますか……〉

思うより早く、手が動いた。

〈百人一首〉

漢字手話ではなく、払う方の手話でそう伝えた。

わたしは――競技かるたの世界に挑戦してみたい。

ママンはとても丁寧に〈どうもありがとう〉という手話をした。

〈練習場所はアラインで、咲季ちゃん仕様のスペシャルな内容にするね〉

考え込みながら、ママンはあれこれ提案をしてくる。

〈まず、授業をする日だね。週に二回くらいでどう？　火曜と木曜とか。お店が閉まった後に一時間くらい。ほかにお客さんがいない時は、営業時間内から始めてもいいよ。アタシが帰宅するまでの時間つぶしみたいなもんだから、講習代はいらないからね〉

許可を得るため、帰って両親に伝えたら「お代はきちんとお支払いしなさい」と言われ、一回につき五百円をお渡しすることになった。

アラインに初めての練習に行った日、なんの変哲もない古びたドアが希望の扉に見えた。わたしは思い切り、その扉を開いた。

〈お代なんかいいのに!〉

お金を渡すとママンは恐縮してしまい、コーヒーをポットでサービスしてくれた。これでは赤字ではなかろうか。そして、一緒に出されたお菓子に目を見開いた。大皿の上にいくつも乗っている。この薄黄色い生地は……亡き祖母が作ってくれた、まんじゅうだ。

〈これ、大好物なんです〉

〈あら、知ってるの! たんさんまんじゅう〉

ママンは「たんさん」と口を動かしながら指文字で表現し、右と左の手のひらを上下に重ねてこねこねするような「まんじゅう」の手話をした。

わたしが首を傾げると、ママンは卓袱台の上に指で「炭酸」と書きながら、あははと笑う。

〈栃木県の郷土料理なんだよね。小麦まんじゅうとか田舎《いなか》まんじゅうとか言う人もいるけど、炭酸まんじゅうが多いんじゃないかな〉

〈そんな名前が。わたし、全国区のお菓子かと思ってました〉

まだ湯気を立てている炭酸まんじゅうをひとつ手に取り、ちぎって口に含んだ。噛み応えのある生地、ほっこりやさしい餡は、あの懐かしい味を連想させる。もちろん、祖母の方が一枚上手《うわて》だったけど。

〈あら、お上品ね。まんじゅうなんだから、ガブッといった方がおいしいよ。ガブッと〉

咀嚼音が気になり、聴者の前では少しずつ食べるクセがついている。

でも、ママンなら音を立てても許してくれそうだ。言われた通りにかじりつくと、口の中でうねるように、おいしさが満ち溢れていく。

〈これ、お店で出したら人気が出るんじゃないですか〉

ママンは、不思議そうに首を傾げた。

〈これ？　こんな素朴なの、お金出して食べるかなぁ。あ、パフェを頼まないお客様にお茶請けで出せばいいか。プラス百円くらいで〉

〈ちょっと、なんでふたりで食べてんのよ！〉

またしてもカナさんだ。学校帰りだろうか、制服姿で入り口に仁王立ちしている。

ママンは座ったまま手招きした。

〈ほら、あげるよ。カナも食べればいいでしょ〉

練習中なので、衝立はすべて片付けられている。卓袱台の上にある炭酸まんじゅうを見て、カナさんは目を吊り上げた。

〈いらないよ！〉

〈じゃあ、何しに来たの〉

〈あたしも競技かるたやるって言いに来た〉

ママンとわたし、ふたりから浴びる驚きの視線が気恥ずかしかったのだろう、カナさんは手と口を大きく動かした。

〈その子だけに習わせない。あたしだってママンに競技かるたを習うから！〉

カナさんはママンの隣に座り、やけくそのように炭酸まんじゅうを口に運ぶ。密度の濃い生地だ。すぐに喉に詰まったらしく、咳き込んだ。

新しい週が来て、わたしとカナさんの「競技かるた勉強会」が始まった。

ふたりを前に、ママンがこんこんと訴える。

〈いい？　今から習ったって遅い、なんてことはまったくないからね。実際、アタシがほかで教えてる男子は、歌は覚えなくても決まり字マスターすりゃ大丈夫っすよね、とかいって高校生から始めてＡ級になったし〉

〈ほかで？　ここ以外でも教えてるんですか〉

素朴な疑問だった。そもそも、ママンがどんな人なのかも分かっていない。

〈アタシ、黄ぶな会のＡ級公認読手なのよ〉

〈魚愛好会ですか？〉

〈違う違う〉

ママンは慌ててスマホをエプロンのポケットから取り出し、何やら検索すると画面を見せた。可愛い魚が横を向いている。紅い顔、黄色い体、黒いヒレ、緑の尾……。街中のお土産店で、よく見かけるイラストだ。

〈この魚、見たことあるでしょ？　宇都宮市には黄ぶな伝説があるの〉

〈ああ、知ってる〉

カナさんが得意そうに説明を始めた。

〈昔、天然痘が流行った時に、黄色いふなが田川で釣れて、病人がその身を食べたら治った、っ

て伝説でしょ〉

ママンは頷き、スマホをしまった。

〈でも、簡単には釣れない。だからお正月に張り子を作って軒下に吊るしたり、神棚に供えたりする習慣が生まれたの。ってなわけで、宇都宮市にある競技かるた会だから、黄ぶな会って名付けたらしいよ。アタシは毎週土曜日、黄ぶな会主催の競技かるた教室で講師をやってるの。日曜日はあちこちの大会で読手だし〉

なるほど、土日は試合や教室があるから、カフェはお休みなのか。そして、「読手」という存在に驚いた。専門にいるんだ！

〈ママン、なんでこんな色なの〉

カナさんは、気味悪そうに皿の炭酸まんじゅうを指さしている。確かに、緑色というのは……。

〈生地が春菊だから。中身は味噌餡だよ〉

〈それじゃ、味噌汁じゃん〉

〈文句は言わない。さっさと食べて栄養補給したら、カナと咲季ちゃん、今日はふたりで試合をやってみよう！〉

えっ。

わたしとカナさんは、お互いを指さしながらママンを見た。ママンは「当然でしょ」という表情だ。

ママンは箱から札を出して、わたしたちに半分ずつ渡す。

〈今日は五十枚ね。ひとり二十五枚ずつ並べるんだけど、細かく言うと横幅は八十七センチ、畳の短辺と考えると分かりやすいかな。三列にしてね。相手の陣から取ったら、自分の札を相手に送るの。先に自分の陣から札がなくなった方が勝ち。はい、並べて〉

カナさんがむくれながらも、コクリと頷いた。彼女がやるなら、わたしだって。畳に並べ始めると、誰かが床を歩く振動が伝わってきた。顔を上げると、例の男性だ。

「ちわっす」

と言っているような口の動き。ペコリと頭を下げる。

「今日非番なんで、手話の練習に来ました……ってママン、通訳してください」

〈競技かるたの練習を見にきました、の間違いでしょ〉

ママンはからかうように笑いながら、手を動かし続ける。

胡散臭そうな視線を男性に遠慮なく投げつけるカナさんに、ママンは慌てたようだ。

〈この人はね、松田南《まつだみなみ》くん。黄ぶな会の生徒……とは言い難いけど、アラインの常連様だよ〉

カナさんが緊張を解いたように見える。しかし南さんが続けた言葉は、その和らぎを台無しにした。

「俺、競技かるたは自分でやるより、やっている光景を眺めるのが好きなんですよ。特に女子の大会とか華やかで、いいですよね」

〈ヘンタイじゃん〉

カナさんがズバリ言うと、松田さんは慌てて手を横に振った。

「そんな、誤解しないでください。自分は警察官です。市民を守る立場ですから」

なるほど！　道理で体格も良くて、平日が休みなんだ。でもカナさんの視線はさらに冷たくなった。右手の親指とひとさし指で丸を作って額に当て、「警察」という手話を示しながら続けた。

〈警察官と言われて安心すると思ったら、大間違いだから。むしろ油断させて余計危ない〉

「それは偏見です」

〈どーだか〉

「俺のことは信じなくてもいいです。しかし、外に出たら周囲には警戒してください。特に、スリ、置き引きに注意です！」

厳しい表情でそう言うと、南さんは座布団を手にそそくさと縁側に行った。

ママンは手に取ったグラスの水を飲み干すと、よっこらしょと腰を下ろす。

〈最初に、五分間の暗記時間があります。どこにどの札があるか、記憶してください〉

〈五分も？　長すぎませんか〉

「十」と「五」の手話をしながら、ママンは首を横に振る。

〈十五分が競技かるたのルールなのよ。今回は初練習だから五分にしたの。宇都宮の市民大会も、参加者が多いから早く進めるために五分なんだけどね〉

記憶力には自信があると思ったけど、歌を暗記するのと、札の場所を覚えるのはまったく勝手が違う。しかも、すべてひらがなだし。暗記カードで勉強したとはいえ、配置される札の歌の順番はバラバラだ。五分は長いどころか、あっという間だった。

〈五分経ちました。では礼！〉

カナさんの顔は「この人に頭下げたくない」と訴えているようだけど、わたしはさっさと頭を下げた。

〈最初に序歌を読みます。下の句は二回繰り返しますよ。百人一首にはない歌ですが、競技かるたで必ず読むもので、よーいドン！　の「よーい」的な意味合いです〉

初めて知った。知らなかったことが次々に出てきて、わくわくする。

ママンは大きく口を開け、右手でチョキを作り下に向ける。

指文字〈な〉だ。

〈難波津に　咲くやこの花　冬ごもり　今を春べと　咲くやこの花〉

さぁ、次。「ドン！」だ。そこから戦いが始まる。

ママンは口をすぼめ、チョキを閉じて上に向ける。指文字〈う〉だ。

二枚札。〈う〉から始まる歌は二首しかないから、次の文字で決まる。早く、早く次の文字を……。

チョキをクロス。指文字〈ら〉！

ということは、「恨みわび　ほさぬ袖だに　あるものを」。下の句は……「恋に朽ちなむ　名こそ惜しけれ」。

五分間も取り札を眺めたのに、場所が思い出せない。カナさんも同じらしく、ふたりで一生懸命札を探す。

あった！　わたしの陣の、一番カナさんに近い列の真ん中だ。

わたしの手が届くより先に、カナさんがものすごい勢いで札を払う。

その札どころかまとめて五、六枚一気に飛ばし、それはすべて南さんの膝に当たった。

「痛っ！」

〈そこで見てるからだよ。もっと離れればいいじゃん〉

飛ばした札を拾いに行きながら、カナさんは氷のような視線を投げつけた。ママンは「早く戻って来い」とばかりに手招きする。

〈カナ！　相手の陣から札を取ったら、自分の陣から一枚送るの〉

これ以上なく面倒そうな顔をしながら、カナさんは自分の陣を眺めた。

〈うえー！　せっかく場所覚えたのに、札の位置変わるじゃん。また覚えなおし？〉

〈それが醍醐《だいご》味《み》でもあるんだよ〉

札を送ったことを確認すると、ママンはわたしに指を向けた状態でグーを作る。指文字〈さ〉だ。

とすると、一字決まり。〈さ〉から始まる歌は一首だけだ。「さびしさに　宿をたち出でて　ながむれば」。続く下の句は「いづこもおなじ　秋の夕ぐれ」。

早く、早く探さなくては。

ものすごい勢いで、カナさんがこちらにダイブしてきた。分かった、わたしの真ん前にあるんだ。負けるわけにはいかない。わたしは瞬時に札を払った。またしても、南さんに飛んでいったけど。

そんなドタバタが繰り返され、ついに……。

自陣から先に札がなくなったのは、わたし。一枚差だった。それでも、勝ったんだ！

〈はい、最後の札！〉

ママンに言われて、慌てて頭を下げた。

畳を見つめているわたしの顔は、誰からも見えないはず。思いっきりニンマリした。きっとカナさんは、これ以上なく悔しい顔をしているに違いない。

笑顔を消して顔を上げると、南さんは紙に何か書いてわたしたちに掲げていた。

〈最後の一枚で勝負がつくって、運命戦！　素晴らしい！　実力伯仲〉

とても下手な字で、カナさんは呆れたように首を横に振った。

〈でもまぁ、あたしなんて、今日がお初じゃん？　それが、毎日勉強してきた人と一枚差なんだから、なかなか実力あるよね〉

カナさんは悔しさを押し殺すように笑みを作ると、炭酸まんじゅうに手を伸ばす。

それにしても、疲れた。こんなに気力も体力も消耗するなんて。文化系と思っていたけど、完全にスポーツだ。わたしもつられて、炭酸まんじゅうにかぶりつく。カナさんや南さんもいるけど、咀嚼音なんか気にしている余裕もない。

「！」

おいしい！　春菊のほのかな苦みと、中のしょっぱくて甘い味噌餡が絶妙にマッチしている。ブラックのアイスコーヒーで流し込むと、口の中がリフレッシュされた。二個、三個と手を伸ばしてしまう。カナさんはわたし以上に食べていた。

ママンはアイスコーヒーのお替りをわたしたちのグラスに注いだ。

〈ふたりとも、レベル的に釣り合いがとれて、ちょうどいいね！〉

釣り合っている？　悔しい。カナさんに差をつけたい。もっともっと強くなりたい。

彼女も同じように思ったらしく、わたしたちの間に火花が飛んだ。

百人一首の本をたくさん借りて帰ろう。カナさんよりも。

お替りを早々に飲み干し、本を見繕っていたら、薄い冊子に気づいた。手に取ってみると『競技かるた読手テキスト』という題名だった。パラパラめくると「読手心得」などがあって面白い。でも、これはわたし向けではない。選手用の本を借りることにした。

カナさんもわたしに張り合うように本を持って帰っていった。

その夜、ベッドで星空を見上げながら、わたしはしみじみと喜びを味わった。

勝った。わたしは聴者を相手に勝ったんだ。壁の向こうに出たわたしは、確かに自分の力で戦った。弾けた星屑が宇宙空間に飛び散っていく。

今回はカナさん相手だったけど、もっと違う人……たとえば駅のカフェにいた子に勝てたなら、どんな気持ちになるんだろう。その時、あの蔑んだ目はどう変わるのか。

そうだ、強くなるんだ。もっともっと。

それからわたしは毎日、ママンから借りた本を読んで勉強した。

暗記のコツ、素振りの方法、体の構え方、体重のかけ方。腹筋が重要と知れば、毎日の筋トレを自分に課した。体重がかかる膝のケアが大切と分かれば、寝る前のマッサージを欠かさないようにした。

アラインに練習に行くたび、カナさんと試合を重ねる。初回は一枚差だったけど、次第に枚数差をつけて勝てるようになってきた。彼女は練習をしていないんだろうか。それとも、彼女が追いつけないほどわたしは成長したのだろうか。

一方でママンが作る「日替わり炭酸まんじゅう」がSNSで話題になり始めているらしく、アラインでほかのお客さんを見ることが多くなった。満員御礼で、店に入れないこともある。商売繁盛は良いことだけど、ママンがみんなのアイドルになったようで、ちょっと寂しい。

〈ねぇ、ふたりとも試合に出てみない？〉

六月下旬の木曜日。

アラインの営業終了後、いつものようにカナさんと試合を終えるとママンが提案してきた。

〈今度の日曜日、黄ぶな会主催で初心者向けの大会をやるのよ。参加者は十人くらいだと思うし、気負わなくて大丈夫よ〉

わたしより先に、カナさんが手を横に振った。

〈あたしはパス！　週末は用事があるの〉

どうしよう。気負うなと言われても、聴者の集団に入っていくのはちょっと気が重い。ただ、カナさん以外の人と対戦してみたい気持ちも確かにある。

ママンは小首を傾げた。

〈それでね、できれば……咲季ちゃん、誰か通訳してくれる人いるかな？〉

ママンは黄ぶな会の役員だし、当日いろいろ仕事がある。それに、この間パラパラと見た『競技かるた読手テキスト』に、競技中は読むことだけに集中するようにと書いてあった。読みながらの指文字通訳は、ママンに負担をかけてしまう。わたしは首を横に振った。あきらめることには慣れている。

〈いませんし、わたしはアラインでのんびり練習してるのがいいんです〉

そう答えたものの、帰り道の足取りは重かった。ランドセルを背負った男の子たちがわたしを追い抜いていく。

彼らを見送りながら、ふと、うららちゃんの後ろ姿を思い出した。二荒山神社前から交差点を渡った時の背中。新しい補聴器、バイト。彼女は、ぐんぐんと聴者の世界に歩み始めている。

わたしは今、高校一年生。あと三年もしないうちに若草ろう学校を卒業する。

そのあと、わたしはどうするのだろう。両親はいつまでも一緒にはいてくれない。わたしたちの世界がいつか、わたしだけの世界になった時……。

足を止め、俯く。

——試合に出てみようか。

ううん、無理。手話通訳をしてくれる人がいないのに。

顔を上げた。目の前にはもう、誰もいない。

ひとりで歩こう。帰るんだ、わたしの家へ。わたしたちの世界へ。


翌日は練習日ではなかったけれど、アラインでくつろぎたくなった。放課後すぐに行くと、玄関でいつかの中年女性ふたり組がまたしてもママンに何か言っている。

文字起こしアプリを起動してみた。

『だからさ、ふたりで来たわけじゃないの。たまたま、お店の前で会っただけなの。だったら、ひとり客がふたり来ただけのことでしょ。入ってもいいじゃない』

『私たちも食べたいのよ、炭酸まんじゅうだっけ。今話題になってるやつ』

『すみませんね。ふらりとおひとりで来たお客様が、のんびりくつろげるカフェですので、お友達同士とかはご遠慮申し上げてるんですよ』

『あー、面倒ね。もう来ないわよ』

またしても『もう来ないわよ』の捨て台詞《ぜりふ》を残して踵《きびす》を返すふたり組は、すぐさまスマホをいじりだし、わたしにぶつかりそうになった。頬を染め目を吊りあげて、ひとりが怒鳴りつけてきた。

『邪魔くさいわね』

『ちょっとあなた、気をつけてくださいね。当店の大切なお客様に、お怪我などさせないように』

『うるさい、私たちだってお客様なのに。覚えておきな』

スマホに浮かぶ文字に恐怖を感じる……。せっかく話せるなら心地良いことを言えばいいのに。こんな大人にはなりたくない。ふたりはわたしをチラチラと振り返りつつも、アラインから遠ざかっていった。

ママンはすべてを浄化させるような笑みを浮かべると、呆然としていたわたしの背中を押して店に入れた。

〈ちょうどいいタイミング。さっきお客様がみんな帰られて、座敷を独り占めできるよ！　最近混雑してたから、超ラッキー〉

だったら、さっきの女性たちを入れてあげてもいいのに。そのあたりが、ママンの矜持なんだろう。カッコいい。

〈今日は、普通にカフェのお客さんとして来ました。アイスコーヒーお願いします〉

〈はい、ありがとうございます、お客様！〉

カナさんはいないし、彼女の指定席に座ろう。急冷ではなく水出しアイスコーヒーだから、すぐに出てきた。

冷たい苦味を楽しみつつ縁側の向こうを眺めていると、スマホの振動がポケットから伝わってきた。うららちゃんからのメッセージだ。とりとめのない内容をやりとりしているうちに、グラスは空になっていた。お替りしようかなと思ったら、見知った姿が玄関に入るのが見えた。

あれは……白田先生だ。

勢いよく襖を開け、座敷に入ってくる。銀ぶちメガネをきらりと光らせて。

白田先生は立ったまま、手を動かし始めた。

〈匿名で学校に電話がありました。お宅の生徒が学校帰りに喫茶店に入り浸っている、校則違反じゃないのか。今すぐ行って見てこいってね。ご丁寧に、証拠画像までメールで送ってきてくださって〉

通報したのは、さっきの女性ふたり組に違いない。

最悪だ。よりによって「雪の女王」白田先生だもの。きっと厳しく叱られる。わたしは別に構わないけど、ママンにクレームをつけたらどうしよう！

白田先生は、わたしをしげしげと見つめた。

〈……制服姿で来るから余計な通報されるの。あなたの家、近くでしょう。着替えてから来れば

いいんじゃない？　高等部の生徒だったら、校則違反じゃないいんだから〉

意外だ。回避方法を教えてくれるなんて。

慌てたようにママンが入ってきた。キッチンにいたのか、白田先生が来たことに気づかなかったようだ。白田先生を見るやいなや、街中でアイドルに会ったような嬉しさと驚きの入り混じった表情を浮かべた。

〈映美ちゃん？　白田映美ちゃんじゃない？　アタシよ！〉

〈……え、うそ。ママン？　なんでここに。しかも手話使ってる〉

ママンと白田先生が知り合い？　信じられない。ものすごいミスマッチに感じるけど。わたしを気遣ってか、ふたりとも手話を交えて会話している。

〈十二……十三年ぶりかな？　映美ちゃんこそ、手話できたっけ？　今、なにやってんの〉

〈そこの若草ろう学校の教員で、この子の担任なんです〉

〈あらー、そりゃビックリだわね〉

内容はさておき、白田先生は手話通訳士の資格を持つだけある。大学の専門は聴覚障害教育だったらしいけれど、その手話はきちんとしていて、フォントに例《たと》えるなら明朝体《みんちょうたい》って感じだ。

（ママンやカナさんの手話は丸ゴシック体）。

〈……じゃあさ、咲季ちゃんが黄ぶな会主催の大会に出る時、読手の手話通訳してくれない？〉

いきなりの話だった。ママンは横目でちらりと白田先生を見た。

〈映美ちゃんね、昔、アタシのところで競技かるたを勉強してたのよ〉

驚いた。情緒を解さない「雪の女王」だと思っていたのに、和歌に興味があったなんて。しかし、白田先生も衝撃だったらしい。

〈木花さん、ここで競技かるたを勉強してたの？　しかも、大会に出る？〉

白田先生は「うそっ」と言いたげな表情でわたしを見つめている。

でも、この白田先生が承諾なんかするわけない。

〈……そうね、課外学習の引率とするならば、大丈夫かも〉

思うより先に、わたしの右手が顔の前に上がる。手のひらを左に向けて顎を二回叩くと「マジ？」の手話だ。正直なところ、高校に入ってから一番の驚きだ。

白田先生はサクサクと手を動かす。

〈ママン、黄ぶな会の会長さんのお名前で、学校宛てに正式な派遣依頼を文書でもらえる？〉

〈もちろん！〉

とんとん拍子で決まってしまった。

〈じゃあ、今度の日曜日午後二時、市役所近くのかるた会館に来てね！　ああー、楽しみ！　咲季ちゃんに映美ちゃんも出てくれるなんて〉

ママンはとても嬉しそう。南極の氷まで溶けてしまいそうな笑顔だったけど、わたしと白田先生はお互いをチラチラと眺めるだけだった。

会館へは、試合が始まる三十分前に着いてしまった。

十人近くいる参加者はほとんど年下のように見える。高校生はわたしくらいだ。制服にすべきか朝から悩んでいたけれど、Ｔシャツにジーンズというラフな服装で正解だったかもしれない。

見回しても、白田先生の姿はまだない。試合が始まるまで、会場の隅に座って待つことにした。参加者とその保護者で、二十畳くらいありそうな和室は埋まってきている。エアコンが効いているとはいえ、梅雨だ。ちょっと蒸していて、コンビニで買ってきた冷たいお茶が心地良い。

……まだ来ない。外に行っても姿が見えない。どうしよう、ママンに連絡してもらおうかと会場に戻ったら、白田先生らしき後ろ姿があった。入れ違いだったのかと安心すると怒りが湧いてきて、「遅い！」と背中を叩いてしまった。

時間ギリギリに来たからか、振り返った顔は汗まみれだった。

〈思ったより家から距離があったわ。自転車は無謀だったかも。暑い！〉

車社会の宇都宮だから、自家用車で来るのだと思っていた。考えてみれば、白田先生は自転車で通勤していたっけ。

周囲の子が、一斉に入り口の方を向いた。慌てて視線を追うと、ひまわり柄のワンピース姿のママンが入ってきた。いつもエプロン姿ばかり見ているから、パラレルワールドにいるかのようだ。しかも今日は、黄ぶな会の人らしいおじさんおばさんが、何人もいる。

読手であるママンは正面に立ち、両手を叩いた。

「それでは始めますよ。本日は全部で四試合、札の配置時間と暗記時間は五分間です。読む札は六十首とします」

内容を白田先生が手話通訳してくれた。周囲の人の視線が白田先生に引き寄せられている。手の動きに見惚れているみたいだ。

「一回目の組み合わせはこちらです。受付番号でランダムに選ばせていただきました」

組み合わせ表が、係員の手で壁に張られる。わたしは六番だ。

指定の席に座った対戦相手は、受付番号「五番」の小学校中学年くらいの女子だった。

正面に座ったわたしと、わたしの右斜め前に座る白田先生を怪訝な顔で見ている。

伝わってくるようだ。「耳の聴こえない人が競技かるた？」という心の声が。そして、あの……目だ。まだ小さいから仕方ないかもしれないけど。

そんな視線も疑問も、払い飛ばしてみせる。だってわたしの才能はママンのお墨付きだし。そして毎日毎日練習しているんだもの。初心者相手だったら、決して負けない。

「難波津に……」

序歌。「よーいドン！」の「よーい」だ。わたしは、流れるように通訳する白田先生の指文字を見つめた。次の歌から勝負が始まる。

最初の指文字は……「あ」だ。

よりによって、十六枚札だなんて！「あ」から始まる歌は多い。白田先生は、人差し指、中指、薬指を立てた。指文字「わ」。「あわ」から始まる二首に絞られる。三文字目は……。先生の指の形が変わる前に、五番さんは札を払っていた。しかも、わたしの陣にある札だ。

唇を嚙みしめた。

でも、まだまだウォーミングアップ。二首目からは譲らない。

しかし、何枚読まれても取ることができなかった。

どんなに急いでも、わたしが白田先生の指から視線を外す時には、すでに五番さんの手は取り札に向かっている。

〈ありがとうございました〉

わたしはお辞儀をした。力が入らなくて、ガクリと頭を垂れた気分になる。結局、一枚も取れないまま終わってしまった。

顔を上げると、五番さんと視線が合った。

「耳の聴こえない人に負けるわけないし」

目がそう言っている。聴者の世界で出会う侮りの視線が矢となって、胸に刺さる。

悔しい。悔しい悔しい悔しい悔しい！

正座したまま腿の上で組んだ両手を震わせるわたしを置いて、白田先生はママンのところに行ってしまった。

まるで逃げるみたい……と思いきや、白田先生は、手話を交えてママンに訴えている。

〈ねぇ、ママン。聴きながらの手話通訳だと、どうやっても時差が出ちゃう。やり方変えてもらえない？〉

思わず目を見開いた。わたしの憤りの源を、白田先生は分かっていたんだ。

聴者ならば、読手の声を聞くと同時に札を取りに行ける。なぜなら、視線を畳に固定できるからだ。でも、わたしは手話通訳を見ていなければならない。いくら高速指文字の使い手でも、聴いてから通訳をする白田先生と、その指を見るために取り札から視線を外しているわたし。どうやっても、聴者とは時差ができてしまう。

ママンは周囲にいた会の役員さんらしき方々と別室に籠ると、すぐ出てきた。首を縦に振りながら。

〈認めます。次の試合からは読手の隣に手話通訳の場所を作る。歌と歌の余韻の間に、通訳は次の読み札を見ていいことにしましょう。ただし、通訳と読手はきっちりタイミングを合わせること、フライングなどのないように。咲季ちゃんは通訳がよく見えるよう、読手の正面の席に来てください〉

それなら、少し時差は埋まる。勝てるかもしれない。ううん、勝つ。

次の試合までの休憩時間は、十五分ほどあった。

白田先生はスマホで動画サイトを開き、イヤホンで何やら聴き始めた。覗き込んでみると、百人一首の歌が次々に画面に表示されている。

〈先生、競技かるたの経験者なんでしょ。なんでいまさら動画見てるの〉

〈だって、読手に完璧に合わせなきゃならないのよ。読み方は四・三・一・五方式って決まってるの。下の句を四秒台で読み、余韻で三秒伸ばし、間合いを一秒とり、次の上の句を五秒台で読むってね。指文字と発声を同時にしなくちゃいけない。わずかでもズレたら駄目。札を先に取れたのにフライングなんて言われたくないでしょ。悔しいもの。少しでも秒数の感覚を刷り込まないと〉

白田先生の口も手も、今まで見たことないくらい激しく動く。

胸が熱くなる。正直、「雪の女王」の白田先生がここまで気を遣ってくれると思わなかった。

わたしも頑張らないと。

少しでも糖分を補給しようと、来る途中で買ってきたチョコレートを多めに口に含んだ。

次の試合は、中学一年生くらいの男子が相手だった。さっきの五番さんほどではないけど、やはり懐疑的な視線を向けてくる。

〈……咲くやこの花〉

序歌が終わる。始まりだ。

白田先生の通訳ならば、絶対にママンとシンクロできるはずだ。読みが始まると同時に、わたしは札を取りに行ける。

しかし、やはり時差はあった。決まり字が分かるその瞬間、視線が指を見ているか、取り札を見ているかでどうしても差が出てしまう。わたしの手が届く前に、相手は札を弾いていた。

それでも、次の札は——。

わたしは集中力のすべてを、白田先生の指に注ぎ込んだ。

ふいに、時の流れが遅くなったかのように指の動きがスローモーションになった。親指と人差し指だけが開く。手が横を向けば「む」、正面なら「れ」、下を向けば「ふ」。「れ」で始まる歌はないから、「む」か「ふ」。どちらも一字決まりだ。指が、ゆっくりと下を指す。決まった。

「吹くからに　秋の草木の　しをるれば」

割と好きな歌だから、取り札はわたしの陣の一番手前に置いたはず。右端だ。見るより前に手を払った。

——漆黒の夜空に、弾けるように星が散った。

右手に、そんな幻想を抱いた。

急いで立ち上がり、札を迎えにいく。下の句は……。

「むへやまかせをあらしといふらむ」

取った！　わたしが先に！　白田先生に見せるように札を正面に向けると、雪の女王は「試合の最中よ、早く戻りなさい」と言いたそうに厳しい視線を投げてくる。だけど、口の端がちょっと緩んでいた。

そうだ、早く戻らなくては。そして、もっと取るんだ。もっともっと。

でも、嬉しくて気分が盛り上がりすぎたのか、次からは「お手付き」を連発してしまった。結局勝てなかったけど、それでも五枚取れた。次はもっと取ってみせる。

気づいた。今できる最善は、取り札の位置をとにかく正確に暗記しておくことだと。そうすれば、読み始めに取り札を見ていなくても、感覚で取りに行ける。

三試合目は、とにかく暗記に集中した。対戦相手よりもしっかりと札の配置を目に焼き付けておけば、わたしにだって勝てる見込みはある……かもしれない。

試合が始まり全身全霊をかけて集中すると、わたしの周りの景色がフェイドアウトしていった。漆黒の宇宙にいるような感覚になる。整然と並べた取り札が星座のようだ。対戦相手もママンもそこにはいない。白田先生だけだ。その指の動きを頼りに、わたしは星を弾きに行く。

白田先生は、立てた左の人差し指に向け右手を倒す。指文字じゃない、単語だ。

〈札〉

気づけば、試合が終わっていた。緊張が一気にほどけ、通訳通りに頭を下げるとそのまま畳に倒れ込みそうになる。

でも、取った札が目に入り、俄然力が湧いてきた。

取れた。十五枚も取れたのだ！　負けてはしまったけれど。今日一日だけで、わたしの何かがもの凄い勢いで花開き始めている。カナさん相手の練習試合とは違う緊張感が、わたしの手を速く振らせ、集中力を高めてくれるんだ。

次が最後の四試合目。この勢いなら絶対、絶対勝てる。

だけど、頭の疲れも半端ない。暗記や集中って、こんなに疲れると思わなかった。休憩時間に板チョコを食べながら、ちらと白田先生を見た。

青ざめている。

そういえば、さっきの試合の途中で、時計の秒針のように正確だった指文字が異様に遅れた時があった。

〈白田先生、どこか具合が悪いの？〉

わたしが訊くとビクッとなって、

〈いえ……貧血かな〉

と汗をハンカチで拭っている。

チョコレートは貧血にいいと聞いたことがある。わたしは最後の一かけらを白田先生に渡した。

ビックリした表情で、白田先生は受け取った。一勝もせずに帰れない。白田先生にも、最後まで頑張ってもらわないと。

最後の相手は、小学校高学年の女の子だった。

何がなんでも勝つ。わたしは、全神経を取り札に集中させた。

白田先生もチョコレートが効いたのか、正確なリズムの指文字が復活している。おかげで、自陣から順調に札が減っていった。

ついに、相手の陣にもわたしの陣にも取り札が一枚ずつ残った。これで勝敗が決まる運命戦だ。相手の陣には上の句が「あらし吹く」で始まる「たつたのかはのにしきなりけり」、こちらには「天つ風」で始まる「をとめのすかたしはしととめむ」。どちらも「あ札」だ。「あら」「あま」このどちらかで始まる歌はそれぞれ二首あるけど、「あらざらむ」「天の原」はもう読まれているから、二文字目で取りに行ける。一秒に満たない刹那にすべてを懸けて、白田先生の指に全神経を集中させなければならない。

白田先生は「余韻」の瞬間にママンの札を覗き込み——また青ざめた。

ママンの口は動き始めているのに、白田先生は固まったままだ。わたしの視線に気づき、慌てて指文字をし始める。

だが相手も動かなかった。

そうか、取り札にない歌——空札なんだ。ならば、次。次で決まる。両肩を回し、もう一度エンジンをかけ直した。

それぞれの札の二文字目は「ら」「ま」。

指文字「ら」は、こちらに手のひらを見せて人差し指と中指をクロス。指文字「ま」は手の甲を見せて下に向け人差し指、中指、薬指を立てる。白田先生の手が甲を向けるか、手のひらを見せるか。または、手が上を向くか下を向くかの瞬間に札を弾かなければ。

手が動きだした。こちらに指側を見せる指文字の「あ」の拳が……回転を始める。小指側が正面に来ようとし……。わたしは白田先生の手から視線を外さずに、記憶にある札の場所を渾身《こんしん》の力で払った。手から星が散り、彗星《すいせい》のように札が飛んでいく。

指文字は「ま」。天つ風　雲のかよひ路　吹きとぢよ——。払った札は「をとめのすがたしはしととめむ」だった。

取った。わたしが勝ったんだ。

相手の子は礼をするやいなや、廊下で待機していたお母さんらしき人のところに走り、泣きじゃくっている。ちょっと可哀《かわい》そうだけど、仕方ない。勝負だもの。

親子でしばし何か話していると思ったら、お母さんがママンのところに行った。

「あの……。最後の歌の通訳、フライングじゃないかしら。通訳が、読手より速かったんじゃありません？」

ママンは、きっぱり答えた。

「いえ、まったくそんなことはありませんよ」

白田先生が、ハンカチで汗を拭きながら手話通訳してくれる。そうか、そんな疑念を持たれるくらい、わたしは速かったんだ。

順位争いにはまったく関係ないけど、わたしは一勝した！　それだけで今日は満点だ。

〈木花さん、お疲れさま。気をつけて帰りなさい〉

もっと褒めてくれるか、一緒に喜んでくれるかと思っていたのだけれど。

白田先生は試合が終わるとクールさを取り戻し、あっさり出ていってしまった。やっぱり、体調が悪いのだろうか。運命戦の時もなぜ青ざめたのか、分からないままだ。

その夜、わたしは寝付けなかった。

「よーいドン！」が相手はママンの声、わたしは白田先生の手話という違いはあれども、スタートは同じ。ハンデをもらったわけではない。

聴者の世界で正々堂々と勝った高揚感で目が冴《さ》えて、眠るどころではなかった。

今日、わたしが散らした星たちが天に上り、神話のオリオンを形づくる。そんな空想をしながら、いつまでも夜空を眺めていた。


〈え、勝ったんだ〉

次の練習日。アラインで紅茶を飲んでいると、カナさんがやってきた。

わたしの勝利報告を聞くと、ただでさえ丸い目をさらに見開く。悔しさに顔を歪ませるかと思いきや、表情は変えなかった。

〈まぁ、練習相手があたしだからねぇ。そりゃあ上達もするわ。感謝しなさいよね〉

相変わらずの憎まれ口！

でも、やっぱり気分がいい。わたしは浮かれながら、ママンが運んできてくれた追加オーダーのアイスコーヒーのグラスを手に取った。

〈咲季ちゃん、秋にある市民大会に出てみない？　会場は市立駅東体育館だよ〉

炭酸まんじゅうをわたしたちのテーブルに置きながら、ママンが提案してくる。

駅のカフェで隣の女子が言っていた大会だろうか。

〈宇都宮市は百人一首ゆかりの地だから、市主催の大会があるのよね〉

鎌倉時代、宇都宮城の城主・宇都宮頼綱《よりつな》は鎌倉幕府から謀反《むほん》の疑いをかけられ出家、京都に移住し、蓮生と改名した。歌人の藤原定家と親しくなり、自分の別荘に張る色紙の和歌を選ぶように彼に依頼した。この時選ばれた和歌が、小倉百人一首と伝えられている。ゆえに宇都宮は百人一首のゆかりの地なのだ——と、ママンが説明してくれた。

わたしは生まれも育ちも宇都宮の「宮っこ」だけど、初めて知った。

〈そんなわけで、日本最大規模の市民大会なんだよ。団体戦と個人戦があるんだけど、個人戦は初心者向けだから、咲季ちゃんも出られる！〉

きっと参加者も観客もいっぱい来るんだろう。カフェにいた子も。何千人という聴者の世界に——出たくない。でも出てみたい。心が揺れ動く。

カナさんは出るんだろうな。ちらと見ると、いつもより黄色い炭酸まんじゅうを眺めながら、顔を歪ませている。

〈今日の炭酸まんじゅうって、かぼちゃ生地とさつま芋餡なんだ。あたしどっちも苦手だし。帰る。バイバイ〉

手を振り、あっさり出ていってしまった。

残してはもったいないので、炭酸まんじゅうをかじった。かぼちゃのほのかな甘味と、さつま芋の濃厚な餡がたまらない。

入れ替わるように、南さんがやってきた。

わたしに気づくと、両方の人差し指を立てて、顔の両脇で前後に動かす。

〈それは「こんにちは」じゃなくて、「遊ぶ」の手話だよ。両方の人差し指は曲げる！　ったく、その記憶力でよく警察官になれたわね〉

〈だから暇さえあれば手話を習いにきてるんじゃないですか。大切なのは繰り返しですよ、繰り

返し〉

　ママンが呆れたように、わたしに手話通訳してくれる。

〈物には限度というものがねぇ〉

〈限界を超えたところに成長があるんですよ。あ、ホットコーヒーお願いします〉

　南さんとの雑談まで通訳しなくていいのに、ママンは気遣いの人だ。

〈時間かかるわよ、君には分からないだろうけど、こだわりの淹れ方なんだから〉

〈まんじゅう食い食い、待ってます〉

　このふたりは本当に、見ていて飽きない。人づきあいが苦手なわたしでも、観察したくなってしまう。でも……前から不思議に思っていたことがある。

　わたしはスマホのメモ帳アプリを起動して文字を打ち、南さんに見せた。

〈どうして、競技かるたに興味を持ったんですか〉

　目が見開かれ、汗がたらりと流れた。きっと頭の中で、いかに手話に訳すか必死に考えているんだろう。わたしは文字起こしアプリを起動して、安心させるように彼に見せた。

　ホッとしたのか、南さんは照れたように頭を掻く。

『俺って小さいころから剣道バカで、勉強に興味が持てなかったんですよね。それが中一の時、「会話科」で百人一首の授業があったんです。競技かるたの市民大会っていう映像を観させられたんですが、もちろん、居眠りしてたんです。ふと目が覚めたら、画面の中で袴姿の女子たちがかるた取りしてて……』

　南さんは、遠い、遠い目をした。

『その中のひとり。風が吹いたら飛んでいっちゃいそうな華奢《きゃしゃ》な若い女性が、それはそれは優雅に札を取ってたんです。桜の花びらが風に舞うような……。観客か誰かが、「風の伯爵夫人だ」って言っていて。記憶に鮮烈に焼き付きましてね。なんていうか、その瞬間がトリミングされたみたいに。まさに、あの歌ですよ。あれ、なんだっけ』

ピンと来た。わたしは本棚の画集を取り、「天つ風」のページを開いて彼に見せる。ぱあっと表情が明るくなった。

『そう、天つ風。あの時の雰囲気がずっと忘れられなくて、警察官になってから黄ぶな会に入って練習してみたんですが、ダメですね。全然覚えられない。ははは』

ダメなんかじゃない。わたしには、少年の日の初恋のような素敵なエピソードに思える。カナさんがここにいたら「やっぱりヘンタイじゃん！」と騒ぎそうだけど。

『で、ママンと知り合ったわけです。手話もできるって話なんで、警察官の職務に役立つかと、最近はもっぱら手話を習いにきている次第です。邪魔くさがられてるけど』

いくら少年の日の思い出とはいえ、剣道と競技かるたなんて、まったく違う世界のような……。

『いや、意外に共通点があるんですよ。剣道用語ですけど、塩山の目付って知ってますか』

文字起こしアプリの弱点は、誤変換が多いことだ。特に専門用語に。

スマホ画面に表示されている「塩山の目付」の文字をみて、南さんは卓袱台に指で「遠」と書いた。

『遠い山って書くの。遠山の目付。対戦相手の一点だけを見つめるのではなくて、遠くにある山を見るように相手の構え全体を見て、どこに隙があるのか見破ること』

〈そうなんだよねぇ〉

ママがコーヒーを持ってきた。

〈とある、かるたクイーンがおっしゃってた。試合中は並べられている札を一枚一枚眺めるんじゃなくて、ぼんやりと全体を見るんだって。脳科学の分野では「周辺視」っていうらしくて、脳の情報処理能力が高まるとかなんとか〉

あえて近くよりも遠くを見た方が分かるものもある、ということだろうか。

この時知った〈遠山の目付〉は、わたしの心から離れなかった。


わたしが聴者に勝つには、「札の位置を暗記する力」を鍛えるべきだと実感した。

聴覚障害者は周辺視野での視覚情報の認識率が聴者より高く、物体の動きや変化に敏感だという研究結果もあるらしい。

ただし、取り札の位置は試合が進むごとに変化していく。取ったり、相手の陣に送ったりするからだ。さっきまで覚えていた位置を瞬時に忘れ、新たな位置を脳裏に刻み込む必要がある。

この練習方法が正しいのか分からないけど、やってみた。取り札を五十枚置いて写真を撮るように記憶する。パソコン画面に札を五十枚配置し、覚えた歌を入力する。札を開いて答え合わせしたら、また札を切って置いて……と繰り返すのだ。瞬時に覚えて記憶を吐き出し、また覚えて吐き出す。家でこれを毎日毎日やり続けた。アラインには行かず、自分のやり方に集中した。

一週間ほど経つと、ほぼすべての札に一度で入力できるようになった。三日坊主に終わったら試合には出ないと決めていたけど、まだまだ続けられそうだ。

……挑戦しようか、市民大会に。

大会に出るとなると、服装に悩んでしまう。やはり袴だろうか。母の振袖があったはず。わたしの成人式にも使えるよう、結婚後もお直しをしていないという話だし。すると、髪型は？　練習やこの間の試合のように、ただ縛るだけでもいい。でも、袴ならまとめ髪にバレッタも素敵ではなかろうか。

思いつくといてても立ってもいられず、学校帰りに駅ビルのアクセサリーショップに行ってみた。柄も色も、素敵なバレッタが並んでいる。中でも、とても魅力的な柄があった。木の枝に梅のような花が咲き誇って、まるで序歌の情景だ。そして、わたしの名前みたいでもある。手に取り値段を見て、すぐその場に戻した。

四千円。

アラインの授業料を考えると、わたしのお小遣いからは厳しい。誕生日のプレゼントとしてお願いするにも、まだまだ先だし。両親にねだろうか。でも、昼夜交代制で働く父や、冷凍食品の工場で寒さに耐えて働く母のことを考えるとためらってしまう。

結局、そのまま帰ってきてしまった。

夜、ベッドに横たわったとき、ふと思い出した。

うららちゃんが言っていた、アルバイト。

もちろん今まで働いたことはないけれど、中学生の時にやった職場体験――いわゆる「宮っ子チャレンジ」は問題なくできた。

学校にはもちろん内緒だ。たった一日、一日だけでいい。

バイトのことを教えてとメッセージを送ると、うららちゃんからの返事はすぐに来た。

『披露宴会場で、ドリンクの配膳担当だよ。ひたすら瓶を厨房《ちゅうぼう》から会場にお運びする。頼まれているのは、今度の日曜日。日柄がいいらしくて、披露宴がいっぱいあるんだって。私はその日ダメなんだけど』

『わたしの耳でも大丈夫かな』

『誰とも話さないし。運んで、空の瓶を厨房に戻すだけだもん。本当にやるなら、上の人に連絡しとくよ』

それなら、なんとかなりそう。両親も「まぁ、一日だけなら。これも社会体験だしね」と許してくれた。

自分で稼いだお金で、欲しいものを買う！　初めての挑戦に心が舞い上がった。

当日、会場の事務室に行くと白いブラウスと黒いロングスカートを貸与された。更衣室で身なりを整え、髪をきっちりひとつに縛ると大人な雰囲気で、ますます気持ちは盛り上がってしまう。

この日の午前中は同時に三つの披露宴がある上に人手不足らしく、わたしが行くと「上の人」も喜んでくれた。

やってみるとかなり忙しい。けれどテーブルは指定されるし、お客様から注文を受けることもなく（ひっきりなしに運ぶので、足りないことはないようだ）、無事に一日終わりそうだ。

心地良い疲労感と達成感に満ち足りていた、午後の披露宴の乾杯が終わった直後のこと。

ドリンクを運んでいたわたしは、視界の端で三、四歳くらいの女の子が会場の外に出ていくのを捉えた。親は気づいていないのだろうか。わたしは慌てて廊下に出た。

会場外も、お客様がいっぱいだ。わたしは人々の間を抜けるように女の子を追いかけ、つかまえた。会場に連れていったら両親らしき方々のところへトコトコ走っていく。

わたしは入り口に立ったまま、安堵のため息をついた。

その時、違和感を覚えた。

振り向くと、スーツを着た中年男性がわたしになにか怒鳴っている。

文字起こしアプリを使おうにも、バイト中はスマホをロッカーにしまうように指示されたので、内容が分からない。あまりにも激しい口調なのか声が大きいのか、ほかのお客さんがチラチラとこちらを見ている。

四十代くらいの制服姿の男性が飛んできた。朝、わたしに仕事を説明した「上の人」だ。名前は確か、田崎《たさき》さん。

田崎さんは男性とわたしを会場の外に出して扉を閉めると、男性をなだめるように話し始めた。男性は、わたしを指さしながら何か言っている。

クレームだろうか。どうしよう。やっぱり、わたしがバイトなんて無理だったんだ。

田崎さんとわたしはひたすら頭を下げ、男性はこちらを睨みつけるように去っていった。

再び顔を上げた時、田崎さんの顔に浮かんでいた表情で、なにを言いたいのか分かった。

「やっぱり、聴こえない子は受け入れなければよかった」

「なんで俺が文句言われるんだよ」

「もう勘弁」

わたしがあの男性に何をしてしまったのかは分からない。でも、結果として迷惑をかけてしまった。……ここにいたくない。人に見られたくない。天つ風、雲の通い路を吹き閉じて。そしたら、わたしの姿が見えなくなるから。

「すみませんでした。アルバイト代は、いりません」

発語が上手じゃないわたしの口話を理解してもらえたのかは分からない。でも、精いっぱい発音して、その場から走り去った。

更衣室で、大人びた制服を脱ぎ捨てる。一生懸命やれば報われるなんて、真面目に生きていれば良いことがあるなんて嘘《うそ》だ。やっぱり、バイトなんかしなければよかった。

手の甲で目を拭い、今日着てきた自分の服をハンガーから下ろす。着なれたトレーナーにジーンズ。元の自分に一刻も早く戻るんだ。そして帰ろう。

帰宅したわたしは、ずっとベッドで横たわっていた。暗くなって、星が出てきても。

「聴者の世界」は、聴こえないわたしの世界と違うと分かっていたはずなのに。市民大会に出ようなんて思わなければよかった。

以前のわたしだったら、今回のことなんて「まぁ、よくあることだし」と気にしなかったかもしれない。

でも、わたしは飛んでしまった……高く高く。聴者の世界に踏み出しても、やっていけると心を舞い上がらせて。

深くかがむのは高く飛ぶため、と聞いたことがある。

なまじ高く飛び上がってしまったために、地面に落ちた時の衝撃も大きかったのだ。ただ転んだだけなら、ここまで痛くはなかった。

夜空が、かすんで見える。星の輝きもにじんでいる。

聴者の世界では、星がきらきらと音を立てて輝くことはない。でも、わたしの夜空は星の歌に満ちていたのだ。現実を知るまでは。

もう、これ以上知らなくていい。わたしは、わたしたちの世界にいよう。百人一首も競技かるたも、もうやらない。

その日以降、わたしはアラインに行くことをやめた。

第二章

ひらひらと

あたしの父と母は、耳が聴こえない。だから小学一年生の時にはもう、両親の手話通訳をやっていたと思う。

「カナちゃん、大変だねぇ」

「えらいね、カナちゃん」

周りの大人から言葉をかけられても、別に何も思わなかった。だって、あたしには普通のことだから。褒められたり、同情されたりするようなことではない。

「カナちゃんって、大人びてるよね」

同級生にはそんなことも言われた。

そんなの当たり前だ。だって、みんながおしゃべりしている時、あたしは大人と渡り合っていたんだから。

保険や新聞の勧誘、制度や補助金の説明をする市役所の人、理容店を営む両親の仕事にクレームをつけるお客さん、そして子ども会の会合。

大好きな両親が困らないように、大切な両親が「聴こえないこと」で誤解されないように、あたしが守るんだと、そう心に決めていた。

家にかかってくる電話も、学校の先生と親との面談も、通訳してきた。

『お店の入り口に飾ってる風鈴さぁ、うるさいんだよね。気がつかないんだろうけどさ。片付けてくれない？』

『日永さん、今度の文化祭で先生たちとＰＴＡで合唱を披露するんだけど……。お母さんって、どうかな？　参加したいかなぁ？　ちょっと訊いてほしいんだ』

時には、刺々《とげとげ》しい内容を和らげて伝える。

言葉の刃《やいば》が通過するたび心が削られ続け、その削りかすは、澱《おり》のように心の奥底に沈殿していった。

でも、あたしには澱を浄化してくれる太陽のような存在がいた。

ママン。

といっても、母ではない。その双子の姉、つまりは伯母だ。

「中田陽子《なかたようこ》」という名前なのだけど、喋《しゃべ》り始めたころのあたしが、なぜか「ママン」と呼んだのがめちゃくちゃ気に入ったらしく（当然ながら、あたしにはその記憶はない）、そのまま定着してしまった。

ママンは、あたしの心に澱が溜《た》まったのを見越したようなタイミングで家に来る。魔法使いみたいだ。そして、あたしが出迎えるとギュッと抱きしめて、こう言うのだ。

「可愛《かわい》い姪《めい》っ子ちゃん、会いたかった」

そして、頰を頭にグリグリと押し付ける。

「カナは、アタシの一番の宝物だよ」

その温かい腕と胸、そして言葉は、澱を溶かして流してくれた。だからあたしは変な方向にそれることなく、大きくなれたのだと思う。

だけど心のどこかで分かっていた。いつまでもママンは来てはくれない。自分で澱を処理できるようにならなくてはと。

あれは、小学校五年生だった。

一学期の終業式が終わり、いつものようにさっさと帰ろうとすると、クラスメートに「新しいゲーム買ったから、うちで遊ぼう」と誘われたのだ。

〈午後、保険の解約に行ってくる。留守番しててね〉と母に言われていたあたしは誘いを断り、早足で家へと向かった。

〈カナ、通訳はしなくていいよ。筆談してくれるってさ〉

母は言ったけど、あたしは行くと決めていた。だって前に、筆談が面倒だと露骨に表情に出していた店員さんがいた。今日の相手もそんな人だったら、お母さんが傷ついてしまう。あたしがゲームを我慢すれば済む話だ。ホントは遊びたいけど。

母が支度する間、あたしは庭石に座りぼんやり花壇を眺めていた。

とても暑い日だった。まとわりつく湿気から逃げるように、母にもらったペットボトルのサイダーを抱えていた。

花壇のひまわりが、燦々《さんさん》と輝く太陽に向かって元気に咲いていた。蝶《ちょう》がその前を横切っていく。

ひらひら、ひらひらと。

気ままに舞い、誰にも邪魔されず飛んでいく。

自由だなぁ。いいなぁ。なーんにも考えないで、心配もしないで、好きなように飛べて好きなところへ行けて。

あたしは自分の役割から逃れられない。その前に、逃れようとも思わなかった。部活も習い事もしたいと言ったことはない。学校以外の時間は、両親のためのものだったから。だって、あたしがいない間に両親に困りごとがあったらイヤだもの。

親を守らなければという義務感は、活力だった。だけど、自分が大きくなるにつれて、苦しさも感じ始めていた。小さいころ大好きだった服が、キツくなってるみたいに。

蝶への羨望をぶつけるように、力をこめてペットボトルの蓋《ふた》を開ける。

——しゅぱっ

なんて心地の良い音だろう。耳から頭を抜けて天まで届きそうだ。あたしの心に溜《た》まった澱を、宇宙まで連れ去ってくれる気がした。

——でも、音が与えてくれる気持ち良さは、両親には分からないんだ。

罪悪感と快感の間で揺れ動いていると、理容店の白い服からよそ行きの服になった母が庭に出てきた。あたしは慌てて立ち上がり、車に乗り込んだ。

炭酸飲料は、それからずっとあたしの癒しになってくれた。

——あたしもみんなのように、自由に遊べたら。

——祐里奈《ゆりな》ちゃんが音楽の授業でピアノ弾いてた。あたしも習ってみたいな。

——親に言えない心のもやもやを感じた時や何か我慢をした時。

——しゅぱっ

蓋を開けて発散するようになった。爪をかじったり抜毛するよりは健康的な方法だと我ながら思っていた。

中学生になっても、あたしの使命感は変わらなかった。

周りの子たちは親をウザがるようになって、「こないだの日曜日は部屋に籠って、ドア越しにしか親としゃべらなかったよ」「俺は絶対に親の顔見ないもんね」なんて言っていたけど、そんなことをしたら我が家は意思疎通ができない。

テレビや雑誌で「子どもが口をきいてくれない」「かかわりを持ってくれない」と大人が嘆く「思春期」というものは、あたしには訪れなかった。

気づいたことがある。

世界はふたつあるのだ。

ひとつは両親がいる聴こえない世界で、もうひとつは外の聴こえる世界だ。ふたつの世界をつなぐ役割が、あたし。

そして、あたしのような存在には名前があるということも知った。

Children of Deaf Adults。

コーダ——聴覚障害の親を持つ、聴者の子どものことだ。

成長するにつれ、ママンがどういう生活をしているのかも分かるようになった。

ママンは我が家から車で三十分くらいの場所でひとり暮らしをしていて、「給食のおばさん」をやっている。うちに遊びに来るのは仕事が休みの時で、もやしサラダやドライカレーといった家庭的な料理や、炭酸まんじゅうが手土産《てみやげ》だ。でも、あたしにとって一番嬉《うれ》しいのは、両親に聞かせられない愚痴や悩み、あたしが吐き出すすべてをママンが受け止めてくれることだった。堰《せき》を切ったように、言葉も涙も止まらなくなることもある。

でも、あたしが小学生になると、二言目にはこう言って誘うようになった。

「カナ、競技かるたやらない？　向いてるよ」

ママンは黄ぶな会のA級公認読手《どくしゅ》で講師もやっていて、週末はかるた会館で教えているらしい。

「やらないよ！」

何度勧誘されても、あたしは断った。面倒くさいとか、和歌なんか興味ないとか、表向きの理由はいろいろ。

競技かるたは知っていた。宇都宮《うつのみや》市立の小中学校には会話科の授業があって、百人一首も学ぶ。その授業で、競技かるたの映像を観《み》たから。

美しかった。

選手の着物の袖が舞い、袴《はかま》が翻《ひるがえ》る。優雅に手を払い、札を流れ星のように飛ばしていく。「読手」が朗々と声を響かせる――。

このすてきな世界にママンがいるんだ。行きたい。あたしもやってみたい。

でもこれは「聴者」の競技だ。習いたいなんて親には言いづらい。だからあたしは、どんなにママンに誘われても断ってきた。

中三のお正月だったと思う。

おせちとお年玉、そしていつもの炭酸まんじゅうを持ってママンが年始の挨拶にやってきた。

ママンが趣味で作る炭酸まんじゅうは大きい。かじるのも大変なのに、この時は「正月スペシャル」ということで、いつもより二回りくらい大きかった。

「そういえばママン、どこで習ったの？　この炭酸まんじゅう。お母さんは全然作らないよ」

あたしの部屋で大きな目をクリクリさせながら、ママンは答えた。

「高三の夏休み、オリオン通りの喫茶店でバイトしたんだよ。そこのオーナーさんが教えてくれた」

「ママンが喫茶店で？　しかもオリオン通り！」

そんな繁華街でママンが。全然ピンとこない。路地裏の定食屋さんならまだしも。

「もう亡くなっちゃったけど、そのころはオリオン通りの最古参の店主でね。昔のことをいろいろ知ってて、教えてくれたんだ。面白かったよ」

「ふぅん。そういや、なんで『オリオン通り』っていうの？」

「オリオン座にちなんだらしいよ。できたころは曲師町《まげしちょう》と一条町《いちじょうちょう》、江野町《えのまち》の三つの町にまたがっていたから、三つの星が並んでるって意味で」

「三つ？　オリオン座って台形じゃなかったっけ」

気になって、冬休み明け早々に学校の図書室で『日本星名事典』という古い本を開いてみた。

昔の日本では主に「三つ星」と呼ばれていたらしい。外側の四角形を含むかは地域によるそうで、猟師の姿を重ねるのは外国だけのようだ。この時初めてあたしは、オリオンがギリシャ神話の中の存在だと知った。

図書室に差し込む冬の夕陽《ゆうひ》は、そのページのある箇所を照らし、あたしに示した。

「親荷《にな》い星、親孝行星と呼ぶ地域もある」

——三つ星が南中を過ぎ、西へ移って横一文字になった形の、中央の星を孝行息子、左右の星を彼が荷う老いた両親と見たのである。

けふっ。と小さな声が漏れた。額から冷や汗が流れてきて、手の甲で拭う。

どうなるんだろう、あたしの未来って。ずっとずっと、お母さんとお父さんのために……。

手にある本が、重くなっていった。

その夜、あたしは眠ることも忘れてずっと夜空を眺めた。オリオン座の三つ星は縦一列に上り、一番上で（それを南中というらしい）横になり、また縦になりながら沈んでいく。つまり三つ星は、「1」という数字で上がってきて、南中で「一」になり、また「1」の字で沈むのだ。

宇宙をめぐっていても、三つ星は決して離れない。ずっとひとつだ。きらりと流れる星も、横目で眺めるだけ。あたしは宿命から逃れられないのだ。

でも、いい。それでいいんだ。だってあたしは両親が大好きだから、そばで守りたいんだもの。

その日以来夜空を見上げることはせず、中学を卒業した。高校も、家からすぐの場所にあるという理由で私立青風《せいふう》学院を選んだ。本当は、バスで三十分くらいかかる、ママンの家の近くにある県立高校に行きたかったけど、希望は心の奥にしまい込んだ。

入学式を終えて、すぐのこと。

「高校入学おめでとう！」のプレートがついた手作りデコレーションケーキを、ママンが持ってきてくれた。

〈ありがとう。ママンって炭酸まんじゅう以外のお菓子も作れるんだ〉

感心しながらケーキを両親と並んで眺めていると、ママンはさらりと爆弾発言をした。

〈今度カフェをやることになったからさ、練習がてら作ってみた。なかなかでしょ〉

〈え？　お姉ちゃん、職場は？〉

母が目を見開くと、ママンはあははと笑う。

〈年度末で辞めた！　ゴールデンウィークにはオープンしようと思ってるからさ〉

まさか、あたしを置いて遠くに行っちゃったりしないよね。慌てて訊《き》いた。

〈どこ！　どこでやるの〉

〈若草《わかくさ》ろう学校のすぐ近くだよ。だから、青風学院からも近いよね〉

ということは、我が家からも近い。それは喜ばしいけど、複雑だった。

〈ママンのキャラだったら、あっという間に人気店になっちゃうじゃん。SNSでバズってさ、テレビや雑誌でも紹介されて……。ママンが遠い存在になっちゃう〉

そう言ったら、右手で頬をつねる「無理」の手話をしてママンは笑った。

〈そんなにお客さん入るスペースないもん。八席しかない、おひとりさま専用カフェだし〉

血相を変えたのは、父だった。

〈お義姉《ねえ》さん、それでいくら稼げるんです！〉

〈大丈夫、なんとかなるって〉

ママンは陽気に笑うけど、小さいころから大人の現実に向き合ってきたあたしには、そんなの夢物語としか思えなかった。

二週間後。プレオープンに招待され、あたしは花束を持って両親とお祝いに行った。

これから先、どんなに常連がついたって、このお店第一号のお客様は、あたしなんだ。そんな高揚感は、建物を見て吹っ飛んだ。

「カフェ　アライン」と書いた紙がドアノブにぶら下がっているだけの、民家だ。古民家なんておしゃれなもんじゃない。どこからどう見ても、ただの古い家だった。

人気の花屋さんで「新規オープンのカフェに似合いそうな花束を！」と気合いを入れてオーダーしたのに。ピンクのラナンキュラスをベースにした色とりどりの可憐な花が全然似合わない。うちの庭に咲いてるタンポポがちょうどいい感じだ。

〈ママン、カフェなんでしょ？　もっとこう、スタイリッシュな建物に……〉

慌てるあたしから花束を受け取りながら、ママンはさらりとかわした。

〈いいの、いいの。分かる人に分かれば、いいの〉

中もただの古い家だった。リフォームもリノベーションもしていない。カビとホコリの匂いが襲ってきそう……と覚悟したけど、お茶の葉を焚《た》いているのだろうか、妙に落ち着く香りが漂ってきた。乱れていた心が安らぎ、そのまま畳に寝っ転がりたくなる。

しかし、こんなのでお客さんは来るんだろうか。

〈いいね！　昭和にタイムスリップしたみたい〉

逆に、両親の方がはしゃいでいる。

メニューを見たら、紅茶とコーヒーしかない。あとは日替わりパフェで、しかも全部五百円だ。

〈ねぇ、ママン。せめてランチやったら？〉

〈やだよ、慌ただしい。アタシは、ここでおひとりさまがゆっくりのんびり、お茶しながらくつ

ろいでくだされればいいんだ。だからあえて、午後から開店にしたの。ランチがないってアピールするためにね〉

そんなの夢だ。夢追い人だ。呆《あき》れるけど、ちょっと羨ましくもあった。自分の夢を実現するなんて、あたしにもできるのだろうか。いつか両親から離れて……。

〈じゃあ、みんな座って。アイスコーヒー淹《い》れるから〉

散らばるように置いてある八つの座布団から選んで、三人が座る。

あたしは、縁側の近くに並ぶ三つの卓袱台《ちゃぶだい》のうち、右端を選んだ。どれも本当に小さい、おひとりさま用の席だ。古びた木枠のガラス戸から柔らかな陽光が差し込んできて、照らしてくれる。

右を向くと大きな本棚があり、年季の入った色紙が飾られていた。

「オリオンは聲《こえ》なき天の聖歌隊……」

口に出して読んでも内容はよく分からないけど、古めかしい言葉が落ち着いた雰囲気を醸し出す。

この空間は人を優しく包んでくれるようで、ママンそのもののように感じられた。

疑問しかなかった古い建物が、癒しの存在に変わっていく。

黒い宝石みたいに濃厚でスッキリした味のアイスコーヒーを飲みながら、庭に目をやった。モンシロチョウが飛んでいく。ひらひら、ひらひらと空を目指して。その自由な羽ばたきに、目を奪われた。

あたしは今、自由だ。

ここはママンの空間なのに、あたしだけの世界を分けてくれたみたい。そしてあたしだけの時間も。

すべてが消えて行った。父も母も使命感も、「親荷い星」の重みですら。

ひらひらと、今あたしの精神《こころ》は羽ばたいている。あの蝶のように、どこまでも。

「しゅぱっ」の音が耳が弾《はじ》ける快感だとしたら、この空間は心がほどける快感だ。

現実に還《かえ》ったのは、父がストローでアイスコーヒーを思い切りすする音が聞こえたからだった。

すべてが戻ってきた。両親の存在も、自分の現実も。

でも、さっき感じたひらひらとした心地良さは、ここに来ればいつでも味わえるんだ。そして、あたしを解放してくれる。

「……ママン。あたし、ここを指定席にする。キープしておいてね」

「あはは、いつでもウエルカムだよ」

この場所なら、学校帰りにふらりと寄ることができる。ドリンク一杯を飲む程度の時間なら、家にも影響ないんじゃなかろうか。しかも、ママンのお店だし。

青風学院を選んで良かったと初めて思った。

でも、本格的に学校が始まったらそんなこと言えなくなってしまった。


五月下旬の放課後。

帰ろうとしたら、甲高い声で女子ふたりが教室の隅で立ち話をしていた。

「やだぁ。なに、その変な言い方」

「本当にいたんだよ、こういうしゃべり方する子！　この前帰りに駅のカフェ寄ったらさ、隣に

た。

「こう、の後に続けたのは独特の発音で、聴覚障害者が口話のために発語したものだろうと察していた子が、こう……」

外で父や母が発語する時、周りの聴者が遠慮なく浴びせてくる視線を思い出し、払い除《の》けたくなった。横目で見たら、クラスの中でも気が合わない江里菜《えりな》だった。

相手にするのも不毛なので、さっさと教室を出たら「日永《ひなが》さん」と呼び止められた。担任の津野田誠《つのだまこと》先生だった。大学を卒業したばかりの国語の先生で、見た目は高校生と大して変わらない。よって、女子からはアイドル扱いされている。

津野田先生は、無邪気な笑顔であたしを見つめた。

「明日の若草ろう学校との交流、日永さんがいるから先生も安心だよ」

「え？　なんで」

「手話上手だろう。困っている生徒がいたら、サポートしてあげてくれよな。頼りにしてるよ」

めまいがした。

分からないんだ、津野田先生には。

好きで上手になったわけじゃない。やらなきゃならなかっただけ。親の通訳だけで精一杯なのに、なんで学校でまでサポートしなきゃならないんだ。

でも、江里菜みたいな剝《む》き出しの悪意にも、津野田先生みたいに善意と勘違いしている悪意にも小さいころから対峙《たいじ》してきた。こんな言葉も今さらだ。

「はーい」

感情は見せずに、適当に場をやり過ごす。心をヴェールで包み、剝き出しにはしない。それがあたしが身につけてきたスキルだ。

「それと、七月にある三者面談の希望日程の提出、まだだったよね。親御さんと相談して、早めにね」

三者面談。その言葉がヴェールに引っ掛かる。

「日永さん、通訳よろしく頼むね」

引っ掛かりは、かぎ裂きとなった。

翌日の交流で、あたしはひたすら機嫌が悪かった。

「ねぇ。自分の名字の指文字忘れちゃった。『おおまみゅうだ』ってどう指を動かすんだっけ。ついでに、『難読名字で有名です』って手話でどうやるの」

「これ、検索してもその手話が出てこないんだけど」

「昨日のドラマで見た手話なんだけど、今日の交流でも使えるかしら?」

先生も生徒も、みんながあたしを頼ってくる。なかでも一番腹が立ったのが江里菜だ。

「ねぇ、日永さん。みなさんにお会いできて嬉しいです。今日はいろいろ学ばせてくださいね、って手話でどうやるの」

どの口で訊いてくるんだ！　と怒鳴りたくなったけど、彼女はちらちらと横目で津野田先生を見ている。憧れの先生の前でいい子ぶりっこしたいんだろう。アホらしい。

ヴェールは完全に引き裂かれた。

ようやく交流が始まり、グループに分かれてレクリエーションをすることになった。

あたしが組んだのは田崎玲奈《たさきれいな》。話しかけられれば雑談する程度の、友達と同級生の間くらいの距離感だった。

若草ろう学校もふたりだ。名札を見るとショートカットの方は寺島《てらしま》うらら、ロングヘアの子は木花咲季《このはなさき》と書いてある。

寺島さんの耳に補聴器が見えた。ということは、あたしの母と同じく音が拾えるんだ。と言っても母が聴こえるのはサイレンくらいの大きな音に限られるけど。木花さんは補聴器をつけていない。ほとんど聴こえないのだとすると、父と同じか。

でも、家から離れた所にいるのに、聴覚障害のことはあれこれ考えたくなかった。なんでもいいから、早くやって終わりにしたい。

〈即興五行詩にしようよ〉

メルヘンな雰囲気の寺島さんが言いだした。

〈いいんじゃない？　とっととやって、さっさと終わりにしよう〉

手話でそう返したら、木花さんが目を丸くした。そうか、あたしの手話が流暢《りゅうちょう》だからか。

……別に、好きでそうなったわけじゃないし。

あたしが明後日《あさって》の方向を向いてため息をついていると、こちらも実は詩が好きなのか、田崎さんがささっと書いた。

今日まで五月
来週は六月

季節の移り変わりは早い……で締めるのかと思ったら、六月初日は衣替えだから教室が防虫剤臭いなんてオチだった。脱力していると、今度は木花さんが詩を書いたノートを見せた。

きらきらと
満天の星が騒がしく輝いて
ごうごうと
天の川も轟音《ごうおん》をたてて流れていく
夜空はにぎやかだ

ピンと来た。生来耳が聴こえないであろう木花さんは、「きらきら」とは星が輝く時に発する音だと思っている。

適当に褒めて終わらせてもいいけど、思いやりは、かえって仇《あだ》になる。勘違いは早々に修正した方がいい。それが、小さいころから両親の通訳をしてきた、あたしの経験則だ。

〈違う、星は音なんか出さない。きらきらは擬音語だから〉

ズバリ伝えると、木花さんの表情が凍り付いた。

木花さんの目がうつろになり、頬が小さく震える。もう少しで泣き出しそうな気配だ。

あたしは、彼女の大切な「何か」に触れてしまったようだ。

悪いことをしてしまったんだろうか。違う、現実を知ることは大切だもの。大人になってから知ったら、それこそ傷は深くなる。周りが守ってくれる今のうちに、直せることは直した方が彼女のためだ。

『それも間違いね。きらきらは擬態語、状態を表す言葉です』

慌てて振り返ると、若草ろう学校の先生が立っていて、名札に「白田映美《しろたえみ》」とあった。あたしを見下ろす目が冷たくて怖い。背後に吹雪《ふぶき》が見える気がする。雪女みたいだ。

木花さんが、刺すような視線をあたしに投げてきた。「自分だって間違っているじゃない」と言いたげに。

寺島さんが慌てた表情で、せわしなく手を動かした。

〈咲季ちゃんの詩、めっちゃいい！　いまの季節にぴったりじゃん〉

そんなことない、と言いたげに木花さんは無表情のまま細かく首を横に振る。

「カナちゃんの番だよ。ほら、早く」

重い雰囲気を変えたいのか、田崎さんがあたしを急《せ》かしてきた。

「詩なんて、何書いたらいいのか分かんない」

「なんでもいいんだよ。夢でも恋でも」

そうか、夢か。書くのも面倒なので手話と発語で伝えた。

あたしの夢
ひとり暮らしをしたい
好きな時間に起きて寝て

心のままに一日過ごす
自分のためだけの時間を

考えてみたら手話通訳しなくても、机の上のタブレットに表示されていた。

「えー、ささやかすぎない？」

田崎さんが画面を眺めて苦笑いしている。

……別に、あんたに分かってもらわなくていいし。

視線をそむけると、木花さんと目が合った。さっきの攻撃的な視線とは違う。どこか同情めいたものがあるような気がして、あたしは目をそらした。


交流は終わったけど、ママンに愚痴を聴いてもらわなきゃ、やってられない。ヴェールの修復係は、いつもママンだ。放課後、あたしは一直線にアラインを目指した。

「ママン、聴いてよー！」

叫びながらドアを開けても出てこない。厨房《ちゅうぼう》だろうか。とりあえず座敷に入ったら、そこにいた。ママンだけでなく、先客も。

ロングヘアの若草ろう学校の生徒が本棚を見上げている。気配に気づいたのか、キョトンとした顔でこちらを見た。

木花さんだ。

彼女もあたしを見て、驚きと戸惑いの表情を浮かべた。しかも腹が立つことに、あたしの指定席に座っている。ママンに言っておいたのに。

〈ちょっと、あなた。その席はあたし用。どいて〉

よっこらしょとママンは立ち上がった。当然あたしに味方してくれると思いきや。

〈カナ、わがまま言わない！〉

ママンは木花さんを選んだ。一番の宝物のあたしより。ありえない。

〈ママンのバカ！　もう来ない！〉

ドアを乱暴に閉めて走り出す。視界が潤み始めた。信じられない。ママンは、あたしだけのママンだったのに。

でもあたしは涙を流すことはできない。喉に力を入れ、ぐっと飲み込む。小さいころからずっとずっと、泣くのを我慢してきた。

手話でコミュニケーションをするには表情が不可欠だ。顔を見ずに、手の動きだけで話すことはできない。親が聴者だったら、帰るなり部屋に籠ればいい。ドラマや映画で親がドアを叩いて「どうしたの？　言わなきゃ分からないじゃない」「うるさいな、あっち行って」と壁越しにやりとりをするシーンを観たことがある。

だけど、コーダのあたしにはそれができない。文字通り正面から向き合わなければ、親と会話ができない。だから、泣いてなんかいられない。

ただひとり。ママンの前でだけはすべてを吐き出し、涙を流すことができた。でも、ママンは、もうあたしじゃない子の方を向いている。あたしが帰る場所は、ひとつしかない。

両親が営む店、「日永理容店」。あたしの年齢とほとんど同じ建物だ。

ガラス戸の隣でくるくる回る赤・青・白のサインポールを横目にお店に入る。ツンとした整髪剤の匂いが、鼻腔をくすぐった。赤ちゃんのころから嗅いできたこれが「家の香り」だ。

お店にお客さんはいなくて、母が手持ち無沙汰に雑誌を読んでいた。あたしに気づいてソファに置き、静かに微笑む。自分の左手を握り、その甲を右手で撫でた。母はなぜか、あたしの名前を言う時、その手話をする。

〈カナ、お帰り〉

母の名前は静香《しずか》でママンの本名は陽子……双子なのに対極だ。名前も体形も、性格も。

〈今日の学校はどうだった？〉

〈別に。いつも通りだよ〉

〈ねえ、三者面談いつにする？　手話通訳派遣の依頼するからさ〉

〈通訳を依頼？　必要ないよ。あたしがやる〉

第三者に自分の成績を知られるなんてイヤだ。親が聴者なら、こういう憂いもないんだろう――ううん、そんなこと考えてはダメだ。母が知ったら悲しんでしまう。「私が聴こえないから、カナに負担をかけてしまうんだ」って。

でも、いつか、いつの日か。好きなように過ごしたい。蝶のように、ひらひらと――。


次の日が土曜日でよかった。学校に行ったら、昨日の交流やアラインでのことを思い出して、イヤな気持ちがぶり返しそうだから。

週末、あたしは可能な限り家にいる。両親は「今は文字起こしアプリもあるし、大丈夫だよ」

と言うけど、お店の常連さんの年齢層は高い。「アプリなんて冷たい」と文句が出るし、看板娘が通訳した方が喜ぶのだ。あたしは常時お店に出ているわけではないけど、部屋でスマホの無料ゲームをしながら待機している。今日はいつものパズルゲームじゃなくて、音ゲーにした。週末の二日間、楽しい音楽に合わせリズミカルに画面に流れる星を叩いて星屑に変えまくったらスッキリした。

だんだん、アラインでの出来事も冷静に思い返せるようになっていた。そもそも、ママンはお店のオーナーという立場だし、姪よりお客さんを優先するのは当たり前だ。明日はまた普通にアラインに寄ってみよう。

「ママン、来たよー」

週明け、いつものようにお店に行ってビックリ、木花さんがいたのだ。さらに、もうひとり男性のお客さんも。

一瞬「またしても！」と凍り付きそうになったけど、あたしの指定席は空いていた。男性のお客さんも別の席だ。ホッとしたら、蒸し暑さが気になってきた。

木花さんの手元に置かれたアイスティーのグラスは水滴をまとっていて、見るからに涼しそう。長い髪をかき上げながら本を眺める姿は、平安時代のお姫様が歌集でも読んでるみたいだ。心に反して、つい目で追ってしまう。

男性の卓袱台をひょいと覗《のぞ》くと、やっぱりアイスティーがある。つられてあたしもオーダーした。

早く自分の世界に籠ろう。指定席に座り、足を崩した。

背中から荷物が無くなったみたいに、気分が軽くなる。アイスティーを飲みながら庭を眺めれば、あたしの心は蝶になり、ひらひらと自由に舞い上がっていく。

廊下から足音が近づいてきた。ママンだ。話しかけようとしたら、一直線に木花さんの方に行ってしまった。今はあたしだってお客さんなのに。

衝立《ついたて》の隙間から、腰を下ろしたママンと木花さんが手で会話しているのが見えた。

〈む、から始まる歌は一首しかない。だから、読み始めた瞬間に下《しも》の句の……〉

木花さんは真面目な顔で、何度も何度も頷いている。

雑談じゃない、競技かるたの話をしているんだ。

彼女の反応が嬉しいのか、ママンが語る手の動きも大きく、表情もさらに豊かになっていく。

ママンが木花さんに教えている！　あの美しく華やかな競技かるたを。ママンの世界へ誘《いざな》っている、あたしじゃなく彼女を。

衝立を勢いよくどけた。あたしに背中を向けていたママンが、キョトンとした顔で振り返る。

〈ママン、その子に競技かるた教えてるの？〉

〈そうだよ〉

なんで……あたしには教えてくれないのに。

〈カナは、やりたくないって言ったでしょ〉

どうして、ママンは分かってくれないんだ、あたしはたったひとりの姪っ子なのに。

木花さんがあたしを見ている。その目に揶揄《やゆ》はない。同情か、憐憫《れんびん》か。でも、そんなものあたしはいらない。

〈やりたくないんじゃない、やれなかったんだよ！〉

――可愛い姪っ子ちゃん、会いたかった。

――カナは、アタシの一番の宝物だよ。

あんなに可愛がってくれたのに、大切にしてくれたのに。

揺るぎなかった大地に亀裂が入って、見えない底に落ちていく。

ママンがあたしより彼女を優先するなら、あたしの味方をしてくれないなら、もういい。あたしはアラインを飛び出し、家に向かった。

視界がにじむ。すれ違う人たちが、目を丸くしてあたしを見る。喉に力が入らず、もう飲み込めない。目も鼻もグシャグシャだ。

――バカじゃないの？　子どもみたいに泣いてんじゃないよ、みっともない。

――だって無理だよ、もう無理。苦しいんだもん、辛《つら》いんだもん。

頭の中で、自分同士がケンカしている。耳を塞いでも言い争う声が聞こえてきて、耐え切れず首を振る。

家が見えてきた。泣きやまなきゃ……と思えば思うほど、しゃくりあげる声が大きくなっていく。

顔が見えないように、お店にいた両親の間をすり抜け、自分の部屋に飛び込んだ。

ぷちん、と縛りつけていた紐《ひも》が切れた。言葉にならない言葉を叫ぶ、ベッドを叩きつける。それでも両親には聴こえない。気づかれなくていい。でも気づいてほしい。感情同士もケンカを始め、どうしていいか分からずベッドに伏せることしかできなかった。

気配がした。ドアが開いて、足音が近づいてくる。この雰囲気はきっと母だ。

顔を伏せたまま「あっちへ行って」「ほっといて」と言っても母には伝わらない。顔を上げ、向き合わなければ。

——あたしはコーダだ。

三つ星は決して離れず並んだまま宙をめぐる。荷う運命から逃れられないなら、せめてその重みを分かってほしい。

顔を拭い、体を起こした。あたしの涙なんて、赤ちゃんのころしか見たことないはずだ。戸惑いの表情を見せる母がベッドに腰かける。

〈どうしたの？　何があった？〉

いつもだったら、無表情で両手を半回転して「何もないよ」の手話をして終了だ。

でも、心に溜まった澱は手の動きを爆発させた。右手が喉に伸び、下へ引きながら思い切り閉じる。「したい」の手話だ。

口を大きく開き、聴こえないのは分かっているけど叫ばずにはいられない。

〈やりたいことがあるんだよ！　あたしだって〉

腐り、毒と化していた澱を吐き出した。

〈あたしは小さいころから通訳をやってきた。自分の時間を捧《ささ》げてきたけど、大好きなお父さんとお母さんのためだから苦じゃなかったし、むしろ嬉しかったんだよ。でも、辛いっていう気持ちが芽生えてきて、大きくなっていった。そんなことをお母さんたちが知ったら、傷ついちゃう。だからあたしは自分を押さえ込んだの。耐えろ、頑張れって〉

でも、限界が来た。今、あたしの何かが壊れてしまった。

母はあたしの手話と泣き顔を、ただひたすら眺めている。感情を爆発させるあたしなんて初めてだから、どうしていいか分からないに違いない。瞳が潤んでいる。

眉間をつまむようにし、手を開き指を揃えて下ろした。「ごめん」の手話だ。

〈お父さんもお母さんも、カナに甘えてた。進んで通訳してくれてたし。手話通訳の派遣を依頼したり、タブレットを使おうとするとカナがイヤがるから、逆に、頼まないと悪いのかなと勘違いしちゃった。カナは我慢してるんだって思い至るべきだったのに……ごめんね〉

そうか。言わなきゃ、気づいてもらえないんだ。

〈……あたし、本当に大好きなんだよ。大切なんだよ、お母さんもお父さんも。あたしがいないことで、辛い思いをしたらイヤだったから。あたしが守らなきゃと……〉

母はあたしの髪をグシャグシャとかきまわした。そして左手を握り、右手で何度も撫でる。愛おしそうに。

〈カナ、ありがとう。でもね、お父さんもお母さんも小さいころから訓練してきたし、世間の風にも当たってきた。カナの何倍生きてると思うの？　だから大丈夫なんだよ。そんなに心配しなくても。お店だって〉

うん、うん。あたしは目を拭いながら頷いた。

〈でも、あたし目当てのお客さんが多いのも事実でしょ？　看板娘だもん〉

母の動きが止まった。

〈まぁ……常連さんたちは、孫娘みたいなカナの成長を見に来てるという側面もあるね〉

思わず、くすっと笑ってしまう。

〈週末は今まで通りでいいよ。まずは平日から。学校帰りに、ママンのカフェにもっと寄ってもいい？〉

〈もちろんだよ！　お姉ちゃんを稼がせてあげなきゃ〉

〈実は……競技かるたもやりたいんだ。カフェに行った時に、ママンに教えてもらって。それも、いい？〉

〈なんだ、もっと早く言ってよ。言われなきゃ分からないんだから。いや、親なのに気づいてあげられなかったんだよね。ごめん〉

母に気を取られていたけど、ドアの陰に父が立ち尽くしていた。あたしと母の深刻な雰囲気に、どうしたらいいのか分からないようだ。

手招きをすると、ママンと張り合うくらいの巨体を揺らしながら来た父は、あたしの右隣に腰を下ろし頭を撫《な》でる。左隣の母は、あたしの背中を優しく叩いた。

ふたりから、温かい何かが伝わってくる。

……三つ星なんだな、あたしたち。連なることから逃れられない苦しさもあるけど、つながることで得られる安らぎもあるんだ。

一生分くらい泣いたその夜、寝る前にカーテンを開けてみた。夜空を見上げるなんて、中三の冬、一晩中オリオン座を眺めて以来だ。でも真上にある漆黒の空間に、あの三つ星はない。

スマホで調べてみたら、夏の夜空にオリオン座は見つけられないとある。季節とともに移り変わる星座の「年周運動」で、同じ星座が見え始める時刻は一日に四分ずつ早くなる。冬の王者オリオン座は今の時期、太陽と共に昇るから空が明るすぎて見えないのだと。

たとえ姿は見えなくても、確かに存在しているんだ。温かい「何か」のように。

そういえば、アラインの本棚に色紙が飾ってあったっけ。オリオンは天の聖歌隊で、宇宙の彼《かな》方《た》から静かな合唱を送ってくるという、なんか難しい詩が。

目の前に広がる夏の星空も負けじと歌っているようだ。どんな歌詞なのかは分からないけど、今のあたしには応援歌のように感じられた。

ママンに競技かるたを習うことにしたのはいいけど、どんな顔をして行けばいいんだろう。そのまま数日が経過した。

勇気を出し、学校帰りにアラインの塀から中をちらちら覗いていたら、木花さんがママンの炭酸まんじゅうを食べていた。

あたしの好物にまで木花さんが手を出してくるなんて！　厚かましいにもほどがある。中に入ろうかどうか逡巡《しゅんじゅん》していた心は、怒りに取って代わられた。

〈なんでふたりで食べてんのよ！〉

座敷の入り口に立ってラジオ体操みたいに大きな身振りで手話をすると、ママンは立ち上がりもせずに「こっちへ来なよ」と手を動かす。

〈ほら、あげるよ。カナも食べればいいでしょ〉

ママンは、あたしが炭酸まんじゅうのことだけを怒っているのだと勘違いしているのだろうか。読手をやってるくせに、乙女心を読むことはできないのか。炭酸まんじゅうは（今は）いらないの！

〈じゃあ、何しに来たの〉

〈あたしも競技かるたやるって言いに来た〉

――しゅぱっ

心の中にある、大きくて固いペットボトルの蓋が盛大な音を立てて開いた。弾け飛んだ炭酸水が空気を掃除していったみたいに、世界がクリアに見える。

ママンは嬉しそうに何度も頷き、木花さんは口角を上げてあたしをまじまじと眺めている。気恥ずかしくなり、ママンの隣に座ってやけくそのように炭酸まんじゅうを口に運ぶ。密度の濃さを忘れていた。みっともなく、ゲホゲホと咳き込んだ。

ママンの都合に合わせ、毎週火曜と木曜にアラインで練習をすることになった。

放課後は寄り道もせず帰宅し、習い事も部活もクラブ活動もしたことがないあたしが、ついに課外活動デビューだ。たったそれだけなのに、彗星《すいせい》になって太陽系から飛び出したような気になる。

練習初日に向けてママンから課題が出されるはずだ。ドキドキしながら待っていると、本を一冊だけ渡された。

「『漫画で読む百人一首』？」

けらけら笑いながら、ママンはあたしの両肩に手を置いた。

「まず、一番から百番まで歌を全部読んできな。飛ばさずにね」

別に漫画じゃなくてもいいじゃん。なんか扱いが軽い気がする。木花さんには、別の課題を出していたみたいだったのに。

背伸びして、漫画じゃない本もあれこれ借りて帰った。まずは、言われた通り一番から百番まで、歌を読んでみることにする。

しかし、ページをめくるたびに気が滅入《めい》っていった。

「吹くからに　秋の草木の　しをるれば　むべ山風を　嵐といふらむ」

思わずプッと吹き出す。でもすぐに、オヤジギャグにウケてしまったような悔しさを感じてしまった。

「恨みわび　ほさぬ袖だに　あるものを　恋に朽ちなむ　名こそ惜しけれ」

「玉のをよ　たえなばたえね　ながらへば　忍ぶることの　弱りもぞする」

暗い。なんてジメジメした歌なんだ。

読んでいても、反感しか湧いてこない。和歌って、綺麗《きれい》な風景やステキな感情を詠んで、優雅に楽しむものかと思ってた。

「ももしきや　古き軒端の　しのぶにも　なほあまりある　昔なりけり」

なにこれ。意味が全然分からない。

――カナ、競技かるたやらない？　向いてるよ。

大きな炭酸まんじゅうをかじりながら、目を輝かせてあたしを誘うママンの姿が脳裏に蘇《よみがえ》る。ママンは、あたしの何を見て「競技かるたに向いている」と言ったんだろう。そもそも、歌の良さが全然分からないなんて、スタート地点から躓《つまず》いてる気がする。

あたしが小さいころからママンはずっと言ってくれた。「カナは、アタシの一番の宝物だよ」って。頑張ったら、ママンもきっとあたしを見直してくれる。

読む。読まなきゃ、全部。もう一度、第一首から声に出して読み始めた。

翌日、練習日はまだ先だったけど、学校帰りにアラインに寄った。

「あら、カナ。いらっしゃい」

ママンは縁側にいた。雨なのにガラス戸を開け放している。水気をまとった緑の香りが心地良い。庭木のアロマを取り込もうとしているのだろうか。

隣に行くと、背が高い草の下の方にハイビスカスみたいに鮮やかな花がいくつも咲いていることに気づいた。

「あの赤い花、キレイだね」

「タチアオイっていうんだよ」

「青いのに赤いの?」

あははと笑い、ママンは指で「立」「葵」の文字を空中に書いた。

「立つに、葵の御紋の葵。梅雨に入ると下から咲き始めて、てっぺんまで開花すると梅雨明けって言われてるから、この家を買った時に植えてみたんだ。お客様と会話のキッカケにいいかなと思ってさ。そういや、今日梅雨入りしたって発表があったらしいよ」

「うるさいお客さんなんか、文句言いそうだけどね。梅雨入り前に咲いちゃってるじゃないの、とか」

「あるある」

苦笑いしながらママンはガラス戸を閉め、座敷のエアコンを入れると座布団を指さした。

「さ、どうぞ。わざわざ今日来たということは、課題の結果報告だね」

さすがするどい。正座したあたしは、胸を張った。

「読んだよ、百首全部」

「さすが！　アタシの可愛い姪だわ」

隣に座ったママンは、あたしを抱きしめて頰をぐりぐり頭に押し付けてくる。あたしが小さいころからずっと同じだ。ママンが愛情を伝える言葉も、仕草も。あたしは目を閉じて思い切り甘える。そのまま、素直に不満を口に出した。

「でも、歌の良さが分からない。つまんない。あたしのどこが競技かるたに向いてるの？」

大声で笑い、ママンはあたしの肩をポンポンと叩いた。

「練習に来れば分かる！」

ママンが言うなら、本当に違いない。とりあえず、毎日全首読もうと決めた。


〈カナと咲季ちゃん、今日はふたりで試合をやってみよう！〉

初めての練習に行ったら、ママンがいきなり提案してきた。

〈いや、ママン、まだ早いんじゃない〉

今の段階だったら、木花さんの方がレベルが上だ。だって、一枚札とか二枚札とか、あたしはまだ覚えていない。

本棚の上から木箱を下ろしながら、ママンはあははと笑う。

〈今日は五十枚ね〉

ママンがやれと言うなら、従うしかない。〈はい、並べて〉と渡された札を不承不承受け取ったあたしと対照的に、木花さんは軽やかに並べ始める。仕方なく畳の幅に合わせて並べていたら、ドアが開く音がした。

「ちわっす」

座敷に入ってきたのは男の人だった。髪は刈り上げ、筋肉質な体で、全然アラインとなじまない武道系の雰囲気は覚えがある。先日もいたお客さんか。

「今日非番なんで、手話の練習に来ました」

あたしたちのほかにも個別指導の生徒がいたんだ。ということは、この人もママンのファンなんだろうか。

睨《にら》みつけるあたしに気づいたのか、ママンは慌てて紹介した。松田《まつだ》南《みなみ》といって、黄ぶな会の生徒であり、アラインの常連でもあるらしい。競技かるたに加えて手話も習うなんて、すごく真面目なのかもしれない。

「俺、競技かるたは自分でやるより、やっている光景を眺めるのが好きなんですよ。特に女子の大会とか華やかで、いいですよね」

上がりかけた評価は地に落ちた。女子同士が争う姿が好き？　札を取りあう姿が？

〈ヘンタイじゃん〉

すごいマニアック、気持ち悪い。思いつくかぎりの批判を視線に乗せた。

「そんな、誤解しないでください。自分は警察官です。市民を守る立場ですから」

警察官なのか。反射的に「警察」の手話をしてしまった。

〈警察官と言われて安心すると思ったら、大間違いだから。むしろ油断させて余計危ない〉

畳みかけようとしたら、松田さんは「スリ、置き引きに注意です！」といかにも「地域のおまわりさん」的なことを言うと、逃げるように縁側に行ってしまった。

ママンはまったく気にしない様子で腰を下ろし、あたしたちに指示を出してくる。

〈最初に、五分間の暗記時間があります。どこにどの札があるか、記憶してください〉

暗記……こんな、ひらがなばかりで読みづらい札を。

ちらと木花さんを見たら、真剣な目で札の配置を眺めている。すごい気迫だ。あたしも、あんなヘンタイに心を乱している場合ではない。覚えなくては。しかし、覚える以前に読むのに苦戦する。あっという間に時間になってしまった。

ママンは〈序歌《じょか》を読みます〉と真面目な顔で言う。すっかり読手モードだ。それが終われば、スタートらしい。木花さんはママンの指に視線を移している。ならばと、あたしは耳を澄ます。

「難波津《なにわず》に　咲くやこの花　冬ごもり　今を春べと　咲くやこの花」

考えてみれば、ママンが歌を読む姿を見るのは初めてだ。そして、読む声を聞くのも。

普段の、太陽みたいに笑っているだけとは違う。なんて自信に溢れた姿、なんて朗々と響き渡る声なんだろう。惚《ほ》れ惚れする……と思った次の瞬間、疑問に襲われた。

なんだ、この歌は。「咲くやこの花」なんて、木花さんに捧げているみたい。

「今を春べと　咲くやこの花」

二回も繰り返すなんてさらに腹が立つ。闘志に火がついた。

取る。意地でも取る。来い、一首目。

「恨みわび……」

「すごいネガティブ」と、あたしが一番呆《あき》れたのがこの歌だったっけ。たしか恋がどうしたとかいう内容で……。

「恋に朽ちなむ　名こそ惜しけれ」

ママンの朗々とした声が消えていく。もう読み終わっちゃったんだ。なのに、まだあたしたちは札を探して右往左往している。

あった、「こ」から始まる札。木花さんの陣の、一番あたしに近いところ。

木花さんに取らせるもんかと思いっきり手を伸ばした。あらん限りの力で払うと、札は何枚か一緒に縁側に飛んでいった。音を立て、のほほんと眺めていた松田さんを直撃する。

「痛っ！」

松田さんは膝をさすりながら顔をしかめているけど、スルーして拾い上げた札をちらと見る。

「こひにくちなむなこそをしけれ」

読みづらい。合っているのか、これ。松田さんに掲げると、右手でオッケーのジェスチャーをした。

正解だ。あたしは、木花さんより先に札を取れたんだ。

――しゅぱっ
あの心地良い音が頭に響き渡る――気持ちいい。

口角が上がりそうになるのを我慢して、ちらと木花さんに視線を向けてみた。下を見ているから表情は見えないけど、畳についた手を一瞬握りしめたのを、あたしは見逃さなかった。

しかし、木花さんも強かった。次の札をあっさり取り、あたしが取ると取り返し、さらに一枚取り、そして今度はあたしが取る。

集中が高まるにつれ、次々に消えていく。周りの風景も、雑音も、自分自身の体重も感じない。あたしは三つ星、「親荷い星」だ。その別名はオリオン座。ギリシャ神話の猟師のように、きらめく星のように散らばる札の中から獲物の札を仕留める。そのたびに、頭の中に「しゅぱっ」という音が効果音のように鳴り響いた。

そして、この宇宙にはもうひとりオリオンがいた。木花さんだ。流星を放つように、獲物を猟《か》っていく。

自分の陣地から札がなくなれば終わりらしいけど、最後の一枚までもつれこんだ。そしてそれを取ったのは、木花さんだった。

……負けた。

中立である読手のママンは、嬉しさも残念さも感じさせない声をあたしたちに投げた。

〈はい、最後の礼！〉

頭を下げながらあたしは思った。たった一枚差だもの、ほとんど引き分けだ。

木花さんはあたしより先に競技かるたを始めてたんだし。勉強していないハンデを考えたら、むしろあたしの勝利みたいなもの。

お互いに頭を下げているから、木花さんの表情は分からない。圧勝すると思ったのに辛勝で、悔しくて悔しくて仕方ないんじゃなかろうか。札を取った時の快感が蘇り、つい口元が緩んでしまう。

なんとなくだけど、分かった。あたしは百人一首を歌として楽しむタイプじゃないけど、札を取りあう競技かるたには向いているんだ。

ママンが読む歌を、あたしが取りに行く。誰より早く迎えに行った手に札の固さを感じた瞬間、頭の中で快感が弾ける。

試合の前に、ママンが言っていた。

——アタシがほかで教えてる男子は、歌は覚えなくても決まり字マスターすりゃ大丈夫っすよね、とかいって高校生から始めてＡ級になったし。

自分で体験して、よく分かった。鑑賞と競技は全然違うんだ。

——しゅぱっ
札を取るごとに、快感が頭の中で弾ける。たまらない。もっともっと練習しよう。木花さんに負けないように。

その日から、百人一首の本を読みまくった。鑑賞本ではなく、競技かるたの参考書だ。初心者向けの入門書、かるたクイーンのエッセイ集、必勝法。さらに動画サイトで「かるた　素振り」と検索し、映像の中の先生と一緒に「払い方」の練習に励んだ。

なのに、木花さんと試合をするたびに枚数の差が開いていった。仕方ない、木花さんは家でも練習時間をたっぷり取れるのだろう。自分のための時間を。

クイーンたちのエッセイには、小さいころから練習一色で親も相手になってくれ、サポートも万全だったとあった。

ふと、素振りの手が止まる。

あたしは、「親荷い星」。物心ついた頃から、自分の時間は両親に捧げてきた。ほかの子みたいに、友達と遊びに行ったりみんなでゲームしたりできなかった。

でも、もし……コーダじゃなかったら。今ごろあたしは――。

ダメだ。そんなことを考えたら。

ブンブンと首を横に振って、素振りを再び始めた。イヤな考えを振り払うように。


六月下旬になり、アラインの立葵はてっぺんまで咲いたけど、梅雨明けの気配はまったくない。

しかし、ママンはもう夏休みが来たかのような弾けた表情を浮かべ、

〈ふたりとも、試合に出てみない?〉

いきなりそんな提案をしてきた。黄ぶな会主催で初心者向けの大会が週末にあるんだそうだ。

出たい。木花さん以外の人と対戦したら、どんな気持ちになるか、やってみたい。

でも……出られない。

お店が混雑する週末は、家にいなくてはならない。あたしにだってお店の経営状態は分かる。今どきの若い人は理容店ではなく美容院に行くからご新規さんは滅多に来なくて、年齢層の高い常連さんばかりだ。それも、週末に集中している。

〈週末だってカナがいなくても大丈夫だよ――って言いたいけど、正直なところいてくれると助かる。負担でなければだけど〉

と、両親は先日眉を下げていた。

やはり、あたしは家にいてサポートしなければならない。

どうせ木花さんは出るんだろうと思いきや、行かないという。なんでも、手話通訳を頼める人もいないし、アラインでのんびり練習をしている方がいいんだという。

正直、ホッとした。駆けっこで転んでしまったら、前を走っていた子も転んだような安心感だ。

「ママン。あたしも、外の試合に出るつもりはないからね」

木花さんが出られないのに、あたしだけ出るのも悪いから、という言い訳ができて気が楽になった。

なのに、翌日アラインに寄ってみたら、笑顔でママンが言ったのだ。

「咲季ちゃんね、試合に出ることになったんだよ。担任の白田先生が通訳してくれるんだって。さっき来たんだけど、その先生ってね、実はアタシの元教え子で……」

喋り続けるママンの声は、もう耳に入ってこなかった。

なんだ、出られるんだ、木花さん。白田先生って、あたしに「きらきらは擬態語！」って情け容赦なく訂正してきた、あの雪女みたいな先生か。

駆けっこで転んだあたしは、まだ立ち上がれない。でも木花さんには白田先生が助け起こしに来てくれた。そのままふたりで手をつないで走っていってしまったんだ。

なんだかんだ言っても、あの子は周囲から救いの手を差し伸べられるんだ。あたしのこの手は、既に握りしめている――父と母の手を。

大会の日、あたしは店の隅でスマホのパズルゲームをやっていた。全然クリアできない。木花さんの試合が気になって仕方がないからだ。

……負けてほしい。

あたしが出られないのに、勝つなんて悔しい。

……でも、勝ってほしい。

両親のことを、ろう者だって侮る人たちを、この目でたくさん見てきた。今日の参加者にも木花さんを見てそう思う人はいるはず。だから、負けないでほしい。

勝っていいよ、木花さん。いや、やっぱり悔しい。自分の気持ちに答えが出ず、もやもやをゲームにだけぶつけた。休日なのに気が休まらなかった。

次の練習日、アラインに行く足取りは重かった。木花さんの結果を知りたいけど、知るのも怖かった。

恐る恐る襖《ふすま》を開くと彼女はもう来ていて、すました顔で紅茶を飲んでいる。勝ったのか負けたのか、表情からは窺《うかが》い知れない。

ポーカーフェイスを装いながら訊いてみた。

〈ところで、この間の試合はどうだったの〉

一転、桜の蕾《つぼみ》が開くみたいに顔がほころぶ。軽く握った右手を、顔の左側から右側へ素早く動かしながら開いた。

その手話は「勝利」の栃木弁だ。あたしは慌てて優勝旗を持つ仕草をした。全国標準の手話で意味は、

〈優勝?〉

〈ううん、一勝！　四試合の内ね〉

三敗した悔しさよりも、一勝した喜びが上回っているようだ。桜が満開になったような笑みを見ていたら、イヤミのひとつも言いたくなった。

〈まぁ、練習相手があたしだからねぇ〉

ならば上達するのも当たり前。その勝利はあたしのおかげ、功労者は自分だと盛り上がった気分に水を差したのは、ママンだった。

〈咲季ちゃん、秋にある市民大会に出てみない？〉

日本で一番大きな市民大会だよってママンがよく言ってるやつだ。

ママン、あたしは？　あたしには？　形だけでもいい、一応聞いてよ。そりゃ、「外の試合には一切出る気はないからね」と日ごろから言ってるけど。

なのに、ママンはあたしの気持ちなんて全然察してくれない。楽しそうに宇都宮と百人一首の関係性を説明している。

木花さんは目を輝かせてママンの手話に見入っている。きっと出場するんだ、白田先生と二人三脚で。あたしは駆けっこで転んだまま呻《うめ》いている。誰も助け起こしてくれない。自力で立ち上がったって、その時にはもうゴールテープは切られているんだ……。

木花さんとあたしの卓袱台では、素朴な益子焼《ましこやき》のお皿に載った炭酸まんじゅうが甘い蒸気を放っていた。でも手をつける気になれないし、ふたりを見ていたくない。あたしは、とっととアラインを出ていった。

夕飯のあと、部屋で膝を抱えながら考えた。

木花さんはきっとこれから、あちこちの大会に出て力をつけていく。差は開く一方だ。

ママンは絶対、あたしよりも木花さんの方が可愛いと思い始めている。競技かるたの大会に出られないあたしなんて、いくら習っても覚えられない松田さんと大差ない。

「風をいたみ　岩うつ波の　おのれのみ　くだけて物を　思ふころかな」

風が激しくて岩にぶつかる波のように、心が砕けて思い悩んでばかりの私――って意味だったっけ。

百人一首ってネガティブな歌ばっかりでつまんないと思っていたけど、共感することもあるんだ。

ボロボロの心の隙間から何かが漏れていくのを感じる。札を取るのに必要なエネルギーだけじゃなくて、向上心、やる気も。

あたしはその日以降、アラインに足が向かなくなった。


二週間くらい経《た》ったころ。

学校帰りに「カナちゃん?」と呼び止められた。男の人の声だ。あたしをちゃんづけで呼ぶとは誰だ。睨みながら振り返ったら、松田南さんだった。驚くことに警察官の制服で、しかも栃木県警と書かれた白い箱が荷台にある自転車にまたがっている。

「本当に、松田さんって警察官だったんだ!　ただのヘンタイじゃなかったんだ」

頬を引きつらせながら、松田さんは自転車から降りた。

「はい。ただ今パトロール中です」

意外なほど真面目な顔で敬礼をする。

「現在、スリ、置き引きが多発しております！　常に荷物から目を離さないよう、お気をつけください」

「はいはい、お仕事ご苦労様です」

手を振って帰ろうとしたら、予想外の言葉をかけられた。

「ママが寂しがってたよ。カナちゃんも咲季ちゃんも来ないから」

木花さんも行ってないなんて。試合に勝ってあんなに喜んでいたのに。

「パトロール中に雑談なんて、禁止じゃないの？」

動揺を悟られないようにそう言ってさっさと別れたけど、どこか気分がすっきりしない。なんで行かないんだろう。大会に向けて練習すればいいじゃない。もしや、やめたくなったんだろうか。大会に出られるくせに。それはそれで腹が立つ。

翌日、青風学院に母が来た。三者面談のためだ。

気が重い。先生から自分への評価を、親に通訳しなければならないからだ。正直、わざと誤訳しちゃおうかなと思うこともある。しかし、冷徹な存在があった。机の上のタブレットだ。

津野田先生は、相手が聴こえないことが不安なのか、母ではなくタブレットを見てしゃべり続ける。

『日永さんは自立心や主体性はありますが、お友達との協調性となると、ちょっと悩ましいところでして。集団生活の場なのですから、もっと……』

画面に情け容赦なく文字が表示されていく。音声と文字のダブルアタックで、あたしはメゲそうになってくる。

先生に目をそらされ続ける母もフラストレーションが溜まるのだろう。イライラした時の母は、足首を交互にグルグル回すのが癖だ。ちらりと見たら、やっぱり回している。

でも、評価の内容は中学時代と変わらない。あたしは母に通訳しながら、正直なところを伝えた。

〈先生は協調性っていうけど、あたしはクラスメートと馴《な》れ合うってあまり好きじゃないんです。自分の世界に踏み込まれたくないから、他人の世界に関わりたくないんです〉

理解のある先生なら、「世界」を「家」に読み替えてくれる。つまりは、家のことを訊かれたくないから、あたしもほかの子には訊かないのだ。

「でもね、社会に出たらとても必要だよ、協調性って。今のうちに培《つちか》っておかないと」

まぁ、予想通り。こういう先生だ。母も努めて愛想笑いをしながら頷き、面談はあっさり終了した。

「ありがとうございました」

母なりの発音でそう伝えると、あたしたちは揃ってドアを出た。廊下に次の生徒と保護者が待っていて、目が合ってしまった。ばっちりメイクのこの子は、江里菜だ。

「こんにちは」

母が会釈しながら発語で挨拶した。母には精一杯の発声だ。

江里菜の口元が一瞬緩み、目がいやらしく笑う。

「こ・ん・に・ち・は」

一語一語、わざと区切って大きく発音して返してきた。思いやりからじゃない、私は聴者なのよというマウントだ。

——聴こえるってだけで、どんだけ偉いっていうのよ。あんたに、お母さんをバカにする資格なんてない！

そう叫んで、張り倒したくなる。しかし実行したら、どんな騒ぎになるか分からない。なにせ江里菜だ。ムカつきながらも心の中で引っぱたくにとどめ、母の手を引いてさっさと帰ろうと歩き始めた。

背後から、江里菜とその母親が立ちあがる気配がする。

「江里菜、お母さん、なんの話をすればいいのよぉ」

「フォローしてよ。百人一首の市民大会に向けて、娘は連日頑張ってます！　だから、学校では疲れて居眠りしちゃうのかもしれません、とかさ」

「居眠りするんじゃないわよ」

「してないよ！　津野田先生の前だけは」

あの大会に出るんだ、この子が。

さっきの視線を思い出した。母を侮り蔑むあの目を。

叩きのめしてやりたい。競技かるたなら正面から戦える。市民大会ならたくさんの観客がいるだろう。満天の星の中でオリオンが獲物を仕留めるように、あたしが勝利する。

しかし、勝てるだろうか。あたし。

冷静になって考え、「無理かも」という結論に達した。

でも……木花さんならできる。ろう者の彼女が、あの蔑む目の持ち主に勝利するのだ。何百何千という観客の前で。

——しゅぱっ

頭の中に、蓋が開く音が響き渡る。あたしは足を止めた。

〈お母さん。悪いけど、先に帰って〉

母は不思議そうにあたしを見た。

あたしは、若草ろう学校に向かった。

木花さんに会えるかは分からないけど、まずは様子を探ってみよう。

梅雨明け前のムシっとした湿気にメゲそうになりながら、校門の近くで生徒たちが下校するのをしばらく眺めていた。

すると、ショートカットの子が出てきた。交流で会った子だ。

〈寺島うららさん〉

違う学校の生徒に、しかも手話で話しかけられたからか明らかに動揺している。

〈あたしを覚えてる？　前に交流で一緒のグループになった青風学院の〉

〈ああ！　ツッコミ担当の方《ほう》だよね〉

どこがだよ！　と思わずツッコミを入れたくなったけど、あたしは〈ちょっと聞きたいことあるんだけど、いい？〉と彼女を路地に引き込んだ。

怯《おび》えた目であたしを見ているけど、そんなの気にしてはいられない。

〈あなたのお友達の木花咲季さん、最近見ないんだけど……っていうか、近くのカフェでよく一緒になったんだけど、最近会わないの。どうかした？〉

寺島さんは、何やら悩んでいる顔だ。あたしは畳みかけた。

〈あたし以外の、いろんな人が心配してんのよ！〉

迫力に驚いたのか、寺島さんは周囲を気にしながら、小さく手を動かした。

〈内緒だよ！　私も、学校には秘密にしてるんだから。……実は咲季ちゃん、一日だけのバイトをしたの〉

彼女の話によると、披露宴会場でバイトしたものの、お客さんからクレームがつき、そのまま帰ってしまったらしい。詳細はさすがに木花さんに訊けないとか。デリケートな話題だから、職場の人も教えてくれないらしい。

まぁ……ろう者対聴者なら割とある話だ。うちだって接客業だから分かる。

〈ちなみに、どこでバイトしたの？〉

〈絶対、絶対内緒だからね！　学校にバレたら、私もヤバい〉

寺島さんがそっと教えてくれた会場には、覚えがあった。確か家族を題材にした作文で、クラスメートの田崎さんが話題にしていた気がする。先生に褒められて、クラスで朗読していた。

次の日は終業式だった。今日のうちになんとかしないと。あたしはいつもより早く登校すると、田崎さんを捕まえた。

自分が訊かれたくないから、他人の家庭のことは訊かない。そんなポリシーを破ってお父さんのことを尋ねたあたしに、彼女は目を丸くした。

「うん。お父さん、そこで働いているよ。どうしたの？」

「こないだ、若草ろう学校の交流に木花咲季さんっていたでしょ。星がきらきらって詩を書いてた人。あの人がそこでバイトして、なんかトラブっちゃったらしいんだよね。詳しいこと、訊いてもらえないかな？」

田崎さんは、露骨にイヤな顔をした。

「えー。だって職場のことでしょ……教えてくれないよぉ。守秘義務だの個人情報だの、今は大変なんだってさ」

「頑張れ！　うまくいったら、言うこと聞くから！」

「マジ？」

田崎さんは、ちらりとあたしを横目で見た。

結局、人気アイドルグループのコンサートチケット応募に名前を貸すということで、情報を仕入れてもらうことにした。

でも、それからが長かった。

夏休みに入ってしまったから、田崎さんに会う機会がない。同級生とSNSで繋《つな》がるなんてしたことなかったけど、アカウントを教えてもらったので、一日に何度も『まだ？』とメッセージを入れた。最初は『もうちょっと待って』と返信が来たけど、そのうちスルーされ、数日後には既読すらつかなくなってしまった。

仕方なく家で窓の外をぼんやり眺めてたら、百人一首のある歌がふと脳裏をよぎった。

「来ぬ人を　まつほの浦の　夕なぎに　焼くやもしほの　身もこがれつつ」

和歌にシンパシーを感じることが増えてきた。「教養を身につける」とはこういうことかと、自分に感心してしまう。

終業式から一週間後。ついに田崎さんからメッセージが来た。

『お待たせ！　お父さんが酔っぱらってるのを狙って、情報を仕入れた！』

『よくやった！』

話によると、お客さんがトイレの場所を木花さんに訊いたらしい。だけど、何度訊いても返事しないんで、怒ってしまったんだそうだ。

『トイレの場所くらい案内表示見ればいいじゃねえか、大の大人が女の子捕まえてギャーギャー騒ぐんじゃねぇ、ったく、客だからってイバりやがって。俺はお前みたいな奴《やつ》ぁ大っ嫌いなんだよ……ってその人に言ってやりたかったけど、我慢したって言ってた。フォローしてあげようと思ったら、木花さん、帰っちゃって。お給料の精算ができなくて、困ってたんだって』

察した。

きっと、木花さんは黄ぶな会の試合で一勝したことで、気分が盛り上がっていたんだ。勢いでバイトなんか始めたところで失敗し、一気にペシャンコになったに違いない。

気がつけば営業終了間際のアラインに足を向けていた。

「あら、カナ。いらっしゃい」

どうしてたの、なんかあったの。

……なんて訊かずに、いつものように輝く笑顔で受け入れてくれるのがママンだ。

何をどう言えばいいのか悩み、とりあえずホットコーヒーちょうだいと伝えて座敷に行ったら、松田さんがアイスティーを飲んでいた。

「あれ、カナちゃん。俺は手話を習いに来てるのです、あしからず」

「習いにねぇ」

あたしは左手の指でカップをつかみ、右手でスプーンを持ちかき混ぜる手話をしてみた。

「手がかゆいの？」

「コーヒーの手話！　ミルクを入れてかきまわしてる」

「あ、なるほど。由来が分かれば覚えやすいね」

こんな基本もまだ覚えてないのかと呆れたけど、素直に笑う顔にちょっと癒されてしまった。不覚だ。

「じゃ、蝶は？」

松田さんが指さす先は庭だ。アゲハ蝶が一匹、宙を舞っている。

あたしは彼にむけて両手を開き親指を重ねた。そのまま、ほかの指を動かす。ひらひらと。

「へぇ。割とそのまんまだね」

「……」

親指を離し、そのまま右手を頭上に掲げ、パッパッと開いた。

「それは？」

「星」

「なるほど、きらきら輝いてるんだ。星が話しかけてるみたいな手話で、いいね」

あたしは、木花さんの詩を思い出した。

……きらきらと　満天の星が騒がしく輝いて……。

そんなこと思ってたくらいだし、あの人は素直で純粋なんだろうな。

そういや、ママンが歌を読む時の指文字を見る目、ものすごい必死だった。初めての試合に勝った時も、あんなに喜んでいたのに。

競技かるたをやめたら、アラインにはもう来ないだろう。ってことは、あたしがママンを独り占めできるということだ。

最高！　――な気分になんてなれない。

「気分悪い……松田さん」

「えっ！　俺に？」

「いや、あたし自身に」

そうだ。あくまでも、あたしのためにきっちりケリをつけなくてはならないのだ。決意の拳を握りしめ、厨房に向かった。ママンにアイデアを伝えるために。

翌日、彼女の自宅に乗り込もうとした……が、住所を知らなかった。若草ろう学校から近いということくらいしか分からない。なので、学校の近所にある大きな本屋に張り込むことにした。本好きだって言ってたから、絶対に来るはず。このあたりに図書館はないし。

店員さんやお客さんに怪しまれるのもイヤだから、早く見つかりますようにという願いは天に届いたらしい。意外に早く、三日目。ロングヘアの見知った顔が美術書コーナーに現れた。

絶対逃がすもんかと走り寄ると、彼女は驚いたのか目を見開いた。そのまま回れ右して外に出ていくではないか。

慌てて追いかけ、肩に手を置いた。

〈やめてよ、何よ〉

振り払い、怒りに燃える目であたしを見る。負けてられるか。

〈何よじゃない。木花さん。競技かるたやめるの？〉

〈関係ないでしょ〉

〈あるよ。今からアラインで試合しよう。あたしがあなたに勝ってからやめてよね〉

〈なんで試合なんかするのよ〉

彼女の目が吊《つ》り上がる。あたしは負けじと手話をぶつけた。

〈あたしが負けっぱなしなんて、気分が悪いから。あなたはママンの課題もあっさりクリアするし、あたしとの初練習でも勝つし、初心者向けとはいえ初大会で一勝挙げたし、才能あるじゃないのよ。だから、あっさりやめるなんて言われたら、ムカつく。とことん、才能を伸ばせばいいじゃないの！〉

木花さんは、手を激しく動かし反論した。

〈カナさんは聴こえるでしょう、読手の声が。読み始めのその瞬間、目は札を捉えているからすぐ取りに行ける。どうやったって、わたしはハンデがあるもの。いくら才能があったって……〉

〈木花さん。あたしは〉

指でCの指文字を作り、耳から口の前に動かす。

コーダの意味だ。

木花さんは、特に驚く様子はなかった。察していたのかもしれない。

〈だから、競技かるたをやりたくても我慢してた。親の手話通訳をしなきゃならなかったし。小さいころからママンが大好きで、ママンの世界に行きたいから、あたしは競技かるたがやりたくてやりたくて、仕方なかった。木花さんが憎いよ。あたしよりママンに褒められて、あたしよりママンに教えてもらえて。それが、あっさりやめるってなんだよ。せめて最後に、本気のあたしと勝負しなさいよ〉

〈今まで、本気じゃなかったようなこと言うじゃない〉

木花さんの目が、まっすぐあたしを見据えた。

〈分かった。じゃあ、最後にやりましょう〉

ママンの言う通り。この子は、気が強いんだ。あたしの作戦大成功じゃないか。

ニヤリとしたくなるのを抑えて、木花さんの気が変わる前にアラインへと向かった。

あたしと木花さんが玄関に現れると、さすがのママンも一瞬真顔になった。

〈ママン、今からあたしたちで競技かるたをやる。読んで！〉

破顔一笑、というのはこういう表情を言うのか。

〈おまかせ！〉

ほかにお客さんがいたらどうしようかと思ったけど、ひとりしかいなかった。いつものように、あぐらをかいてのんびりとアイスティーを飲んでいる。

「松田さん、また来てんの！　どんだけ警察官って暇なのよ」

「それは誤解というものだ。俺の勤務形態を教えてあげるよ。交番勤務というのは三交替シフトで、当直の後は、非番、公休。つまりは非番の今日は眠い……」

「はい、それは後でじっくり！　松田君、眠気解消に手伝って。卓袱台と座布団と衝立の片付けね」

ママンは松田さんをこきつかい、あっという間に試合スペースを作り出した。そこにあたしと木花さんは向き合って座り、札を並べる。

〈はい、礼！〉

負けるもんか。勝って、悔しさを味わわせてやる。もっともっと、聴こえなくても負けないって、競技かるたを続けたいと思わせるんだ。

ママンの声が冴《さ》え渡る。

〈大江山　いく野の道の　遠ければ……〉

以前に比べて木花さんの動きが遅い。札の場所に手を伸ばすのも、払うのも。やはり練習を休んでいたのだ。

あたしが一枚取る、二枚、三枚。木花さんがやっと一枚取った。

「……」

安堵《あんど》のため息が聴こえる。

あたしがまた一枚、木花さんが二枚、三枚。彼女が取る枚数が増え始めた。練習をずっと休んでいたのは、あたしも同じだ。思うように手が動かない。

木花さんが調子を上げてくる。四枚、五枚、六枚。冷や汗が出てきた。なんてことだ、このままじゃ、勝つのは……。

〈はい、礼！〉

ママンに促され、あたしと木花さんは頭を下げる。再び顔を上げると、木花さんの顔は勝利の喜びよりも疑問に満ちていた。

〈本気を出してそれなの？〉

あたしを見る彼女の視線が痛い。

バレエダンサーが「練習を一日休むと自分で分かる、二日休むとパートナーに分かる、三日休むと観客に分かる」って言ってたのをテレビで観た。あたしはどのくらい休んでしまったんだっけ。

正座したままうなだれていると、妙に気合いの入った拍手が聴こえてくる。

「いやー、素晴らしい。少女たちが競技かるたで戦う姿は実に美しいよ、うん。結果なんて気にすることはない」

いや、気にするよ！　と反論しようと松田さんを見ると、真面目な顔をして腕を組み、何度も頷いている。その姿を見たら妙に気が抜けて、あたしは正座していた足を投げ出した。

「あー、疲れた。松田さん、後片付けも手伝ってね」

「ちなみに君たちは、どの歌が一番好きなの？」

通訳すると、木花さんは手を動かしかけて、止まった。何か考えている様子だ。一瞬目をつぶって首を傾《かし》げ、松田さんに向き直る。手話で、三つの動きをした。

山／滝／魚。

松田さんどころか、ママンとあたしもしばらく考えていた。

「ああ！」

叫んだのはママンだ。

〈もしかして、『つくばねの　峰よりおつる　みなの川　こひぞつもりて　淵《ふち》となりぬる』？　魚は鯉《こい》と恋をかけたのかな〉

ママンの手話に、木花さんは頬を赤らめて頷いた。そうか、恋歌だからみんなの前で言うには気恥ずかしかったんだ。彼女はそのまま自分の両手を眺めている。閉じたり開いたりしながら。口元はほころび、目尻が下がっていた。歌を表現する喜びを味わってるみたいだ。

「いやー、いいね！　文字で読むより、咲季ちゃんの手話の方が生き生きと伝わる！　なんというか、３Ｄ的というか」

「ちょっと、ヘンタイ警察官。あたしには訊かないわけ？」

「はい、カナ先生。教えてください、一番好きな歌はなんでしょう」

〈吹くからに　秋の草木の　しをるれば　むべ山風を　嵐といふらむ〉

指文字ではなく手話で表現すると、松田さんは眉間に皺《しわ》を寄せた。

「不思議だな、なぜか立体的に見えない」

〈あたしのせいにしないで。恋歌じゃなくて、オヤジギャグの歌だからだよ！〉

木花さんが、ブフッと噴き出した。つられたように、ママンと松田さんも笑いだした。

松田さんは剣道の練習に行くと言って帰り、ママンは洗い物をしに厨房に行ってしまった。

座敷にいるのは、あたしと木花さんだけだ。何をしゃべるわけでもなく、離れた席でアイスコーヒーをすすっている。

庭木に止まったのだろう、ヒグラシのカナカナカナ……という鳴き声が響いてきた。あたしを呼んでるみたい。

アイスコーヒーを飲み終え、夕陽を受けて朱《あか》く染まる木花さんは視線を向けてきた。

〈なんか、あなたの作戦に引っ掛かったみたい。悔しいことに〉

〈作戦？〉

〈わたしを、競技かるたの世界に戻したかったんでしょ？　だから、わざと負けたんでしょう？〉

〈いや……〉

本気で負けたんだけど。

木花さんは動揺するあたしを見て、かすかな笑みを浮かべた。

〈やっぱりね。じゃあ、ミッションコンプリート〉

足を伸ばしていたあたしは、思わず正座した。木花さんはママンの本棚を指さす。

〈よく分かった。やっぱりわたし、百人一首が好き。競技かるたが好き。歌の世界に浸るのも、札を取りあうのも……たまらなく好きなんだ〉

〈じゃ、またやるんだね〉

〈もちろん〉

満面の笑みを浮かべ、手の動きも生き生きしている。

スマホのバイブ音が鳴った。卓袱台の上を見たけどあたしじゃなかった、木花さんだ。ジャケットのポケットから取り出し、画面を見て目を見開いた。

今度はあたしのスマホの通知音が響く。田崎さんからのメッセージだ。

〈カナちゃん！　お父さんから、今連絡が来た。木花さんね、バイト代いらないって帰っちゃったんだけど、お父さんは『タダ働きなんかさせられない、ちゃんと支払う』って言ってるよ。今、バイトの打ち合わせに来た寺島うららさんにメールアドレスを教えて、木花さんから連絡をくれるように伝えたって。ついでに、辛い思いさせてごめんね、君は悪くないよって伝言したって〉

すると、木花さんが今読んでいるのは、寺島さんからの同じメッセージか。

ちらちらと横目で観察していると、しばらく真顔で考えたあと笑みを浮かべ、何か入力して送信ボタンを押したようだ。

ふぅと大きく息を吐くと、晴れ渡る青空みたいな表情であたしを見た。

〈カナさん、わたし、市民大会にも出る。せっかくだから、袴を着る。わたしにピッタリの可愛いバレッタも買うし〉

スイッチが入ったように元気になり、自慢げにあたしを見る。

ふと、江里菜を思い出した。あの子も市民大会に出るはずだ。組み合わせによっては木花さんと対戦するのかも。あの蔑みの目は、彼女に負けた時どう変化するのか。いや、場合によってはあたしがやっつけてやる。三者面談の時に母に投げかけた、あのいやらしい視線をねじ伏せてやりたい。

そして決勝は、ママンが読手だ。ママンが読み上げる歌を聴いて一番になれたら、最高じゃないか。

〈あたしだって市民大会に出る。優勝するあたしの姿を見て、ここで引退しなかったことを悔しがりなさいよね〉

勢いあまって、そんな宣言をしてしまった。

大会は週末に行われる。一日くらいなら、あたしがいなくても大丈夫だろうか。手話通訳を派遣してもらうとか、お店を休んでもらうとか。でも、常連さんは週末が多いし。

家に帰るまでの間、強気と弱気のあたしが頭の中でケンカしていた。

ちゃんと言わなければ。顔を見て伝えなければ。あたしの本心を、心からの叫びを。でなければ、両親には伝わらない——あたしはコーダなんだから。

帰宅し、すぐに両親に宣言した。

〈お父さん、お母さん。あたし、日曜日にある百人一首の大会に出たい。ううん、出る〉

両親が顔を見合わせた。あたしは慌てて右手を横に向け、ひとさし指から小指までの四指の背中を顎の下に二回当てる。「待って」の手話だ。

〈いろんな大会に行くわけじゃないよ。出たいのは、秋に開催される宇都宮百人一首かるた市民大会なの。その日、あたし休んでもいいかな。一日だけだから〉

母がため息をつきながら手を動かす。

〈分かったよ。その日は店を休む〉

そして次の瞬間、父と顔を見合わせ笑った。

〈お父さんと一緒にカナの応援に行くから！〉

〈やめてよ、恥ずかしい！〉

あたしは、手話を崩すと顔を両手で覆った。照れたからじゃない。涙を見せたくなかったからだ。

大会に出るからには、しかも両親が来るからには絶対に優勝してみせる。あたしは家で猛特訓を始めた。

残りは四か月しかないから、練習の内容は絞ることにした。

暗記に全振りしよう。長所を伸ばすより、弱点を少しでも克服した方がいい。

半紙に上《かみ》の句と下《しも》の句をそれぞれ毛筆で書き、部屋中にベタベタ張った。決まり字の部分は、赤で囲む。全部が暗記できなくてもいい、決まり字だけはキッチリ叩き込む。半紙は全部で二百枚あるから、壁はもちろん、天井や窓まで埋め尽くされる。

母は「耳なし芳一《ほういち》みたい」と気味悪そうにしながらも、掃除の時も剝がさないでくれた。

ぶつぶつ言いながら壁と天井を眺めるあたしを、父は呆れたような感心したような、不思議な表情を浮かべて見ていた。

〈カナってこんなに百人一首が好きだったんだ。ごめん、お父さんたちのために、我慢してたんだな〉

気づいてもらえた。分かってもらえたんだ。これがあたしだって。

あたしの梅雨は明けた。心に咲く立葵はてっぺんまで花が咲き、伸びる先には雲ひとつない大空がある。そこには目映《まばゆ》く輝く太陽と、今は光に隠れて見えないオリオン座がある。

不思議な気持ちだ。世界に光が満ちている。それは、今まで気づかなかった道を照らし出し、別な世界へと続いている。その道を、あたしは歩み始めたのだ。

あたしが出ることが決まったからか、木花さんの気迫もさらに強まったように感じる。白田先生に通訳をお願いして、あちこちの大会に参加を申し込むつもりらしい。

彼女が白田先生と二人三脚で走っていくなら、あたしはひとり、マイペースの持久走をするんだと気合いを入れた。


立秋になり、アラインの立葵の花は黄ばみ始めていた。まだまだ暑いけど、夏休みの終わりが見えてきたような切なさを感じてしまう。少し眺めてから座敷に行ったら、木花さんの様子がどこかおかしい。気もそぞろで、珍しく、あたしに負けたのだ。

〈どうしたの？　木花さん。なんかあった？〉

勝った嬉しさよりも、彼女が負けた心配の方が先に立った。自分の才能が伸びたと思えないところが、哀しい。

〈咲季ちゃん、アタシの指文字を見る目にいつもみたいな迫力がなかったよ。具合悪いのかな？〉

ママンは持ってきたポットから紅茶を注ぐと、ティーカップを木花さんの前に置いた。彼女はカップを手に取り、思いつめた表情をしている。またバイトか何かで、イヤな体験をしたんだろうか。言おうかどうしようか、心が揺れ動いているようだ。

あたしの心は別の理由で騒いでいた。ママンが淹れてくれた紅茶が、いつもと全然違うのだ。華やかな香りがふわっと立ち上がり、一口飲むと天まで舞い上がってしまいそうに軽い。初めて見るカップの手触りも滑らかで、紅茶の魅力を増しているようだ。

感動したのはあたしだけではない。木花さんもカップを口に運ぶと、目を見開いた。空いてる方の手を、体の横でパタパタさせる。

〈すごいです。なんか、背中に羽が生えたみたい〉

心や体を縛りつけるものが、ポロっと取れたような解放感だ。

木花さんはカップを置き、決意したように手を動かした。

〈実は白田先生に……競技かるたの手話通訳、もうできないって断られちゃったんです〉

〈えっ〉

あたしはママンと顔を見合わせた。

〈違う先生にお願いしてって言われたんだけど……わたし……白田先生の通訳じゃないと、ダメ。ほかの先生じゃタイミング合わない、絶対に〉

木花さんは目を伏せ小刻みに首を横に振る。卓袱台の上で強く握りしめた手の先は、立葵のように赤かった。

第三章

さんさんと

「なるほど。にっぱち……」

黄土色の砂壁にかかるカレンダーを眺めながら、ひとり言が漏れてしまった。

二八《にっぱち》。世間的に、飲食店は二月と八月は売り上げが落ちるらしい。その八月に突入して以来、アラインの座敷には閑古鳥の鳴き声が響いていた。

お客様がいない時は、節約のためエアコンはつけずにガラス戸を開放して風を入れる。しかし、宇都宮《うつのみや》の夏はひたすら蒸し暑いから、冷風の恩恵はまずない。唯一の例外は「雷都」の名にし負《お》う夕立の後の風だけど、午後二時の空は入道雲の気配すらない。吸い込まれそうな蒼さだ。

暑さで目が覚めた今朝、温度計を見たら既に三十度を突破していた。厨房《ちゅうぼう》から縁側に行くだけで汗だくになる。

仕方ない。おひとりさま専用カフェだし。しかも八席だけ、平日のみ午後一時から五時までの営業で、売り上げを論じるほうが間違いだ。

四月下旬にオープンしてから二か月程度は、それなりに忙しかった。特に宣伝もしなかったけど、今どきはSNSで情報が広がるらしい。しかし、わざわざ複数人で来たり、ひとり客を装ってふたりで来たりするお客様を追い返していたら、口コミサイトで酷評されてしまった。暇になったのは、それも原因かもしれない。

メニューが少ないのも一因だろう。なんせ、食事メニューは日替わりパフェしかない。常連さんが毎日食べに来るかと思ったけど、そうそう連食できないようだ。客層的に血糖値を気にする人も多いのかもしれない。考えてみれば、平日の午後なんて若い人は来ないのかも。

なんとなく出した炭酸まんじゅうが一時期人気になったものの、真夏に蒸かしたては敬遠されるのか、立葵《たちあおい》の開花と反比例するように注文は下降した。仕方ないので、持って帰って自分で食べている。体重も、少しくらい増えたって今さらだし。

アライン――ドイツ語で「ひとり」という意味だ。

そんな名前をつけたから、お客様どころか店主がひとりになってしまったのだろうか。ネーミングを間違ったのかもと考えていたら、ドアが開く音が響いた。

〈お姉ちゃん、上がってもいい？〉

手で顔を扇《あお》ぎながら座敷に入ってきたのは、妹の静香《しずか》だった。アイスティーのグラスのように顔に汗をかいている。ハンカチで押さえるのも間に合わないようだ。

縁側のガラス戸を慌てて閉め、エアコンをつけた。さらに設定温度を二度ほど下げる。入居時に備え付けられていたエアコンは、かつては白かっただろうボディが黄ばんでいた。「入」のスイッチを押してから冷風を吹き出すまで、若干のタメがある。まだかまだかと覗《のぞ》きこむと、風の直撃を受けるので要注意だ。

厨房に急ぐ。冷たい飲み物を用意してあげなくては。しかし、戻ってきたらまだ妹は立ったままだった。

〈大丈夫だよ。座ってアイスティー飲みな。水分補給しないと。静香はただでさえ細いのに、それ以上体重落ちたらどうすんのよ！〉

〈ありがとう〉

座布団に腰を下ろした静香は、ハンカチで顔を扇ぎながらグラスを受け取った。ストローで琥《こ》珀《はく》色の液体を吸い込むと、ホッとしたようだ。

〈どうしたの、こんな時間にカフェに来るなんて。お店は？〉

静香は、情けなさそうな笑みを浮かべ、空になったグラスを卓袱台に置いた。指文字で、二、八と表す。

〈にっぱちです。誰も来ないから、お店は旦那に任せて息抜き〉

〈理容店もそうなの？　髪なんかイヤでも伸びるじゃない〉

〈バレたか。本当は愚痴を言いに来た。聴いてよ、お姉ちゃん！〉

静香は握った右手を腰から下に下ろし、右手人さし指を曲げ、腰のあたりから斜めに引いた。珍しい手話だ。口の動きから察するに……。

〈置き引き？〉

泣きそうな顔で静香は頷《うなず》いた。

〈そうなの！　駅のカフェで小銭入れをやられちゃった。席取って、レジにオーダーに行って戻るまでの間に……お客さんがいっぱいだったから、バッグは置いておいても大丈夫だと思ったのよ〉

カフェの（もっぱら営業時間外の）常連である、警察官の松田《まつだ》君を思い出した。「スリ、置き引きに注意です！」と注意喚起してたっけ。

〈でも、小銭入れだけで財布は無事だったんだね？　小銭だけで済んでよかったと思えばいいじゃん。あはは〉

〈でも、母の日にカナがくれた小銭入れなんだよ。被害届を出すにもカナに通訳してもらいづらくて、まだ警察に行ってないの〉

〈今度一緒に行ってあげるよ。ところでカナは家で練習してる？　競技かるた〉

〈もちろん！〉

静香は、ホラー映画を観《み》たような表情を浮かべた。

〈怖いくらいだよ。部屋中に百人一首を書いた紙をベタベタ張って、それをじーっと眺めてるの……なんかひとりで言いながら。耳なし芳一《ほういち》の部屋みたい〉

〈アタシが現役のころに比べたら、まだまだ甘い〉

〈選手時代のお姉ちゃんか。懐かしいね〉

懐かしさと愛《いと》おしさを感じさせる遠い目をして、静香はクスッと笑った。

〈あのころのお姉ちゃんに、将来あなたは『ママン』と呼ばれるよと教えてあげたいなぁ。どんな反応を示すやら〉

〈アタシのあだ名はほかにもあるよ。縄文のヴィーナスだの豊穣《ほうじょう》の女神だの……みんな好き放題に呼んでる〉

静香は自分の左手を握り、その甲を右手で撫《な》で回した。

カナを呼ぶ時にも使う——「愛」の手話だ。

〈お姉ちゃんは、みんなに愛されてるよね！　本当に私と対極。双子と思えないよ〉

からかうように姉を見る。

そう、アタシと静香は双子だ。二卵性だけど、生まれた時の体重はまるっきり同じだったらしい。

でも、二歳で大きな違いが判明した。静香が感音性難聴と診断されたのだ。

その告知を受けた日に母が母子手帳に書いた文字は、一度見たら忘れられない。ボールペンにものすごい筆圧をかけて書いたことが分かる慟哭《どうこく》の文字で、涙なのかにじんだ跡があった。

『私は人生のすべてをこの子に捧《ささ》げる』

その決意は「この子たち」と複数形ではなかった。アタシは含まれていなかったのだ。

母は静香への決意を実行した。成長アルバムをめくっていくと、二歳以降は静香ひとりの写真が増えていくことに気づく。家で手話と読話の訓練をしている写真、幼稚部から入園した若草《わかくさ》ろう学校での姿、週末はあちこちの母子サークルに通って活動に参加した記録……。

写っていないアタシの傍らには父がいたのかというと、そうではない。子どもの世話が苦手なようで、なんだかんだと理由をつけて家にはあまりいなかった。

訓練が辛《つら》いらしく、静香は家でよく泣いていた。自身の泣き声が大きくても、静香は聴こえない。耐えかねて「うるさい」とでも言おうものなら、母から「うるさいと感じるのは聴こえるからでしょう。静香は聴こえないんだから、そんなこと言うんじゃありません！」と叱責された。

手話が通じない姉に、静香は口を大きく開けてゆっくりとしゃべることで言いたいことを伝えようとした。それでも理解できないことが多くて静香は癇癪《かんしゃく》を起こし、またしてもアタシが母親に怒られた。

「陽子《ようこ》は聴こえるんだから、もっと静香に気を遣ってあげなさい！」

――みんな静香には気を遣わなければならないんだ。大変だな。じゃあアタシは、気を遣われないようにしなきゃ。

小さいころ描いた風景画には、必ず太陽があった。目尻を下げ、口は大きく開いて笑っている擬人化した太陽だ。そして、自分自身もこの笑顔でいられるように鏡の前で練習した。いつも笑顔なら、母も喜んでくれるはずだ。

でも、母はアタシを見てくれない。その視線は常に静香のものだった。そして、母が外に出る時、その手はいつも静香につながれていた。アタシの手にあったのは本だけで、家で寂しさをまぎらわせるしかなかった。

唯一、姉妹で平等だったのは「雪見だいふく」……スーパーやコンビニで売っている、二個入りのアイスだ。母は、学校でも家でも手話や読話の訓練をする妹に、「一日のご褒美」としてアイスをあげることにしていた。それが「雪見だいふく」だったのだ。

ただ、二個を妹ひとりに食べさせるのは、夕飯にさしつかえると思ったのだろう。静香がひとつを取り、残ったひとつがアタシのものになった。

不思議だった。アイスなのに凍っていない餅が。透き通るまでに薄く、どこまでも伸びていく。お正月に食べる餅とは全然違うのだ。中に包まれたバニラアイスはキンキンに凍って硬くて、そして甘い。舌の上で溶けるごとに、心もとろけていった。

おいしかったけど、小さな不満が芽生え、大きくなっていった。

——分け合うのが前提の、二個セットはイヤだ。自分ひとりのためだけのアイスが欲しい。アタシは妹の残り物しかもらえないのだ。アイスも、母親の愛情も。

でも我慢した。太陽を思い浮かべ笑顔を作りながら、光が強くなるほどに影が濃くなることに気づかなかった。

小学校中学年のころ、我が家に大きな変化があった。区画整理事業が近々始まる、宇都宮駅東口近くに土地を購入して家を建てたのだ。自転車で十五分くらいの場所に県立図書館があり、児童書コーナーが充実していて、アタシは暇さえあれば入り浸るようになった。場所が場所だけに親も安心なのか、閉館時間まで帰宅しなくても何も言われなかった。

すっかり図書館の常連になったアタシに、運命の出会いが訪れた。

たまたまその時（年末のころだったと思う）、児童書の棚のひとつが百人一首の関連書籍で埋め尽くされたのだ。面陳されていた本の表紙に描かれた平安時代らしきお姫様が目にとまり、思わず手に取った。

お姫様が身にまとっていたのは、色とりどりの着物を何枚も重ねた衣装だった。「十二単」という名称はまだ知らなかったけど、アニメなどでよく見るプリンセスのドレスよりも魅力的に感じた。

漫画チックなイラストに溢れている子ども向けの本で、歌の情景が分かりやすく描かれていた。秋山に鳴く鹿、岸に押し寄せる波、桜散る野原……。

——アタシはどこにも連れていってもらえないけれど、歌はいろんな世界を見せてくれるんだ！

熱中した。

毎日通い、開館から閉館まで古典の世界に耽《ふけ》った。特設コーナーが無くなっても、大人向けの書棚から本を借りて、ひたすら雅《みやび》を追い求めた。歌はアタシの家族であり友であり、先生となったのだ。

ある日、気づいた。百人一首に「月」は何首も詠まれているのに、「太陽」が無い。唯一、「ひさかたの　光のどけき　春の日に　しづ心なく　花の散るらむ」

この歌だけが、陽光も詠まれていた。

――月は、暗闇を照らすからありがたく思われているのかも。昼間は明るいのが当たり前だから、太陽が輝くありがたさって気づかれないのかな。もしかして、アタシがいつもニコニコ笑っていたって、お母さんはもう何も感じないのかもしれない。いつも泣いている静香は、何かできるとすぐに褒めてもらえるのに。

小学五年の秋だった。

図書館の掲示コーナーに「宇都宮百人一首かるた市民大会」のポスターが張られていた。吸い寄せられるように眺めると、会場は市立駅東体育館とある。自宅から自転車で五分もかからない距離だし、ひとりで行ける。

当日、体育館に行ってみると、広すぎて何がなんだか分からなかった。不安で見回していたら、会場はアリーナだと係員が教えてくれた。

緊張しながら観客席に足を踏み入れる。広大なフロアが眼下に広がっていた。床を埋め尽くすように敷かれた畳の上にいたのは、ふたりだけ。整然と配列した札を間に、美しい着物に袴《はかま》姿の女性が向き合っていた。

ふたりの向こうにいる、着物姿の女の人が大きく息を吸った。

「ひさ……」

「ひ」の発音すら終わらないのに、可憐《かれん》な選手が払った札が飛ぶ。それは、穏やかな春の日にひとひら舞う桜の花びらのようだった。

桜が散った後でも、歌は最後まで読み上げられる。

「ひさかたの〜光のどけき〜春の日〜に〜しづ心〜なく〜花の散る〜らむ〜」

和歌ってこんな風に読むんだ。国語の先生が教科書を高らかに音読するのとは違う。司書さんがお話会で感情表現たっぷりに読むのとも違う。

音符の連打みたいに規則的かと思ったら、急に伸ばす。初めて知る独特の読み方は、歌の情景を蘇《よみがえ》らせる呪文のようだ。文字が音声に変わり、アタシを「詠《うた》われた世界」に引き込む。和《やわ》かな春の光の中に自分はいる。風吹のように、花びらがたゆたう。

文字で読んだ時とは違う感覚だ。

詠われた当時と同じような読み方なのだろうか。千年前、平安貴族のお屋敷にタイムスリップしたみたい。

試合が終わるまで、アタシは歴史ドラマの世界にいた。

年上らしき選手が圧倒的な強さで勝ち、ふたりは礼をした。

「ただいまの模範試合はかるたクイーンの間瀬麗子《ませれいこ》さんと、宇都宮市立西中学校の佐藤日奈子《さとうひなこ》さんでした。会場のみなさま、もう一度おふたりに盛大な拍手をお送りください」

アナウンスが会場に響き渡るなか、アタシは手が吹き飛ぶんじゃないかと思う勢いで拍手をした。クイーンは強くてキレイ、歌の響きは魔法の呪文みたい。なんて素敵、やってみたい……。

そうだ、確か会場の入り口に「競技かるた教室　生徒募集」のチラシが置いてあったはず。

記憶は確かだった。練習会場は「黄ぶな会　宇都宮かるた会館」（市役所近く）と書いてある。家から自転車で通える距離だ。

母は許してくれるだろうか。ドキドキしながらチラシを握りしめて帰ったら、くしゃくしゃになってしまった。

赤い大きな本に視線を落とす母に、伸ばしたチラシを見せて訊《き》いたらあっさり答えた。

「陽子が習い事してくれるなら、その分静香に手をかけてあげられるから、助かるわ」

――今まで、どれだけアタシに手をかけてくれたんだっけ。

「ありがとう！　頑張るね」

心とは裏腹に、いつもの笑みを浮かべる。小さいころから太陽の笑顔を心掛けてきたから、この顔しかできなくなっていた。でも、母がどんな表情をしているのかは分からない。アタシに視線を向けることなんて、ほとんど無いから。今だって、『手指法辞典』をぶつぶつ言いながら眺め、ずっと手話の練習をしていた。

だけど、もしも。アタシが今日見たような、素敵な「かるたクイーン」になれたなら、母は笑顔を向けてくれるんじゃないだろうか――。

まずは第一歩だと思い、黄ぶな会に行ったら驚いた。

学校の教室くらいありそうな座敷で、同年代の子や、中高生のお姉さんお兄さん、そして両親くらいのおじさんおばさん、そしておじいちゃんおばあちゃんも一緒になってかるたを取っている。てっきり、子どもだけかと思っていた。

最初は見学だけかと思っていたのに、「練習試合してみない?」と先生に言われ、いきなり対戦することになってしまった。でも、戸惑いはなかった。百人一首は暗記するほど読み込んでいるから、負けるはずがないと思っていたのだ。なのに。

一枚も取れなかった。しかも、

「俺、まだ百首覚えてないんだよなぁ。面倒くさくってさぁ」

と、試合前にケラケラ笑っていた男子中学生に負けたのだ。

信じられない。アタシは、図書館の百人一首に関する本を読破しているのに。一番から百番まで、全部暗誦《あんしょう》できるのに。年賀状には平安時代のお姫様のイラストを歌入りで描いているのに。歌が大好きなことにかけては、誰にも負けないと思っていたのに。

「陽子ちゃん、歌を鑑賞することと競技かるたは、また違う世界なのよ」

膝の上で両手を握りしめ、震える姿を見て松峰《まつみね》と名乗った初老の先生はそう諭した。

「でも、楽しかったなら良かったわ」

そんな時でもアタシは笑顔を作ることしかできなかったから、松峰先生は誤解をしたのだ。だけど、心の中では嵐が吹き荒れていた。

楽しくなんかない。悔しくて倒れそうだ。百人一首の暗記もしていない人に負けたなんて。こんなに歌が大好きなのに、ほかの人に先に札を取られたくない。アタシが誰より先に、札を迎えに行ってあげるんだ。

「松峰先生、どうすれば競技かるたが強くなれるの」

「黄ぶな会にいる時だけではなくて、家でも練習することね。決まり字を覚えたり、暗記方法を工夫したり、素振りをしたり。とにかく、練習よ」

家では、いつも静香が母の訓練を受けている。だから、アタシはひとりで練習しようと決めた。だって太陽は自力で輝くことができるんだから。恒星の光が当たらなければ輝けない月とは違う。

練習はまったく苦ではなく、むしろ快感だった。新しいことを覚えるたび、昨日より速く手が動く。日々、心が満たされていった。

成果はみるみる現れ、黄ぶな会の対戦で勝てるようになった。初めての試合で負けた中学生に圧勝した時は、すぐには帰宅せず辺りをスキップして周ったほどだ。

さらに、あの模範試合でクイーンの相手をした日奈子さんと対戦させてもらえるようになった。もちろんまだ勝てなかったけど、彼女の向こうにクイーンへの道が見えるような気がした。

当時、競技かるたの段位はD級からA級に分けられた公式大会で好成績を収めることで認定され、初段から昇段していった。黄ぶな会に入って数か月経《た》ったころ、松峰先生に言ってみた。

「公式試合に出てもいいですか」

松峰先生は、驚きよりも戸惑いが強い視線を投げてきた。

「え……もうちょっと練習してからの方がいいんじゃないかしら。D級でも『決まり字』で札を迷わず取れるくらいのレベルよ」

「できます！」

笑顔で宣言し、そして優勝した。先生たちの賞賛の声や、中高生が中心だった出場者たちの羨望と嫉妬の表情は、アタシのさらなるエネルギー源となった。練習に打ち込み、上位の大会に出て勝利し昇段する。中二の時B級大会で優勝し四段に、中三ではA級大会で優勝し、五段に認定された。それは、かるた女流日本一を決める「クイーン戦」の予選に参加できることを意味した。それでも、母は「そうなんだ」しか言わず、大会に来てくれることもなかった。

——まだダメなんだ。でもきっと日本一になれば、お母さんはアタシを見てくれる。笑顔を見せてくれる。

その期待と、和歌への愛を燃料に競技かるたの道を進み続けた。日奈子さんは高校卒業と共に引退することになり、最後の試合の相手にアタシを選んでくれた。そして彼女に勝ったとき、クイーンへの道がハッキリと現れたのだ。高い高い山の頂に続いているけれど、絶対に極めると心に誓った。

高校生になると、市民大会でゲストが行う模範試合の相手にまで選ばれるようになった。当日の袴と着物は松峰先生が貸してくれて、着付けもしてくれた。

着物には艶《あで》やかで華やかな色とりどりの花が描かれていたけれど、母に写真を見せても「へえ、良かったわね」としか言わない。それでもアタシは「うん、良かった」と答えた。笑顔を崩さずに。

高校三年になり、クラスメートたちは次々に進路を決めていく。競技かるた一色だったアタシはどこか置いていかれたように感じていた。進学しようとは思っていたけれど、その前提として何の職業に就きたいかが分からなかった。考えても、目の前に霞《かすみ》がかかったように先が見えない。

「大学か専門学校かは、もう決めないとね」

夏休み前の個人面談で先生にそう言われ、霞はいっそう濃くなった。考えるほどに滅入《めい》ってくる。気晴らしをしたくなり、オリオン通りに向かった。

人気のファストフード店が何店舗もあるけれど、高校生で賑《にぎ》わっているだろう。今日はひとりだから入りづらい。

ふと、小さな建物が目に入った。

昔ながらの純喫茶だ。青いペンキの壁はところどころ剝げていて、「純喫茶　ベラトリクス」と書いてある看板も黒ずんでいたけど、二階のベランダに飾ってあるプランターには可愛いお花が元気に咲いている。通りかかると、いきなりお店のドアが開いた。

「じゃあ、オーナー。また明日ね」

スーパーの袋を片手に、中年の女性が手を振りながら出てきた。

「はぁい。明後日もその次もお待ちしてますよ」

見事な銀髪のおかっぱに真っ赤なフレームのメガネの女性が、手を振り返す。七十代に見えたけど、もしかしたらもっと上だったのかもしれない。

アタシと目が合うと、優しそうに笑った。

ここは大人向けのお店だと思っていて、入ったことはなかった。でも、この時は「呼ばれた」ような気になった。あんな可愛いお花を育てるなんて、人の好《よ》い店主さんかもしれない。「高校生でも入っていいですか」とおずおずと訊いた。

「もちろんよ！　どうぞ」

一歩入ると、大人びたコーヒーの香りがふわっとアタシを包んだ。

テーブルにしようか悩んだけど、カウンターにズラリと並ぶ本に気づき、そちらを選んだ。

「何になさいます?」

渡されたメニューにはコーヒーと紅茶、あとは数種類のソフトドリンクがあった。ランチタイムはもう終わっている。

「じゃあ、ホットコーヒーをください」

カウンターの向こうに並んでいるサイフォンを使うらしい。見事な手さばきも相まって、まるで魔術か理科の実験のようだ。そして、できあがったコーヒーは、今まで味わったことがない風味だった。苦いのに心地良い、濃いけれどえぐみがない。良いところだけを抽出したみたいだ。

「こんなおいしいコーヒー、初めて飲みました! 奥深い味ですね」

思わずそう叫んでしまったくらいだ。

「あら、ありがとう」

オーナーはアタシを見てニッコリ笑ってくれる。こんなおばあちゃんが家にいてくれたらな、なんて思ってしまった。

小さいころから図書館に入り浸っていた身としては、このような人がどんな本を選ぶのか気になり、あらためてカウンターを眺めてみる。タイトルに「星」とか「月」がつく本ばかりだった。

「星がお好きなんですか?」

「そう。天体観測が趣味なのよ」

世の中は広いと感心する。そんな真面目なことを趣味にする人がいるんだ。

「あなたは、何が好きなの？」

　穏やかな笑顔で訊かれると、素直に答えてしまう。自分から進んで言ったことはなかったけど、手で札を払う仕草をしながら反射的に答えてしまった。

「百人一首です。競技かるたをやってます」

「藤原定家ね！　『明月記』を読んだことはある？　定家の日記よ」

「へぇ、そんな日記があるんですか」

　正直、定家は小倉百人一首の選者だという知識くらいしかなかった。

　カウンターに並ぶ本から、オーナーは濃茶色をしたハードカバーの『訓読　明月記　第五巻』を取り出した。得意分野だからか、オーナーはパラパラめくりながら声を弾ませる。

「明月記って当時の天文学の話題もあるから面白くて、全巻揃えちゃった。例えば、寛喜二年十一月八日の日記には客星の話が出てくるの。ほら！」

　面白いの前に、内容が全然分からない。

「客星っていうのは、突発的に現れた天体のことよ。ここの記述は今の言葉にすると、『新しい星がオリオン座に近いおうし座ツェータ星の近くに現れ、木星のように明るかった』って書いてあるの。かに星雲を生じた超新星が爆発した時の記録だといわれて……」

　何か言葉を返さないと、この話題が延々と続きそうだ。持っている知識を駆使し、話題転換を試みる。

「オリオンといえば、なんでこの通りは『オリオン通り』っていうんですか」

　哀《かな》しいことに、返せるのはこのくらいのレベルだった。

「もちろん、オリオン座由来よ。オリオン通りができたころは曲師町《まげしちょう》と一条町《いちじょうちょう》、江野町《えのまち》の三つの町にまたがっていたから、三つの星が並んでるって意味ね。実はこのお店の名前もオリオン座由来なの。ベラトリクスはオリオンの左肩にある二等星で、『女兵士』って意味のラテン語……」

「肩？　オリオン座ってどういう形でしたっけ」

「あら、うふふ。今描いてあげるわね。オリオンはギリシャ神話の猟師でね……」

チラシの裏にオーナーがさらさらと筆ペンで描き上げた絵は、お腹《なか》にベルトを巻いたような台形だった。

「これが猟師に見えるんですか。昔の人は想像力がありますね」

「娯楽がなくて暇だったのよ。星空を見ながらあれこれ妄想するくらいしかなかったんじゃないのかしら」

星空が娯楽になるのか。首をひねっているアタシを見て、オーナーは夢見るように暗誦した。

「オリオンは
聲《こえ》なき天の聖歌隊
雪晴れの刃金《はがね》いろの空で
いっせいに煌くが而《しか》も寂として
宇宙の深い深いかなたから
光の合唱を送ってくる」

その穏やかな声と内容がマッチして、思わずため息をついてしまう。

「ロマンティックですね。オーナーが作った詩ですか？」

違うわよと手を振りながら、照れたような笑みを浮かべた。

「これはね、私が大好きな野尻抱影《のじりほうえい》が作った詩。この方は天文民俗学者で『星の文人』って言われてるのよ。オリオン座やオリオン星雲には光度で色が違う星がいっぱいあって、しかもオリオン座の三つ星の配列は純然としていて聖歌隊のようでしょう。そして同じ星でも、気流で煌きが速くなったり遅くなったりする。それが音の高さの違いのように感じたらしいの」

その視点は新鮮で、天文学はちんぷんかんぷんのアタシでも今度夜空を見上げてみようかと思ってしまう。

「野尻抱影にはほかにも素敵なエピソードがいっぱいあってね。冥王星を命名したのもそうだし……。オリオン座が大好きで、自分のお墓はオリオンの右端って決めてたんですって。そこでは、美しきベラトリクスが丸い盾を持って墓守りをしてくれるって理由で」

「その方、まだお元気なんですか？」

「ううん。一九七七年に亡くなったんだけど、なんとその時刻はベラトリクスが南中していたのよ」

「物語みたい……って、すみません。南中ってなんですか」

「ふふふ、それはね……」

オーナーの話題は、星々のようにたくさんで終わることがない。気がつけば、二時間も経っていた。

「うわあ、すみません。もう閉店時間ですよね！　十八時までって書いてあります」

かつては白かったと思われるクリーム色の壁紙に、営業時間が書いてあった。そして「アルバイト募集」の張り紙も。

「よければ、また来てね」

笑顔のオーナーに見送られ、アタシは店を後にした。お店に入る前に比べて心が軽い。少し、霞が薄くなった気がする。アーケードから出ると、闇が覆い始めた空が昨日とは違って見えた。星の話をたくさんしたからだろうか。たまには競技かるたから離れるのも気分転換になるのだと実感した。

数日後、激しい雨と雷に襲われた。

大会前の練習に来たかるた会館の窓からは、道路が川になりかけている光景が見える。いつもの宇都宮名物の夕立だろうと高を括《くく》っていたら、だんだんひどくなってきて、バチバチと弾ける音まで聴こえてきた。

「うわー、雹《ひょう》だー！」

小学生たちはむしろ喜んでたけど、アタシはめまいがしそうになった。レインコートを持ってきているから自転車で帰れるとはいえ、雹はまずい。窓に映る自分の顔は、それでも笑顔だった。

背後に、これまた笑顔の松峰先生が立った。

「陽子ちゃん、安心して。お母さんにさっき電話したから。雹混じりで危ないから、お迎えにきてくださいって」

いや、ちょっと待って！　慌てて止めようとしたら、先生は「ああ、電話が鳴ってる」とさっさと事務室へ行ってしまった。

　会館にはまだほかの生徒もいっぱい残っていて、みんな窓から外を眺めている。

　あのお母さんが、どんな表情《かお》をして来るんだろうか。静香ではなくアタシのために、こんな嵐の中をわざわざ。見たい、見たくない。両方の気持ちがせめぎあい、意味もなくウロウロしてしまう。

　見慣れた黒い軽自動車が、玄関の前に停まった。助手席と運転席、それぞれのドアが開く。

「あ、お母さんが来た。妹も」

　傘をさす妹と母が片手で手話をしている様子を見て、生徒のひとりがアタシに視線を向けた。目が興味津々といったように輝いている。

「陽子ちゃんのお母さんと妹って、なんであんな風に手を動かしてるの」

「妹は耳が聴こえないから、手を使って話すんだよ。手話っていうの」

「じゃあ、陽子ちゃんも手話できるんだね！」

　できないわけではない。でもアタシは、頑《かたく》なに手話を使わなかった。何ひとつ文句を言わず、笑顔の「盾」をかざしていたアタシの唯一の反抗は、母と妹のコミュニケーション手段である「手話」を拒否することだった。

　手話を使ったら、母と妹「ふたりの世界」の住人になることを意味する。母に振り向いてもらいたくて、ひとりで頑張ってきたアタシにとっては、自分自身を否定するようなものだった。

　家族も、アタシは手話ができないと思っているはずだ。笑顔のまま無言でいたら、生徒だけでなく先生たちまでもが一斉にしゃべりだした。

「えらいね。陽子ちゃんがしっかりしてるから、お母さんも安心だ」

「妹さんの分も頑張らなきゃね」

「陽子ちゃん、お母さんや妹さんを助けてあげるんだよ」

次々に襲ってくる善意という名の刃《やいば》には応戦せず、笑顔のまま後ずさった。

「はい！　じゃあ、お先に失礼します！」

礼をし、急いで母の車に乗り込んだ。

別にえらくない。しっかりなんてしてない。

頑張るって、これ以上？　そんなにアタシが頑張っていないように見える？

助けてあげる？　自分は今まで助けてもらえなかったのに。

「お母さん、早く出して。ここ駐車禁止だよ」

後部シートに背中を預け目を閉じた。エンジンの振動に身を任せ、少しずつ心を落ち着かせる。

……でも、お母さんはわざわざ迎えに来てくれたんだ。

ちょっとだけ嬉《うれ》しくなって目を開ける。赤信号で車は止まり、助手席の静香に母が手話で愚痴っているのがシートの隙間から見えた。

〈こんな豪雨の時に、車の運転なんかしたくないよ。バスで帰ってくればいいのに〉

稲妻が闇を切り裂いた。落雷の地響きが足から伝わって、体を抜けていく。

笑顔、笑顔。笑っていれば、辛い気持ちも逃げていく。唇が震えてくるのを嚙みしめて耐え、口角を上げた。

家に着いても雨や雷の勢いは衰えない。稲光が漆黒の夜空を照らし、落石のような雷鳴が轟《とどろ》く。

静香が泣けば、母が抱きしめる。でも、自分はどこで安らげる？　どこで涙を流せる？　居場所なんてどこにもない、受け止めてくれる人なんて誰もいない。

もう、ひとりでいい。今までもそうだったじゃないか。

このまま空に駆け上がっていきたい。闇夜に姿を隠し、響き渡る雷鼓に泣き声をかき消してほしい。そう願っても、神様は叶《かな》えてくれるはずもない。結局、自分の部屋に籠って大泣きした。

期待していたんだ。お母さんは喜んでアタシを迎えに来てくれるって。「陽子、かるたに熱心なのもいいけど、雨が降る前に帰ってきなさいよね。心配するじゃないの」って苦笑いして、どこかホッとした表情を浮かべながら。そんなの、あるわけないのに。今まで生きてきて、分かり過ぎるくらい分かっていたじゃない。アタシって本当にバカだ。

するると、母が部屋に入ってきた。

「陽子。なんで泣くのよ」

やっと母がアタシを見てくれたのに、それが今だなんて。泣き顔なんか見せたくない。クッションに顔をうずめたまま答えた。

「なんでって……」

自分で分からないの？　と言い終えるのを待たず、母は絞り出すように言葉を出した。

「これ以上、お母さんに気を遣わせないでよ。ただでさえ大変なんだから、家では静かに休みたいの。陽子は聴こえるんだし、ひとりで何でもできるでしょ」

アタシが自分を守る手段は、笑顔だ。それしか知らない。

顔をゆっくり上げ、涙を拭うと母親を振り返った。

「分かりました。もう何も言わない」

最高の笑顔を浮かべて、そう言った。

大きな雷鳴が響き、瞬時に闇に包まれた。停電の中、母の姿が稲妻に一瞬照らしだされたけど、顔は見えない。ただ、力なく下ろした両の拳を握りしめているのだけは分かった。

その日以降、アタシは母との冷戦に突入した。自分からは話しかけないし、話しかけられてもまったく口をきかない。笑いもしない……つもりだった。しかし気が付けば目尻は下がり口角が上がってくる。笑みはもう顔に張りついているのだと思い知らされた。

明日から夏休みなのに。こんな状態で家にいるなんて最悪だ。

ふと、思い出した。「純喫茶　ベラトリクス」にアルバイト募集の張り紙があったことを。営業時間は、朝七時からだった気がする。通勤途中の会社員を相手にモーニングをやっているのだろう。

翌朝、自転車に乗って一路オリオン通りを目指した。夏の早朝のしっとりした涼しさも、全力でペダルを漕《こ》ぐアタシには役に立たない。

「おはようございます！」

思い切りお店のドアを開けると、せっせとカウンターを拭いていたオーナーは目を丸くした。

「おはようござ……あらあら、汗まみれで！」

慌ててタオルを出してくれたオーナーに頭を下げ、汗を拭いながらアタシは言った。

「あの、まだ募集してますか？」

壁にあるバイト募集の張り紙を指さすと、オーナーは首を傾げる。

「あなたが？」

「はい。ぜひ！　でも、夏休みだけ……高校生じゃダメですか」

「……いいえ、人手不足で大変なの。今日からよろしくお願いするわ。あと、自転車じゃなくてバスで通いなさい。交通費は支給するから。今の時期の宇都宮じゃ、帰るころには夕立だもの」

さっそくアルバイトが始まった。嬉しいことに、朝が早くて夕食どきまで仕事だからと、三食の賄いがつく。母を無視し始めてから家で食事をするのが鬱陶しかったから、渡りに船だった。

担当はホールとレジ。接客業が初めてのアタシには、なかなか新鮮だった。

何よりも、厨房の様子が楽しい。オーナーの見事な手さばきで料理があっという間にできあがる光景は、魔法みたいだ。ホンのちょっとした盛り付けの工夫でお客様が喜ぶのも心が弾んだ。

「陽子ちゃん、この紙を外向きに窓に張ってくれる？」

渡された厚紙には、クレヨンで描いたらしい可愛い丸パンの絵があった。「午後二時から」と文字が添えてある。絵も字も上手で、思わず見入ってしまう。

「丸パンですか。メニューにありましたっけ」

「気まぐれメニューなの。販売する日には、この絵を飾るのがお約束なのよね」

朝張ったら、販売前には行列ができていた。驚いて、窓の外を眺めながらつぶやいてしまった。

「いっそのこと、毎日焼けばいいんじゃないですか」

ほほほとオーナーは笑う。

「毎日あると、意外に来てくださらないのよ。メニューもそう。何かひとつでいいから日替わりがあるといいのよね、常連のお客様のために。それと、季節の移り変わりを感じるものがあるといいわよ、お花とか。成長を見に通ってくださることもあるし」

バイトをしていて気づいたけど、ご新規さんはあまり……というか、ほとんどいない。常連さん、それも年配のお客様が多く、話題が豊富で聞き上手のオーナー目当てに通ってるみたいだ。

朝、昼、夕方で客層も変わるのが面白い。モーニングは、役員風のオジさんが多かった。

「あら、高橋《たかはし》さん。今日はいつもより顔色がいいんじゃない？」

六十代くらいに見えるスーツ姿のオジさんは、首を回しながらカウンターに座った。

「肩こりが解消したからかな。昨日初めての床屋に行ったら、肩もみサービスがあったんだよ。マッサージが終わったらすごい楽で、自分って肩がこってたんだ！　って衝撃を受けたよ」

「もう自覚すらなくなっていたのね」

オーナーが笑いながら淹《い》れたコーヒーを、アタシはバタートーストと一緒にカウンターに運んだ。

「肩こり状態が普通だから、辛さは感じてなかったんだね。逆に悲しくなっちまったよ。この解放感を知らなきゃよかったたって」

「それで思い出したわ」

オーナーはカウンターに来て、『星三百六十五夜』というハードカバー本を取り出してパラパラめくる。

「一九五五年（六月二十日）に伝説の皆既日食があったの。皆既時間七分八秒という長さで、どれだけすごいかというと、一〇八〇年六月から二一五〇年六月の間で一番長いという」

「へー」

アタシも高橋さんもすごさが分からなくて、流した返事をしてしまった。しかし、オーナーはそんなの気にならないらしく、どんどん饒舌になっていく。

「セイロンに行った日本の観測隊は、悪天候で観られなかったんですって。でもね、南ベトナムで観測されたの。このページの内容がその時の話よ。太陽が隠れ、星が輝きだした。金星、牡牛《おうし》座のアルデバラン、オリオン座のふたつの一等星リゲルとベテルギウスも見えたはずだと」

「オリオン座って、冬じゃなくてもあるんですね」

「そりゃそうだろう！　流れ星じゃないんだから」

高橋さんが失笑しながらトーストをちぎるのを眺め、オーナーは優しく微笑《ほほえ》んだ。

「冬の星座だって、今の時期でも早起きすれば見えるわよ。太陽の光で消されても、確かに天を周《まわ》ってるの。この皆既日食で七分間だけ夜が訪れ、黒い太陽の周りに一気に星が現れて消えた。素敵じゃない？」

「確かに……」

想像してみた。昼と夜が瞬時に入れ替わり、空に輝く太陽が星座に代わり、そしてまた太陽が戻る。天文学の知識はないけど、実際に見たらどんな気分になるんだろう。

コーヒーをすすると、高橋さんは傍らのオーナーを見上げた。

「で、それが僕の肩こりとどうつながるの？」

「明かりが消えたから、見えていなかった幸せに気づくってことよ」

「肩こりを自覚したから、肩こりがない幸せに気づいたってか？　ママさんは、なんでも星の話に持っていくなぁ」

「きらきらしてて、いいでしょ」

オーナーと高橋さんは、あははと笑いあっている。

アタシは、違うことを考えていた。

自分は太陽のように家を照らそうと、無理していつも笑っていた。だけど、笑顔を消したら、何か見えてくるものもあるのだろうか、と。

答えは出ないまま、夏休みは過ぎていく。

家とは正反対で、お店にいるのがとても楽しい。常連さんたちは「孫みたい」と可愛がってくれるし、お客様がいない時は、オーナーはアタシを話し相手にしてくれた。

「オーナー……その……もしかして、無理して雇ってくださってませんか？」

正直、アタシがいなくても充分まわるんじゃないかと思う客の入りだった。

ほほと笑い声をあげ、オーナーは壁にある「八月」のカレンダーを指さした。

「陽子ちゃん。飲食店ってね、昔から『にっぱち』って二月と八月が暇なの」

「うわぁ、申し訳ないです」

「ううん、私も年だから助かってる。それに、『にっぱち』って良い面もあるのよ。天の川が高々と上がって見えるのが二月と八月だから」

「天の川って七夕以外でも見えるんですか」

「もちろん！　宇都宮だと、天体観測はなかなか難しいけどね。あと、ここのジンクスを教えてあげる。暇だと口にすると、お客様がうわっといらっしゃるのよ」

オーナーの視線の先を追うと、窓の向こうに六人連れの中年女性グループが店を覗いているのが見えた。

「ね！」

そんなバイトの日々も、ついに最終日を迎えた。

ランチタイムが終わり、お客様の姿が一瞬途切れた。オーナーが、口を押さえてふふっと笑う。

「陽子ちゃん、今がチャンスよ。オヤツ食べない？」

オヤツ！　心ときめく響きに、首を何度も縦に振った。なんだろう。ケーキかな。クレープかな。パフェかな。

オーナーは厨房の棚から陶器の大皿を取り出し、カウンターに置いた。拳サイズの丸いものが山盛りになっている。

「なんですか、それ」

「ソーダまんじゅうよ！」

オーナーは小皿にひとつ取り分け、アタシに差し出した。

「クリームソーダでも練りこんであるんですか？」

アタシは、受け取ったお皿をまじまじと眺める。

「ううん。ソーダは重曹のこと。簡単に言っちゃえば小麦粉に重曹を混ぜてこねて、餡子《あんこ》を包んで蒸《ふ》かしただけのまんじゅうなんだけどね」

見た目は地味で、正直あまり気が乗らなかった。けど、断るのも申し訳ないと思い、一気に頬張った。

「！」

想定外においしい。シンプルイズベストの極みだ。もちもちの生地、ほっこりの餡子。その純粋なハーモニーに驚いた。

そして、嬉しかった。これはアタシひとりのための、一個のお菓子だ。二個セットの片割れじゃないんだ。これは努力の成果だ。ひとり、家から離れて外でアルバイトをしたからこそ、神様からご褒美をもらえたんだ。

カランコロンと鈴が鳴り、六十代くらいの女性がひとりで入ってきた。アタシは慌ててソーダまんじゅうを飲み込み、「いらっしゃいませ！」と声をかける。

カウンターに座ったお客様にメニューを渡そうと近づいたら、アタシを見て自分の耳を指さした。

ピンと来た。聴覚障害者だ。

アタシは左の手のひらに、右手で線を書くようになぞる。そして、右のひとさし指を横に振る。意味は「注文」、そして「何」。この手話は「ご注文は何ですか」で、同時に口も動かす。

手話を学んでこなかったとはいえ、母と静香のやりとりは毎日目にしているし、夕食をとる時は手話ニュース番組が流れているので、なんとはなしに覚えていた。アタシは手話ができないと静香は思っているから、姉妹間では口話と筆談で会話する。つまり実践の経験はない。間違っていたらどうしよう。

〈あなた、手話ができるのね〉

それまでのどこか不安そうな表情は一変し、お客様は笑顔になり手を動かし続けた。

〈アイスコーヒーを……。あら、それは〉

カウンターの隅にあったお皿を指さす。さっきのソーダまんじゅうが、まだ山盛りで載っていた。

「あら、やだ。出しっぱなし」

オーナーは頬を染めてアタシを振り返った。

「陽子ちゃん、手話できるんだ！　通訳してもらえるかな？　よかったら、サービスですって」

ソーダまんじゅうの手話なんて見たことない。指文字でソーダと表現し、「まんじゅう」の手話をつなぐ。最後に「サービス」と手話を追加したら、お客様は目を丸くした。

〈オーナーさんは、ご出身どちら？　栃木県では炭酸まんじゅうって呼ぶ人が多いのよ〉

「生まれは栃木ですけど、母の実家が熊本なんです。たぶん、九州はソーダまんじゅうっていうんじゃないかしら」

〈あら、熊本！　私はお城が大好きでね、熊本城には何度も……〉

さすがに全部は分からなくて筆談の助けも得たけれど、話は弾みに弾んだ。アタシが〈最近知ったばかりの〉オリオン通りの由来をしたり顔で説明すると、お客様は突然涙ぐんだ。

〈私の父はね、終戦後の引き揚げ船が遭難して……。オリオン座を目印に生還できたんですって。冬の夜空を眺めては、父はいつも拝んでたわ。お導きくださってありがとうございます、家族のもとに戻してくれてありがとうございますって〉

ハンカチを目頭に当て、オーナーも何度も何度も頷いていた。そのまま、お客様は十八時の閉店までいらした。

〈私ひとりで長い間ごめんなさいね。でも、手話でたくさんおしゃべりできて楽しかったわ。父

のことも久しぶりに思い出して……ありがとう〉

と帰っていった。

ドアが閉まると、オーナーは感心したようにアタシを見る。

「陽子ちゃんってさ、いろんな魅力があるよね」

「えっ。手話ができたからですか?」

「あら、謙虚ね。まだまだあるわよ。オーダーを厨房に伝える声、とてもキレイに通って気持ちがいい。何事も否定せずに聴いてくれるから、話しがいもあるし……」

オーナーは指折り数えながら、アタシの良いところを、いっぱい挙げていってくれた。

初めての気持ちだ。なんだろう、水中から浮き出たような、扉のない部屋から解放されたようなこの感情は。

努力して身につけた競技かるたの技や、心を押し殺して笑みを浮かべてきたこと以外にも、アタシには魅力があったんだ。

このままで、ありのままでいい。

盾にひびが入り、音を立てて崩れて地面に広がる。でも、恐怖はなかった。すっきりした、晴れやかな心地だ。

「素」のアタシを見て、オーナーは微笑む。

「陽子ちゃんが来てくれて、本当に楽しい夏だったわ。ありがとうね。そうだ、もしも時間が大丈夫なら、これからソーダまんじゅうを一緒に作らない? あ、栃木だから炭酸まんじゅうか」

料理なんて、学校の授業でやった程度だ。でも、さっきの味を自分で再現できたら楽しいかも。

素直に頷いた。まだオーナーと一緒にいたいし、心配するかは知らないけど、自宅には遅くなるとファックスでも入れておけばいい。

厨房でオーナーは「小麦粉、砂糖、重曹、餡子……」と言いながら材料を調理台に出していく。餡子は缶詰だった。

「気楽に作るのが一番よ。さ、まずは重曹を入れた粉を二回ふるう。腕力勝負だけど頑張って」

オーナーに励まされながらふるっていて、気づいた。

「なんか楽しいです。こう、発散される感じで。ダマが崩れていくのが、これまた気持ちがいいです」

「うふふ。パン作りはもっといいわよ。生地の空気を抜く時、台に叩きつけるの。こう、ビシッバシッと。ストレス解消に最高なのよね」

「オーナー……、パンを焼くのは」

「そう、イライラが溜まった時。だから『気まぐれメニュー』なのよ」

顔を見合わせて大爆笑した。

生地で餡子を包み丸めて十二分蒸し、蓋を開けた時の炭酸まんじゅうの可愛らしさに、ときめいた。ほのかに黄色く、丸々とふっくら。小鳥みたいだ。

できあがりは十個だった。一個は記念にとオーナーが受け取り、残りは「御家族のお土産になさい」と袋に入れて持たせてくれた。そして、別に大きな紙袋も。

「これは、私からの気持ち。陽子ちゃんのこれからの人生が、ますます豊かになることを願って。このお店でアルバイトをしてくれて、ありがとうね」

商店街のオリオン通りは、夜になると人通りがパッタリ途絶える。急ぎ足で大通りに行きバスに乗った。揺られながら袋を覗いてみると、アルバムみたいな大きな本が入っていた。表紙は星が煌く宇宙の写真で、タイトルは『星座散歩』とある。カウンターにあった本だ。

厚い紙が挟まっていることに気づき、開いてみるとオリオン座のページだった。星をつなぐ線が猟師のイラストに重なっている。オリオンはギリシャ神話に出てくる猟師だと記述されていた。

そうか、神話ができた時代にはもう星座があったんだ。同じ星空を、人類は見続けてきている。日記に書いたり詩を読んだり……何百年何千年、そして何万年も。

挟まれていたのは、小さな色紙だった。オーナーの筆跡で書かれていたのは……。

「オリオンは　聲なき天の聖歌隊――」

野尻抱影の詩だ！

あらためて、そのページを眺めてみた。オリオンのベルトのあたりには「オリオン大星雲」が広がり、新たな恒星が誕生し続けているとある。そして、「オリオン星雲は若く、まだ一万年」だと。

「まだ、一万年……」

そうつぶやきながら、オーナーが話していた伝説の皆既日食を思い出した。

――どれだけすごいかというと、一〇八〇年六月から二一五〇年六月の間で一番長いという。

宇宙スケールで見たら、十八歳の自分なんて塵《ちり》みたいな存在だろう。星が見えるかと窓の外に視線を移したら、車内の明かりに引き寄せられたらしく小さな虫がくっついていた。風圧に負けじと、必死にへばりついている。

ちっぽけだけど、アタシも生きている。息をして、鼓動がある。塵でも、この一瞬、確かにここにいる。

落ち込んでいる暇なんてない。なんで一か月以上も母と口をきかなかったんだろう……。

帰宅すると、もう二十一時近かった。リビングのソファに母だけがぽつりと座っている。遅くなる娘を待ってたんだろうか。

「……おかえり」

今日も返事はないと思っているのか、すぐに目を伏せる。

「ただいま」

母はピクッと肩を震わせた。何を言おうかバスの中でずっと考えていたけど、自分でも驚くほど自然に言葉が出てきた。

「……今日ね、バイト先に聴覚障害のお客様が来たんだよ。アタシが手話で話したら、すごく喜んでくれたんだ」

アタシの盾はもう無い。素の顔を晒《さら》すのがちょっと気恥ずかしくて、下を見て頬を掻《か》いた。

いつものように「ふうん」と聞き流すかと思ったら、返事がない。

どうしたのかと顔を上げたら、視線が合った。母がアタシを見ている。見つめている。唇を噛みしめて頬を震わせながら。その瞳がみるみる潤み、目から溢れたものが一筋二筋と頬を伝っていった。

母の泣き顔なんて、初めて見る。もしかして、静香が難聴の告知を受けた日以来じゃないだろうか。思い返せば、母子手帳の慟哭の文字は水滴でにじんでいた。

母の中の何かも今、壊れたのかもしれない。

「こ、これ炭酸まんじゅう。アタシが作ったんだけど、静香と食べて」

袋をテーブルに置くと、自分の部屋に逃げ込んだ。「競技かるた練習中。入るな」と紙に書いてドアに張る。そのままサッシ戸を開けて床に座り、空を見上げた。

街の明かりが邪魔をするけれど、確かに星々が輝いている。でも、どれがなんの星だかサッパリ分からない。

ドアがノックされ、振り向いたら妹が入ってきた。片手に食べかけの炭酸まんじゅうを持ち、困ったような表情で口話をした。

「部屋に入ってごめんね。お母さん、泣いてるんだよ。理由訊いても教えてくれなくてさ。心配しないでとは言うんだけど」

「なんだろうね。イヤなことが理由じゃないなら、いいんじゃない？」と口話で返そうとしたけれど、今日のお客様を思い出した。手話が通じると分かったら、とても嬉しそうだった。

ちょっと試してみようかと、口だけでなく手も動かしてみた。静香と母の世界に、片足を踏み入れてみる。

「！」

妹の目が、かつてないほど真ん丸になった。手に持った炭酸まんじゅうを一気に頬張り、アタシを指さした後、両方の人差し指を向き合わせてくるくる回す。「手話」の意味だ。

〈手話できるんだ！〉

〈そりゃ、毎日あんたとお母さんを見てれば覚えるよ〉

〈お姉ちゃんは競技かるたに一生懸命で、手話を覚える気がないのかと思ってた。私と遊んでくれないしさ〉

〈だって、静香はお母さんといつも一緒じゃん〉

静香は苦笑いしながら首を横に振る。

〈遊びたいよ、そりゃ。毎日訓練で辛かったし〉

〈……ねぇ、静香。アタシの手話ってどう？　下手？〉

正直に言うべきなのか少し戸惑っていたようだけど、肩をすくめた。

〈間違いもあるけど、まぁ、通じるよ。口話に例《たと》えると、聴者のお姉ちゃんが私の発語を聴いた時と同じくらいなんじゃないかな〉

そういうレベルか。でも、今日のお客様の様子を思い出すと、もっと上手になりたい気もする。

〈明日から、手話教えてくれない？〉

静香は目をさらに見開いた。

〈でもお姉ちゃんは、競技かるたの練習忙しいんじゃない？　日本一目指すんでしょ？　なんだっけ……そう、かるたクイーン〉

アタシが目指すもの。

〈いや、バイトして思ったんだよ。時には違うことをするのも必要だなと〉

隣に腰を下ろした静香に、本に挟まっていた色紙を引き抜いて渡す。

〈今日さ、バイト終了記念にこの色紙をもらったの〉

静香は自分の指先についた炭酸まんじゅうの生地が気になったのか、色紙を受け取らずに覗き込んだ。

〈……へぇ。キレイな詩だね。星の合唱ってどんな風に響くのかな〉

〈分かんない〉

〈お姉ちゃんは聴者なのに〉

妹は笑い、姉妹揃って夜空を見上げた。聴こえる自分、聴こえない静香に星の歌はどう響くのか。正解はそれぞれの心にあるのだ。

アタシは左手で丸を作り、その手前に弧を描いて右手を動かす。「日食」の手話だ。

〈日食で空が真っ暗になる時、太陽の光に消されていた星が見えることがあるんだって〉

〈面白いね。引っかき絵みたい〉

〈なにそれ〉

〈若草ろう学校の幼稚部でよくやったんだ。画用紙にいろんな色のクレヨンを塗って、その上を全部黒で塗りつぶしたあと、竹串で引っかくの。すると、下にあるカラフルな色が見えてくる〉

〈アタシの幼稚園でも、やった！〉

ふたりの世界が交じり合う。静香は〈私、口話が得意じゃないから、今までお姉ちゃんとあまりおしゃべりできなかった。寂しかったんだよ〉と笑った。

ずっと、静香は聴こえない世界の住人でアタシは聴こえる世界の住人だと思ってた。もしかして、ふたりの世界は重なっていたんじゃなかろうか。皆既日食の星空のように。同じ空でも光の加減で見える姿は違うけれど、「ひとつの宇宙」なのだ。

明日が始業式だというのも忘れて、遅くまで手話で語り合った。炭酸まんじゅうを食べながら。

布団に入ると、食べ過ぎて苦しいお腹を撫でつつ考えた。

自分が本当に目指したいものはなんだろう。読まれた歌の札を取るため、今までずっと下ばかり見ていた。でも夜空を見上げれば、静かな歌で満ち満ちているのだ。

――オーダーを厨房に伝える声、とてもキレイに通って気持ちがいい。

オーナーの言葉が、脳裏をよぎった。

初めて、競技かるたの大会を観に行った日のことを思い出す。一番惹《ひ》かれたのは何だったっけ。着物の美しさ、クイーンの手の速さ。いや……「読み」だ。

「ひさかたの　光のどけき　春の日に　しづ心なく　花の散るらむ」

美しい言葉が音に変換され広がっていく瞬間に、アタシの世界は変わった。

日が差し、花が舞う。山は燃えるように染まり、散った紅葉が川を埋める。

そうだ。あの「読み」こそが、自分を導いてくれたんだ。


バイトが終わり、二学期が始まった。黄ぶな会へ行くと、松峰先生は嬉しそうにアタシの両肩に手を置いた。頬が紅潮している。

「秋の市民大会の模範試合、今年のスペシャルゲストが決まったの！　久々に、現かるたクイーンにお越しいただけることになったのよ。陽子ちゃん、あなたがお相手を務めてね」

「はい！」

ついにアタシは対戦できるまでになったのだ、かるたクイーンと。

市民大会当日、会場にいらしたクイーンはアタシと同い年だったけれど、まさに「女王」だった。流れるような黒髪を可憐なバレッタで留め、桜色の着物と紫の袴に身を包んだ凜《りん》とした姿。そして風の化身のように、目にもとまらぬ速さでふわりと札を払う。

この方が、選手たちが目指す頂点なんだ。模範試合だけれど、そのクイーンとアタシは対戦している。

不思議だ――空にいるみたい。星をつかんだような、虹に追いついたような。

序盤はクイーンの陣の札が減っていったけど、中盤からアタシの陣も減り始め、ついに追いつき、残るのはそれぞれ一枚だけの運命戦になった。

間合いの後の歌で、勝負が決まる。

アタシは「無」の世界にいた。音も色も香りもない。全身全霊で読手《どくしゅ》の「気」を捉える。一字決まりの「む」が発語された瞬間に、手を払った。

そして――クイーンに勝った。

黒塗りのハイヤーに乗るクイーンをお見送りしたあと、松峰先生は満面の笑みで隣に立つアタシを見た。

「素晴らしかったわよ、陽子ちゃん。ぜひ次のクイーン戦を目指しましょう」

「ありがとうございます。でも、選手は今日でやめることにしました」

松峰先生は悲鳴を上げた。

「何を言ってるの！　なんで……」

「アタシは札を取るより、歌を読みたいんだと気づきました。専任読手を目指します。栃木県には、まだいませんよね」

「そりゃ、陽子ちゃんは初段以上だから読手を目指す資格はあるけど……なんで選手のままじゃダメなの？　別にそんなに焦らなくてもいいじゃない」

「クイーンに勝った瞬間に、分かりました。ここがアタシの選手としての頂点で、もう先はない。でも、違う山が遠くに見えたんです。今、そこに続く道が目の前にある。だったらもう、進みたいんです」

心にかかっていた霞は晴れ、新しい風景が広がっていた。

高校卒業後は、宇都宮の郊外にある調理師専門学校に進んだ。「ベラトリクス」でのバイトが楽しかったからだ。

一年かけて調理を学び、卒業後は学校給食センターに就職した。土日が空く飲食業を探してたどり着いたのだ。読手であるからには週末に開かれるあちこちの大会に出なければならないし、黄ぶな会の教室で指導もしたかった。自分を救ってくれた百人一首の歌の素晴らしさを、少しでも教えられたらと思ったのだ。夢への道も順調に進み、まずB級専任読手に、そして栃木県ではほとんどいないA級専任読手になった。

母との関係はというと、劇的な改善はしなかった。幼少期から思春期という大切な時期に入った亀裂なんて、容易に修復されるものではない。でも、少しずつ歩み寄るようになり、夕食後に静香と三人で手話トークをするくらいにはなった。

一方の静香は、若草ろう学校を卒業したあと理容学校に進んだ。研修先で働いていた聴覚障害者の理容師と恋に落ちて二十七で結婚、宇都宮に店を出した。

でも、何が一番嬉しかったって、静香が娘を産んだことだ。

名前はカナ。新婚旅行先の沖縄で知った、現地の方言で「愛しい」を意味する「かなさん」から名付けたそうだ。

二十八で伯母になったアタシは、初めての感情に驚いた。姪っ子というものが、こんなに可愛いなんて。まさに「かなさん」だ。

そして決めた。自分には与えてもらえなかった絶対的な愛情で、この子を包んであげようと。なぜなら予見できたから。

カナは聴くことができた。聴こえない両親のもとに生まれたカナは、おそらく通訳の役割を担うことになるだろう。アタシが静香と一緒に出掛けると、あたりまえに通訳を求められることが多かった。きっと娘に対しても同じだろう。通訳は知りたくないこと、言えないことが蓄積されていく。それはカナには重荷になるはずだ。両親に吐き出せないなら、アタシが全部受け止めてあげよう。だって、自分は家族の誰にも頼れなかったから。カナは過去の自分なんだ。

しゃべれるようになったカナは、静香のことを「ママ」、アタシのことを「ママン」と区別して呼ぶようになった。

ママン！　なんて素敵。最愛の姪っ子がつけてくれた、最高の呼び名だ。嬉しい嬉しいと喜んでいたら、黄ぶな会でも、生徒どころか役員までもがママンと呼びだした。

黄ぶな会の先生になったアタシは、教える喜びを知った。「青は藍より出《い》でて藍より青し」というけれど、藍の気持ちがよく分かる。

今まで培《つちか》ったスキルや技やコツを教えると、それを生徒が自分なりに解釈し、研究し、身につけ成長していくのだ。日々たくましくなる姿に涙がにじんでしまう。

中でもすごかったのは、白田映美《しろたえみ》ちゃんという子だった。ポニーテールが可愛くて、いつも一等星のように輝いている快活な子だ。

暗記力も気の強さも人一倍だけど、とにもかくにも、「感じ」が良い。

読まれた音に対する判断や反応のことを、「感じが良い」「感じが悪い」という。映美ちゃんは、読手が発音するその瞬間に札を取る。読手が第一音を全部発音する前、子音の「h」や「k」の段階で、彼女はもう正解の札を弾いている。

さらに研ぎ澄まされている時には、「読手がまだ発音しなくても、『気』で分かるんですよね」と取りに行くのだ（そしてそれは当たっている）。

選手時代のアタシが対戦しても、勝てる気がしない。もしや、黄ぶな会の宿願「栃木県初・かるたクイーン」になってくれるのでは……。しかし、関係者の熱い視線をよそに、彼女は中三の途中で突然来なくなってしまった。

本当に「ぷっつり」だ。ある日お母さんから「やめるそうです」と電話が来て、まったく連絡を絶ってしまったのだ。

「もったいない」

「なんで」

役員たちはもとより、生徒やほかの保護者も残念がっていた。

その直前に、一緒に来ていた彼女の親友も急にやめてしまったから、それが原因のひとつなのかもしれない。

同じく将来を嘱望されながらも違う選択をしたアタシは、それが映美ちゃんの生きる道ならそっとしてあげるのが一番だと思い、引きとめることはしなかった。

小学生になったカナは、すでに両親の手話通訳の役割を担うようになっていた。

カナは強く、たくましい。

辛さを表に出さず、飲み込んでひとり耐えている姿をよく見かけた。アタシはできるだけ妹の家に行って、カナの話し相手になり、親には言えない辛さや愚痴を受け止めることに専心した。

そして、さらにもう一プッシュした。競技かるたに誘うのだ。

カナは、つまんなそうだの興味ないだの理由をつけて、首を縦に振らない。聴こえない両親の手前、遠慮しているのだとは分かっていた。アタシはそれでも誘い続けた。

カナには必要だったからだ。両親から離れ、自分の世界を求めることが。それが競技かるたでなくてもいい、それを足掛かりに世界を広げていってくれればいい。ただのきっかけで構わないのだ。

カナが小学校を卒業した春のこと。

中学入学祝いを買いに、カナを連れて久々にオリオン通りに行った。懐かしい商店街の雰囲気が漂っていたオリオン通りは、いつの間にか飲み屋ばかりになっていて、「ベラトリクス」もよくあるチェーンの居酒屋に代わっていた。

「寂しいなぁ」

ひとり言のように言ったら、カナが首を傾げた。

「なんで。こんなにお店いっぱいあるのに」

「カナは知らないでしょ？　昔のオリオン通りなんて、すれ違うのも大変なくらいお客さんがいっぱいだったんだよ」

「何それ、いつの話？　戦前？」

「アタシがカナくらいのころ！」

「ママンにそんな時代があったんだ。想像できない」

「そのころは選手だったんだよ。で、競技かるたやらない？」

「やらないってば」

給食センターの仕事は楽しかったし、かるた教室や読手も忙しいけれどやりがいがある。気がつけば、アラフォーと呼ばれるのも終わりが見えてきていた。


〈お姉ちゃんってさ、結婚したい相手とかいないの〉

エアコンとアイスティーで汗が引いた静香は、今度はひざ掛けを足に載せた。アタシはエアコンの設定温度を上げながら、笑って答える。

〈忙しくて無理だわね〉

静香は知らない。アタシにもちょっと浮いた話があったことを。

就職して数年が経ったころ。専門学校の同級生がラーメン店の新支店を任されることになり、お祝い会に参加したのだ。会場に、そのチェーンの代表がいた。

まだ二十代後半だけど、将来は県内全域どころか世界を目指す飲食チェーンを作るんだという、野心的でエネルギッシュな夢を語る姿に惹かれてしまった。今まで周りにいないタイプで新鮮だったという理由もある。

二次会のカラオケ店で「俺、君みたいな子がタイプなんだよね」と言われてメールアドレスを交換し、すぐにつきあうようになった。プロポーズはわずか数か月後だった。銀行融資の関係で、独身ではない方が審査が通りやすく、大きな案件を準備していた時期だったと後で同級生が言っていた。

高級レストランのテーブルでプロポーズの指輪を前にした時、静香がしょっちゅう愚痴っている言葉が脳裏をよぎった。

〈お姉ちゃん、恋愛と結婚は違うんだよ。結婚はね、どこまでも現実が絡んでくるの〉

現実か。この人が家に来て、家族に挨拶するんだ。父や母、そして静香に。

「受け取る前に言っておくね。アタシには双子の妹がいて、耳が聴こえないの。でも、アタシが手話で通訳できるから……」

瞬時に変わった表情と、続けて口に出した言葉は生涯忘れられないだろう。

「え、そういう家系なの？　先に言ってよ。じゃあ、結婚は無理だよね。万が一子どもに影響あったら困るじゃん」

——契りきな　かたみに袖を　しぼりつつ　末の松山　波こさじとは
清少納言の父・清原元輔《きよはらのもとすけ》が詠んだ歌が脳裏をよぎった。

——約束したのに。お互いに涙に濡《ぬ》れた袖を絞りながら、末の松山を波が越すことがないのと同じように、心変わりはしないよねと。

末の松山を越えた波がアタシを直撃した。ざぶん、と恋心も幻影もキレイさっぱり流していく。

ハッキリ分かった。これは心変わりじゃない、本性だったんだ。見抜けなかった自分が情けない。小さいころから歌詠みたちの恋歌を読みこんできたのに、目の前にいるたったひとりの男の本心が分からなかったとは。

誰だ、こいつは。逞《たくま》しいと思っていた顔が、粗野なだけに見える。キリリとした眉は、ボサボサなだけだ。深く響く声も、低いだけの雑音だ。恋心が冷めるなんてホンの一瞬だと身をもって知った。

「いつアタシがあんたと結婚したいなんて言った？　こっちから願い下げだよ！」

と、怒鳴りつけさっさとレストランを出て、すべては終わった。

三か月後。ラーメン店の店長になった同級生のブログに、元彼の婚約パーティーの写真が載っていた。同じ系列のカフェ店長だという婚約者はアタシと同じくらいのぽっちゃり系で、そのふっくらした指には、以前、アタシの前で輝いていた指輪があった。

めでたくそれ以降は恋愛の「れ」の字もなし。でも、「読み」を鍛錬し、子どもたちに歌を教える暮らしに満足していた。

変化が生じたのは去年の冬。父が亡くなったのだ。

〈お姉ちゃん、今度はアイスコーヒーがいいなぁ〉

静香は空になったグラスを振った。カランコロンと氷が当たる音が涼やかだ。

炭酸まんじゅうと一晩かけて抽出した水出しアイスコーヒーを出してあげると、静香は心地良さそうにため息をついた。

〈ああ……気持ちいい。幸せ。お姉ちゃんのカフェでくつろげるなんて。最高だね、おひとりさま専用カフェ〉

〈それもこれも、アンタたち夫婦のおかげです。ありがとう〉

アタシは頭を下げた。

〈やだ、何言ってんのよ。お姉ちゃんには小さいころからずっと負担かけてきたし……お母さんも私にかかりきりだったしね〉

母は、静香が結婚した年に亡くなった。

体がダルい、夏バテかなと病院に行ったら膵臓《すいぞう》がんが見つかった。しかも、すでに末期だった。最初に病院に行ってから亡くなるまで、一か月しかなかった。

初孫の顔を見ることなく彼岸の地に旅立った母の顔は、心血を注いで育てた静香の行く末を見届けたかのように、穏やかだった。

斎場で火葬が終わるのを待っていた時、静香が寂しそうに笑いながら手を動かした。

〈お母さん……今ごろ天国で、お花畑を散歩してるかな〉

〈え?〉

〈口癖だったじゃない。いつかあの世に行ったら、綺麗《きれい》なお花をいっぱい見るんだって〉

〈なにそれ。初耳なんだけど〉

驚いたのか、静香は目を見開いた。

〈お母さん、私が難聴だって分かった時に色を失ったって、よく言ってたじゃない。世界が白黒にしか感じられなくなったって〉

知らない。全然知らない。

〈でも、普通に生活してたように見えたけど。運転だってしてしてたじゃない〉

〈それだけショックだったたって例えだよ。車社会の宇都宮じゃ、車に乗らなきゃ生活できないでしょ。でも、運転は好きじゃなかったんだよ。特に私たちを乗っける時は、危ないからって〉

冷戦のきっかけになった嵐の夜を思い出した。

――こんな豪雨の時に、車の運転なんかしたくないよ。バスで帰ってくればいいのに。

あれは、アタシを心配して言ってたんだ。アタシは、母のことを何も分かっていなかった。母は静香ばかり見ているると思ってたけど、それは自分も同じで、母を見ていたようで見ていなかったんだ。そんなことを語り合いたくても、もう遅い。

もっともっと、思いをぶつければ良かったんだ。もっと早く。もっとたくさん。

アタシは母の遺産相続を放棄した。

母の実家は裕福だったので、思いのほかの資産があった。それはそのまま父と静香のところへ行くと思いきや、父も放棄した。父は父で、家庭を顧みなかった罪悪感があったらしい。そして、遺産は妹夫婦の理容店へと生まれ変わった。

心不全で亡くなった父もまとまった遺産を残した。家庭を顧みない時間を、投資に費やしていたらしい。

アタシは今度も放棄しようとしたのだけど、静香はあっさり言った。

〈もう、私は十分だよ。店も開かせてもらったしね。お父さんの遺産はすべてお姉ちゃんにあげる。好きなように使ってちょうだい。それが、私がお姉ちゃんにできる唯一のことだから〉

〈静香が使いなよ！　最新型の補聴器が欲しいとか言ってなかった？〉

〈それくらい稼ぎますって。この腕でね〉

静香はセーターの袖をめくって右腕に力こぶをつくり、ニッコリと笑った。

青天の霹靂《へきれき》だった。

どうしよう、何しよう。全部どこかに寄付しちゃおうか。父を荼毘《だび》に付した夜、アタシはひとりで暮らす実家の窓辺でぼんやり夜空を見上げた。

鮮やかに、オリオン座が見える。

――冬の夜空を眺めては、父はいつも拝んでたわ。お導きくださってありがとうございます、家族のもとに戻してくれてありがとうございますって。

星空に輝く冬の王者は、バイトの最終日に「ベラトリクス」にいらしたお客様の記憶を呼び覚ました。

そういや、カナがよく言っている。

「あたしさ、カフェにお母さんと行くの、億劫《おっくう》なんだよね。手話で話すじゃない？　もう、イヤなんだよぉ。周囲の視線が鬱陶しくって、落ち着かないんだ。お母さんは『昔ほどじゃないよ』って言うけどさ」

「ベラトリクス」……春のひだまりみたいなオーナーと空間に、とても癒されたっけ。今どき少なくなったなぁ、純喫茶。宇都宮に何軒残っているんだろう。

そうだ！　カフェを開いたらどうだろう。あのお店みたいな、のんびり過ごせる場所。しかも、聴こえないお客様も気楽に来られる、おひとりさま専用カフェだ。

遺産はカフェが儲《もう》からなくても細々《ほそぼそ》とだったら生活できるくらいある。どうせアタシは結婚しないだろうし、カナに残額を相続させてあげることもできるはず。

カナへのお金がアタシを経由するだけのことだ。妹夫婦の厚意を、ありがたく受け取った。

店を出すなら若草地区にしよう。ろう学校のあたりだったら住宅地だし、聴覚障害者関係の団体が入る施設もあるし、お客様もいっぱい来るんではなかろうか。

二十歳《はたち》前から体重増加が気になっていたけど、四十を過ぎたら加速装置がオンになったみたいだ。ダイエットも兼ねてあちこちの裏路地を物件探しに歩いていたら、ある日、運命の扉が開いた。

「売物件。連絡先……」

玄関に下がっていた看板が黄土色に変色している。長い年月、風雨にさらされたからか。何の変哲もないただの古ぼけた民家だったけど、妙に心に触れた。

その場で、看板にあった連絡先に電話した。売主は隣に住んでいて（その人の両親の住まいだったのだそうだ）、電話をした三分後には中を見ることができた。

昭和テイストの懐かしい玄関に、使いこまれた畳。ホコリのような線香のような、ノスタルジックな空気がアタシに告げた。

「待ってたよ」

ここでアタシはカフェを開くんだ――中に入った瞬間、確信した。

この穏やかで懐かしい空気。これを壊してはダメだ、リフォームは最小限にしよう。でも、飲食店営業許可を受けるために厨房はお金をかける。食材と食器の洗浄を別々に行えるように、シンクは二槽必要だ。業者用の中古店で買ってもよかったんだけど、シンクは聖域だと「ベラトリクス」のオーナーが言っていたことを思い出し、新品を用意した。

お客様にくつろいでいただくには、本がたくさん必要だと思った。「ベラトリクス」のカウンターで、のんびり本を読みながらコーヒーを楽しむ常連さんの姿が印象的だったからだ。そして、店主の選んだ本に惹かれていらっしゃるお客様は、話題も共有できるから常連になってくださるはず。

古道具店で雰囲気ぴったりの本棚と卓袱台が見つかり、開店に漕ぎつけたけど、そうそうお客様なんて来なかった。

別に構わなかった。縁のある、来たい人が来てくれればいいと思っていたから。最初の常連になるのはカナかと予想していたけど、意外な人物だった。

二十歳の新米警察官、松田南《みなみ》君だ。奉職してから黄ぶな会に入会し、練習に来るものの、まったく身につかない。アタシは生温かい目で彼を優しく厳しく指導した。そしたら、儲かりそうもない商売を始めたアタシを心配したらしく、手話を学びたいと理由を作り、夜勤明けの非番や休暇の日は来てくれるようになったのだ。

弟か甥《おい》か息子ができたような気になり、妙に可愛くて、アタシも歓迎している。

ほかにも来てくれるお客様はいたけど、結局のところは知り合いとか、黄ぶな会の役員とか、ある意味身内ばかりだった。

変化は、若草ろう学校の女子生徒が来たことで訪れた。名前は木花《このはな》咲季《さき》ちゃん。驚くことに日替わりパフェメニューに使っていた百人一首の歌を、初見ですらすら暗誦してみせたのだ。

この子には競技かるたが向いているかも。可能性を感じたアタシは誘ってみた。本人は「聴こえないから」と萎縮していたけれど、試しに一字決まりの札、七枚などの暗記課題を与えてみたら、見事に応えてきた。

ときめいた。この子は、どこまで伸びるだろう。聴覚障害者に競技かるたの指導をしたことはないから、手探りになる。見えている山の頂上を目指すのは、疲れるけれども道があるから気は楽だ。でも、先の見えない道を切り開く喜びをこの子と共有したい。心底そう思った。

さらに、カナと咲季ちゃんが出会った。競技かるたを習い始めた咲季ちゃんに、カナはライバル意識を抱くに違いない。だってアタシには分かっていたから。本心では、カナは競技かるたをやりたいのだ。

カナには癖がある。本人は気づいているのか知らないけど、何かを我慢する時、手近なペットボトルの蓋を開けたり締めたりする。初めて気づいたのは、カナが小五の夏休みだった。

「カナ、今度アタシと泊まりで旅行に行かない？」

「……家にいた方が楽しいから、行かない」

そう言ってそっぽを向くと、そばにあったペットボトルを手にして、蓋をもてあそんでいた。

後日、カナにお土産を渡した時にポツリと言った「行きたかったなぁ」。

「卒業記念に沖縄に連れていってあげる」「アタシと一緒に海外デビューしよう。グアム行かない？」と誘って断った時も。そして、「競技かるたなんてやらない！」と言った時もまた、ペットボトルをいじっていた。

だから、カナが「やりたい」と自分から言い出すまでひたすら待った。悪いと思いつつちょっと煽《あお》ったりもしたけど。

そして、ついにカナは宣言した。

「あたしもやる！」

カナ、競技かるたはきっかけのひとつにすぎないよ。カナを囲む塀を少しずつ壊していけば、新たな世界はどんどん見えてくる。思いっきりアタシを利用しなさい、と願った。

一方で、咲季ちゃんは才能を開花させていった。

アタシの指文字にあわせて札を取るスピードが、めきめき速くなっていく。「感じの良い」聴者が読手の呼吸で判断して取りに行くならば、咲季ちゃんは指が動く刹那《せつな》の風を捉えている。

こういう「感じの良さ」もあるのか。アタシの指にすがりつくような視線を送る咲季ちゃんを眺めながら、喜びと驚きに心が震えた。

ここまで来たら、カナを相手にするだけでなく試合に出てみないだろうか。咲季ちゃんなら、ハンデがあっても健闘できるはず。

しかし、ひとつ問題がある。手話通訳だ。

練習試合ではないから、アタシは「読み」に集中したいし、徹したい。咲季ちゃんも気を遣ってか、通訳がいないから出ないと言っている。

そんな時、アラインで小さな事件が起きたのだ。

最初は訳が分からなかった。

いつの間にかお客さんが来ていたことに気づいて慌ててオーダーを取りに行ったら、咲季ちゃんの傍らで知らない女性が仁王立ちしていたのだ。三十前くらいだろうか、クールな雰囲気に銀ぶちメガネも相まって、夏なのに雪女に見えた。

しかし、瞳の奥に何か懐かしさを感じる。頭の中で眼鏡を外してみた。そしてどんどん若返らせる。ポニーテールにして、ニッコリ顔。記憶の底から蘇ってきた。当時の雰囲気とあまりにも変わったけれど、この子は……。

〈白田映美ちゃんじゃない？　アタシよ！〉

〈……え、うそ。ママン？〉

手を動かしながらも、アタシの頭からつま先まで何度も何度も視線を上下させる。変わってしまった姿に驚いているんだろう。しかし、それはこちらも同じこと。映美ちゃんがここまで手話をナチュラルに使うとは。彼女は彼女で、アタシが手話を使えることに驚いているようだった。

〈十二……十三年ぶりかな？　映美ちゃんこそ、手話できたっけ？　今、なにやってんの〉

〈そこの若草ろう学校の教員で、この子の担任なんです〉

学校の方角を指さす手が、まだ動揺してるのか震えている。

アタシの中で、ふたりが結びついた。夜空を見上げていたら、星がつながり星座になり物語が生まれる……そんな気がした。

〈じゃあさ、咲季ちゃんが黄ぶな会主催の大会に出る時、読手の手話通訳してくれない？〉

アタシの提案に、眼鏡の奥にある目が丸くなった。瞳がくるくる動く。なにかを言いかけて口を開けては閉じる。

映美ちゃんは天井を見上げて何か考えてから、アタシを見据えた。

〈……課外学習の引率とするならば、大丈夫かも。ママン、黄ぶな会の会長さんのお名前で、学

校宛てに正式な派遣依頼を文書でもらえる?〉

やっぱり、映美ちゃんだ。

彼女は後輩たちを大切にしていた。せがまれれば練習につきあっていたし、歌を覚えられない子を見れば、暗記法を伝授する光景をよく見かけた。その面倒見の良さは、変わっていない。

手話通訳確保! 心の中でガッツポーズをし、その場で依頼文を書いた。会長には、あとでオッケーをもらおう。

咲季ちゃんは試合に出られることが嬉しい反面、苦手(なのだろう)な映美ちゃんに手話通訳を頼むのは気が重そうだ。文書を書くアタシを見る表情は星の瞬きのように明るくなったり暗くなったり、なかなか面白いものだった。

翌日、会長は「いいよー」とあっさり認めてくれたけど、逆に不安が募ってきた。なにせ、黄ぶな会主催の大会に聴覚障害者が参加し、さらに手話通訳が入るのは初めてなのだ。

でも、アタシは読手だ。試合の時は、読むこと以外は考えてはいけない。場数を踏み、栃木ではほとんどいないA級公認読手にまでなった。試合で読む時は、歌の情景や作者の背景……それすらも考えない。ただ、四・三・一・五に忠実に。初句の五字は切らずに、一字をおよそ〇・二秒の速さで読む。第一句では決まり字が分からない札、すなわち決まり字が六字目の「大山札」は二句目までを一気に読む。正しく、美しく。

そして、試合当日を迎えた。

朝、鏡の前で一首読むことで調子を確認するのに、どうにも気が散じてしまう。活を入れるように、自分の両頬をパンパンと叩いた。見事に頬の肉が波打つ。

試合が始まり、すぐに問題点が分かった。

アタシの発声を聴きながら映美ちゃんが通訳する。どんなに手話通訳が急いでも「発語から通訳までの時差」は絶対に埋まらない。結局、咲季ちゃんは一枚も取れないまま一試合目が終了してしまった。

試合中は努めて「読み」のこと以外は考えないようにしていたけど、終わった瞬間に憂いが襲ってくる。どうすればいいんだろう。どうやったら「時差」が縮まるのか。

休憩時間になるやいなや、アタシや会長たちがいる役員席にものすごい勢いで映美ちゃんが来た。彼女のクールな瞳に、今は炎が燃えている。その炎が舞う勢いで手話を交え訴えてきた。

〈ねぇ、ママン。やり方変えてもらえない？〉

それは分かっているけど、何をどう変えるかが問題なのだ。

〈私がママンの横にワープする。歌と歌の間の余韻の時に札を見せてもらえれば、読みと通訳を同時スタートできるでしょう〉

雪の世界に灯《とも》った火を消してはいけない。それは咲季ちゃんの希望の炎でもあるのだから。頭を瞬時に回転させ、懸念を洗い出す。

〈最初の文字だけで決まるわけじゃないでしょう。アタシが読むより先に通訳しちゃったりして、下手したらフライングに……〉

映美ちゃんは必死の表情で食い下がる。

〈合わせてみせるわよ、ママンの読みにピッタリ！〉

選手時代の映美ちゃんを思い出す。「感じ」の良さは、クイーンを目指せるほどだった。あの

「感じ」がまだあるなら、いや、蘇らせることができるなら大丈夫。アタシは映美ちゃんを信じよう。

すぐに役員たちを説得せねば。試合会場の隣にある六畳ほどの和室に、会長以下役員たちを押し込んだ。

「会長！　副会長！　役員のみなさん！　白田先生の提案内容については、読手として問題ないと判断します」

アタシの迫力に驚いたのだろうか。役員たちは戸惑ったようにお互いの顔を見ている。

「副会長としましては……。会長、どうでしょう」

「どうと言われても、副会長こそどうなんだい」

誰からも積極的な意見はない。ならば、結論を出してしまうことにした。

「反対なし。では賛成とみなします！」

異論が出る前に部屋を出て、試合会場の隅で腕組みして待つ映美ちゃんのもとへと走った。

〈認めます。次の試合からは読手の隣に手話通訳の席を作る。歌と歌の余韻の間に、通訳は次の読み札を見ていいことにしましょう〉

ただし、読みのタイミングと通訳はきっちりと合わせなければならない。

力強く頷き、映美ちゃんは言った。

〈大丈夫。合わせてみせる〉

そう、完璧に合わせてもらわなければ。対戦する子のためにも咲季ちゃんのためにも、フライングは決して許されないのだ。

四・三・一・五。

かつてクイーンも目指せた彼女なら、叩き込まれているはず。前の札の下《しも》の句を四秒台、余韻が三秒、間合い一秒、出札の上《かみ》の句を五秒台で読むのだ。ただ、やめてから十年以上経つ。感覚を取り戻せるか。

それは杞憂《きゆう》だった。

映美ちゃんは、もうひとりのアタシになったようにピタリと合わせて通訳する。そして、咲季ちゃんも「感じ」が磨かれていく。

取れる札の枚数は増えていったが、勝つことはできなかった。映美ちゃんも疲れが出たのか、途中でタイミングが狂いだした。アタシは中立だから、応援はできない。ただ、持てる力を発揮できるようにと願うだけだ。

そして四試合目。最後の一枚で勝負がつく運命戦の果てに、咲季ちゃんは勝利した。

力を尽くしきった彼女に、そして同じく対戦相手にも心の中で拍手を送る。しかしその一方で、姪っ子のことが急に心配になってきた。咲季ちゃんの勝利を知った時、カナはどう反応するだろうか。スネて、もう練習に来なくなるかもしれない。でも、カナの成長には必要な壁だ。乗り越えてほしい。そう願った。

週が明け、火曜の練習日が来た。

アタシは、ショックに備えてカナの好物であるかぼちゃとさつま芋を使って炭酸まんじゅうを作った。

しかし、咲季ちゃんから勝利を告げられたカナは、さっさと帰ってしまい、その日以降店に来なくなってしまった。それどころか、咲季ちゃんもだ。

お店に来た松田君に「咲季ちゃんもカナも来なくなっちゃったんだよ。心配でさ」と言ったら、冷静な口調で諭された。

「ママン。ふたりとも、もう高校生ですよ。自分の世界で過ごしたいこともあるでしょう」

「そうか。でも、カナは最愛の姪っ子だし。メッセージくらい送ってみようかな」

松田君は、ただでさえ真面目な顔をさらに深刻にし、首を横に振る。

「いやー。ハッキリ言いますけど、いい加減に『姪っ子離れ』した方がいいですよ。でないと、カナちゃんの足を引っ張ることになります」

「そういうもんか」

ふたりがいない空間を埋めるかのように、新規のお客様が増えてきた。教えてもらったところによると、炭酸まんじゅうがSNSでバズっているらしい。お客様が掲げるスマホの画面には「この素朴な味がいい！」「意外に売ってない」「懐かしくて涙が出る」などの賞賛コメントが炭酸まんじゅうの画像と共に映し出されていた。

なんで苦労して考えるパフェじゃなくて、こっちが受けるのか。商売というのは、不思議なものだ。

その日はお客様の引けが早かったので、アタシはひとり卓上カレンダーを睨んでいた。来週の炭酸まんじゅうスケジュールを作ろう……とペンを手に取った瞬間に、襖《ふすま》が開く。

「ちわっす」

会釈して入ってきたのは、毎度の松田君だった。ちょっと顔がお疲れ気味なのは、夜勤明けの非番デーか。

「アイスティーをお願いします。眠気覚ましに氷二倍増しで」

「眠気覚ましなら濃い方が効くでしょうよ」

葉っぱの量を三倍増しにしたアイスティーを出してあげた時、ドアが開く音が聴こえた。時計を見れば、もう閉店間近だ。完売しましたと断っちゃおうかなと玄関に行ったら、想定外のカナだった。

「ママン、とりあえずホットコーヒーちょうだい！」

そう言うと、心ここにあらずな様子で座敷に歩いていった。

まだ何か悩んでいるのか。たったひとりの姪なんだから、もっと心を寄せてあげなきゃならなかったのだ、松田君の言葉なんかほっといて。

贖罪《しょくざい》の意味もこめて、いつもより丁寧にコーヒーを淹れた。時間をかけて、じっくりと。心地よい香りが厨房に広がる。

「ママン！」

振り返ったら、カナが立っている。何かを言いたくて仕方ないという顔だ。

「ごめん、時間がかかって。なぜかというと、豆の種類がいつもより良いやつで……」

「違うの！　木花さんが来なくなった理由が分かったから、連れ戻す方法を考えたの。ママンの力が必要なんだよ」

カナが。両親のことばかり考えてきた子が。自分のライバルに心を寄せて、さらに助けようとしているのか。

成長したんだ。大人になったんだ。自分の道を進んでいるんだ。

アタシの目が潤むのに気づいたのか、カナは頰を染めて叫んだ。

「誤解しないでよね！　あの子に勝てないままだと、あたしがスッキリしないからよ」

「よし、よし。分かった。で、何をどう考えたの」

「あたしが木花さんに勝って、あの子に悔しさを味わわせるの。そしたら、もう一度競技かるたをやろうと思うはずだよ」

純粋だ。まだ子どもだ。でも、なんていい子に育ったんだろう。

やはりカナは、最高の姪っ子だ。世界中の人に自慢したい。頰が緩んで仕方ない。

「ところで、コーヒー早く！」

照れ隠しのように怒鳴られ、アタシは慌てて残りのお湯を注いだ。しかし、そもそも咲季ちゃんは勝負しに来てくれるのだろうか。

コーヒーを飲みながらカナはその方法も考えていたみたいだけど、教えてはくれなかった。アタシはただ、最愛の姪を信じて待つしかない。

今日か今日かとそわそわしながら、数日が経過した。

「ちわっす」

また松田君がやってきた。目をこすりながら、「アイスティーください、こないだみたいに渋めで」とオーダーする。

「今日は眠そうだから非番かな?」

「当たりです。でも俺は仕事と剣道の練習以外は、いつも眠いんです」

「女子の競技かるた見学は？」

「目が覚めます」

「素直だね」

リクエスト通り濃い目に出したアイスティーを卓袱台に置くと、外から足音が複数聴こえてきた。おひとりさま専用カフェだということを、また説明しなきゃならないのかと玄関のドアを開けたら、カナと咲季ちゃんだった。

三十センチくらいの間隔を空けて、お互い横目で睨み合っている。カナはどういう状況で連れてきたんだろう。

〈ママン、今からあたしたちで競技かるたをやる。読んで！〉

作戦は決行可能になったのだ！　嬉しい驚きだけど、カフェオーナーから読手に気持ちを切り替えるのは、なかなか忙しい。セッティングもしなければ。

このふたりが勝負するなら、松田君も目が覚めるだろう。彼に場所を用意してもらった。

〈はい、礼！〉

札を挟んで対峙《たいじ》するカナと咲季ちゃんの間に、火花が散る。

〈難波津《なにわず》に　咲くやこの花　冬ごもり　今を春べと　咲くやこの花〉

アタシは序歌を読みながら、花の芽吹きを願った。

しかし、アラインに来なかった間、ふたりとも練習をしなかったのだろう。共に手の動きが遅い。アタシの指を見る咲季ちゃんの目には迷いがいっぱいだし、カナは「あれ？　あれ？」と言いながら札を探している。

そして結果は……。

敗北にがっくりとうなだれるカナを、松田君は拍手でいたわる。

「少女たちが競技かるたで戦う姿は実に美しいよ、うん。結果なんて気にすることはない」

咲季ちゃんの様子をちらりと見てみると、カナから顔をそむけて、和らいだ笑みを浮かべている。勝ったことより、競技かるたができたことが嬉しそうだった。

〈こんなんじゃダメ！　ふたりともアラインで鍛えるからね〉

アタシが宣言すると、カナと咲季ちゃんは目を見合わせてクスクス笑った。

ここはまた、競技かるたの練習場となったのだ。

ふたりが来るごとに、客間にも立葵が一輪ずつ花開いていくようだ。カナと咲季ちゃんが競い、笑い、口喧嘩《くちげんか》していると、可憐な二輪の花が風に揺れるようで微笑ましいものがあった。

夏休みだし、ふたりに「夜教室」を提案してみた。宵の口から練習をし、終わったら庭で星座を見るのだ。

「合宿みたい」とカナも咲季ちゃんも大喜びで、アタシも交えて三人で夜空を眺めた。もちろん学習会ではないので、ただ眺めるだけだ。大皿に山盛りの炭酸まんじゅうも用意して。

熱そうに炭酸まんじゅうに触れると、咲季ちゃんはあどけない笑みを浮かべた。

〈わたし、競技かるたを始めてよかった。楽しいです。もうひとつの世界を旅してるようで〉

〈もうひとつの世界？〉

アタシが首を傾げると、咲季ちゃんは頷いた。

〈聴こえる世界です〉

〈ああ、分かる分かる〉

カナは炭酸まんじゅうをかじりながら、遠い目をする。

〈聴こえる世界と聴こえない世界でしょ。コーダのあたしはふたつの世界の住人だし〉

なるほど……思春期だなと思いながら、アタシは夏の星座で賑かな濃紺の天空を指さした。

〈宇宙はスミレ色って教えてもらった目の見えない子がね、空はスミレの香りに満ちているんだと思ったって話を本で読んだことがあるんだ〉

カナの目が星空のように煌めいた。

〈なにそれ。めっちゃステキじゃん〉

眉を吊《つ》り上げ、咲季ちゃんは「星」の手話をする。

〈きらきら音を否定した人が何を言うのよ〉

無言で咀嚼《そしゃく》するカナを見ながら、アタシはこの思いが伝わればいいなと思い手を動かした。

〈世界ってね、ひとつなんだよ。見え方や感じ方、聴こえ方は人それぞれだから、違う世界に感じるかもしれないけど、その違いは重なり合って、分断されてはいない。いつか、その重なりに気がついたら、人生はもっと豊かになると思うよ〉

カナはあっけにとられた顔だ。

〈うへー。ママンがそんな哲学的なことを言うなんて〉

アタシを指さすカナの手を、ピシャリと叩いた。

痛い痛いと大げさに騒ぎつつも、カナはその手を大皿に伸ばした。三個目だ。

〈ねぇママン。なんで炭酸まんじゅうって言うんだろうね、コレ〉

〈栃木では重曹のことを炭酸って言うからみたいだよ。九州の方じゃ重曹をソーダって言うから、物は同じでもソーダまんじゅうって呼ぶらしい〉

〈ソーダっていえば！〉

カナは手をパチンと叩いた。

〈あたしは親が聴覚障害であるコーダじゃん？　ママンみたいに、聴覚障害のきょうだいを持つ聴者を、ソーダっていうんだって。Sibling of Deaf Adults/Childrenの頭文字をつなげて〉

〈へぇ。コーダは聞いたことあったけど、ソーダもあるんだ〉

相槌を打ちながら、小さいころから頭の隅でもやもやしてたものが、晴れていくことに気づいた。

ソーダ。当たり前だけど、世の中には同士がいるんだ。きょうだいに聴覚障害者がいることで生じる様々な感情を、同じ気持ちを味わっている人が、確かに存在している。ひとりじゃない。アタシの感じる世界を分かち合う人が、この世に存在しているんだ。子どもたちに説教しといて、まるで気づいていなかった。

咲季ちゃんとカナは、今年の市民大会に出ると宣言した。

しかし、事態はまた動きだす。


名ばかりの立秋が来て、世間様からはお盆休みの声が聞こえてきたけれど、アラインは通常営業だ。

暑さに耐え兼ね、日の出前に目覚めてしまう。東の空を見ると、瑠璃色の世界でオリオン座が優しい光を放って横たわっている。冬の夜空では勇ましく輝くのに、夏は気が抜けて休んでいるようだ。

そして、練習に来た咲季ちゃんの表情にも力がなかった。アタシの指を見る目に気迫がない。カナにも負けてしまった。

何かあったのだ。

しかし、無理に聞きだしたら、心に傷をつけてしまうかもしれない。どうしようかと考えたアタシは、彼女の舌に訴えてみることにした。

いつも練習の後にサービスで出す紅茶は自分用の日常使いの茶葉だ。一箱にティーバッグが二十袋入って税込み百五十円、量販店のプライベートブランド商品を愛用している。きっちり温度や時間を守ればなかなかのお味になり、知らずに飲んでいるカナたちも「おいしい」と言う。これをちょっと変えてみよう。

いつものではなく長細い茶葉が入った瓶を厨房の棚から取り出した。とっておきの青いウェッジウッドのカップふたつと、淹れたての紅茶が入ったティーポットを運んでいくと、座敷で咲季ちゃんとカナは別々の場所に座っていた。

〈えー、アイスティーが良かった〉

湯気を立てる琥珀色の液体を注ぐと、カナは表情を歪ませた。

〈冷房が効いてるのに冷たいのばっかり飲んでたら、お腹壊しちゃうでしょ〉

〈……あれ、違うね。カップもだけど、香りが。色も薄い〉

いつものチョコレート色の紅茶と違うことに、カナは気づいたらしい。不思議そうにカップに手を伸ばし、一口含む。

〈何これ。めっちゃおいしい！〉

スペシャルな茶葉だ。スリランカの有名な農園で収穫された茶葉を、専門学校の仲間が譲ってくれたのだ。

こぼれんばかりに目を見開くカナに驚いたのか、つられたように咲季ちゃんもカップを手に取った。おそるおそる口に含むと、カナと同じような表情になる。

〈すごいです。なんか、背中に羽が生えたみたい〉

その感想に、自分が初めて飲んだ時の感動を思い出す。重りが取れて、ふわふわと宙に舞い上がっていきそうになる。そして最後にとても上品な渋みが訪れて、地に足がつく。心が軽くなる、そんな紅茶だとアタシは思ったのだ。

カナが「おいしいおいしい」と飲み終えるまで、咲季ちゃんはカップを手に持って眺めていたけれど、決意したようにアタシを見た。

〈実は白田先生に……競技かるたの手話通訳、もうできないって断られちゃったんです〉

映美ちゃんが！

先日の大会を思い出した。一試合目も二試合目も正確に通訳をしていたのに、三試合目でちょっと遅れが出て、最後の四試合目では手が止まってしまった。さすがに疲れたのかと思っていたけど、ほかに問題があったんだろうか。

咲季ちゃんは暗い顔をしながら首を横に振った。

〈わたし、白田先生の通訳じゃないと、ダメ。ほかの先生じゃタイミング合わない、絶対に〉

〈まぁ、最初から拒絶しないで。やってみないと分からないでしょ〉

そう慰めつつも、やはりあのシンクロ度は、クイーンも目指せる競技かるたの才能と高速指文字のスキルを持つ映美ちゃんでないと無理かもしれないと思う。

カナカナカナ……と姪っ子を呼ぶようなヒグラシの鳴き声が聴こえる。外に視線を向けると、空と雲は紅茶のような琥珀色に染め上げられていた。


〈じゃ、お姉ちゃん。私もう帰るね。長居してごめん〉

静香は炭酸まんじゅうの残りをアイスコーヒーで飲み込むと、立ち上がった。

〈はいよ。また来てね〉

〈私が来るのは暇な証拠。ゆえに、来られない方が良いのです〉

苦笑いして、静香はバイバイと手を振った。

さて、もうそろそろ閉店時間だ。たとえお客様がいらっしゃらない日でも、きっちりと時間を守って体に叩き込み、リズムを作る。それが自営業を続けるコツよ、と「ベラトリクス」のオーナーが言っていた。

縁側から見える空が、紅茶からコーヒー色に変わってきている。宇都宮でおなじみの雷も、今夜はなさそうだ。それはすなわち熱帯夜を意味するのだけれど。

「せっかく『にっぱち』なら、天の川の観察でもしようかねぇ。あ、蚊取り線香買わなきゃ」

つぶやきながら、ドアにかけている札をＣＬＯＳＥに変えようと玄関を開けた。

「うわあっ」

思わず悲鳴を上げた。

ロングヘアの女性が俯《うつむ》いて立っている。垂れた髪が顔を隠し、誰だか分からない。幽霊かと腰が抜けそうになる。しかし、顔を上げたら映美ちゃんだった。その血色の悪さは幽霊と大差ない。

「あら、どうしたのよ、映美ちゃん」

「ママン……ちょっと話したいことがあるんだけど、いいかな」

「もちろん！　ただもうクローズだから、お客様ではなくアタシの友人としてどうぞ」

友人と言われて、映美ちゃんは目を丸くする。

アタシは厨房で紅茶を用意した。咲季ちゃんたちに出したスペシャル紅茶が残っていたはずだ。ポットに茶葉を入れ、勢いよく熱湯を注ぐ。

タイマーをエプロンのポケットに入れ、そうっと座敷を覗いてみた。映美ちゃんは座布団に座り、がっくりとうなだれている。アタシは足音を立てずに厨房に戻った。


「話って、そんな落ち込むようなことなの」

青いティーカップを置き、座布団を持ってきたアタシが向かいに座ると、映美ちゃんは無言で何度も頷く。

「私、競技かるたの手話通訳で大会に出たじゃない？」

「うん！　見事だったよ。あの秒針のような指文字」

「気づかなかった？　私が途中でおかしくなったの」

自分から言ってくるとは。アタシは笑顔を保つべく頬に力を入れた。

「うん、分かってたよ。三試合目だよね。一瞬、通訳のタイミングがズレた。四試合目も」

「そうなの。実は……」

映美ちゃんはアタシと視線を合わせたくないのか、ひたすらカップを眺めている。

「ちょっと……昔、百人一首の歌がらみで色々あってね。途中で思い出しちゃって、冷や汗が出て動悸《どうき》が……」

歌？　どの歌だろう。黄ぶな会に来ていた時は、別にそんな反応なかったはずだけど。

映美ちゃんは下を向いたまま、淡々と続けた。

「それで動揺して、通訳が遅れてしまって。通訳の遅れは木花さんの負けにつながる。だから私、競技かるたの通訳はもうできない。私を説得しろとか木花さんに言わないでね」

アタシは映美ちゃんの隣に移り、背中をポンポンと叩いた。

「言わないよ。そっかぁ。辛いことがあったんだね。よく四試合も頑張った」

「……」

唇を嚙みしめるやいなや、頬を水滴が何本も流れ落ちる。映美ちゃんは肩を震わせ両手で顔を覆った。

「ごめん。ごめんね、ママン」

「アタシに謝ることじゃないでしょ！」

「色々あった」って、中学時代だろうか。映美ちゃんがぷっつりと競技かるたをやめてしまったきっかけの出来事だろうか。

映美ちゃんはしばらく泣き続け、思い切り洟《はな》をかんだ。それをきっかけに力なく立ち上がる。

倒れないように、アタシは急いで寄り添った。

「……ママン、さっきの紅茶おいしかった」

洟をすすりながらバッグから財布を出そうとしたので、慌てて背中をポンと叩いた。

「友達に出したお茶には、お代はいただきません。今度は営業時間内に、お客さんとして来てね。最近、閑古鳥が元気でさ」

再びティッシュで洟をかみ、小さく何度も頷く。

「……夜で良かった。自転車漕いで帰るのに、こんな顔を生徒や保護者に目撃されたら困るもの」

ふらふらと自転車を漕ぐ背中を見送りながら、ため息をついた。咲季ちゃんには、映美ちゃんが泣きながら謝っていたなんて言えない。

「どうしたものでしょうね、オーナー」

自宅に帰ると蚊取り線香を盛大に焚《た》き、庭石に座って漆黒の夜空を眺める。冬の王者オリオン座はまだいないけど、蠍《さそり》座の星がS字に並んでいた。「ベラトリクス」のオーナーに会いたい時、アタシは夏の夜空を見上げる。

——私のお墓はね、オリオン座じゃなくて蠍座。それも、蠍の胸に紅《あか》く輝くアンタレスって決めてるの。

紅く燃える輝きに、嬉しそうに語っていたオーナーの頬を思い出す。でも、その時にはもう心臓のポンプ機能は低下していたらしい。アタシが専門学校生になった年の夏、新聞のお悔やみ欄にオーナーの訃報があり、死因は心不全とあった。亡くなったのがアンタレスの南中時刻だと気づき、泣きながら笑った。

——悩んでいる時には、宇宙を見上げるといいわよ。悩みなんてちっぽけに感じるから。

オーナーの口癖が、空から響いてくる。確かにそうなんだけど、視線を地上に戻すと悩みはやっぱり大きい。アタシができることはなんだろうと蚊と格闘しながら悩んだけど、やはり答えは出なかった。


立葵の枯れた花を摘みとる。お盆も過ぎたし、そろそろ秋に開催される市民大会の準備に本腰を入れなければならない。

カナは市民大会以外の試合は出ないそうだけど、その分、咲季ちゃんとの練習に気合いを入れている。一時期は開いていた咲季ちゃんとの差が、あまりつかないようになってきた。

「カナ、上達してきたね。さては家で努力してるな」

ひとりでお茶を飲みに来た日に褒めてあげたら、カナは照れたように笑った。

「ママンは笑っちゃうかもしれないけど、実は市民大会で優勝目指してるんだ」

「何言ってんの、笑わないよ。個人戦は上級者が出られないから、参加者はみんなチャンスがあるもん」

「そっか！」

カナは指で「1」を作った。

「一番？」

アタシを見てフフと笑い、本棚にある『星座散歩』を引き抜いた。パラパラめくり、オリオン座のページを開く。

「あたしってさ、『親荷《にな》い星』なんだよね」

「親荷い星っていくつかあるけど……オリオン座の？」

「そう」

オリオンのベルトを指さし、カナは遠い目をした。

「中学のころね、色々あって……一晩中、オリオン座を眺めてたことがあったんだ。暗くなると三つ星が『1』みたいに上って夜中に横になる。で、明け方にまた『1』になって沈んでいくんだよ。驚いちゃった」

そりゃ地球は自転してるからね。と野暮なことは言わず、うんうんと頷く。

「こないだ、ママンや木花さんと一緒に夜空を眺めたでしょ。そしたらね、『1』の記憶が蘇ってさ、オリオン座があたしに『一番になれ』って言ってるように感じたの。お母さんもお父さんも、世間に冷たい視線を浴びせられて生きてきて、褒められたことなんてなかったって言ってる。じゃあ、あたしが叶えてみせるよ。三人一緒の三つ星で一番になるんだ。でね、これは木花さんの前では言えないんだけどさ」

言っていいものやらどうやら、逡巡《しゅんじゅん》しているようだ。しかし、意を決したようにアタシを見据えた。

「あの子と対戦してると、両親と戦っている気分になるの。なんというか、自分の宿命と対決してるような。だから、もしも市民大会で木花さんを破って、優勝までできたら……」

震える唇を嚙みしめ、カナは絞りだすように言った。

「あたしは、初めて自由になれる気がする」

「そっか」

成長したんだな……カナを思い切り抱きしめる。アタシの腕の中でカナは嗚咽《おえつ》を漏らした。

一方で咲季ちゃんは、再び黄ぶな会主催の試合に出場した。通訳は、ほかの先生にお願いしたらしい。

しかし、試合で読みながらアタシは実感していた。読みとのタイミングの合わせ方が、よくない。

骨の髄まで競技かるたが染みついていた映美ちゃんは、読手と完璧にシンクロできた。あの一体感は、映美ちゃんでないと感じられない――。

せっかく咲季ちゃんが市民大会に出場するなら、やはりベストの状態で出てほしい。それには、映美ちゃんの存在が必要だ。彼女が傷ついた過去を克服することができたなら、もう一度競技かるたの世界に戻ってくれるかもしれない。

余計なお世話かもしれないけれど、やるだけのことをやってみよう。調べてみるか、映美ちゃんに何があったのか。

まずは、黄ぶな会の昔の日誌を探してみることにした。

第四章　しんしんと

「映美《えみ》ちゃん、女王様みたい！」

「本当！　プリンセスっていうより、クイーンだね」

小学一年生の時、父の意向で派手なドレスを着せられた。しかもティアラまでつけて。七五三を祝う会食には親戚一同が集まり、着物から衣装直しをした私をオバさんやオジさんたちが次々に讃《たた》えてくれる。当時の自分にはお世辞という概念がまだなかったので、「私って本当は女王《クイーン》だったんだ」と舞い上がっていた。

「やっぱりドレスで正解だな。映美なら似合うと思ってた！」

父は、裏山を掘ったら大判小判が出てきたような顔をして私を抱きしめた。

こんな嬉《うれ》しそうな顔をするのは初めて見る。私は優しい父が大好きだったけど、母には「何もない、つまんない人」と陰で文句を言われているのを知っていた。

「お父さんのために、私は女王でいなくちゃ」

ドレスはレンタルだから、すぐ返さなくてはいけない。だったら、ドレスを脱いでも女王様らしくならなくては。

それ以来、女王が出てくるＳＦアニメやファンタジーコミックを片端から読み、理想のクイーン像を追い続けた。友人たちも「映美ちゃんって女王様みたいだよね！」と褒めてくれる。みんなの期待を裏切らない、美しく、誇り高く、頂点に立つ存在として君臨しなくてはと。
あの日までは——。

「学校は夏休みがあるから、先生も楽できるわよね。映美ちゃん、いい仕事に就いたわねぇ。あー、羨ましい」

盆や正月に実家に帰って親戚が集まると、オバさんたちはそう言って笑う。三十歳が目の前に迫ってくると、さすがにもうお世辞よりイヤミの色が濃い。

夏休みが楽なんて、決してそんなことはない。授業はなくても、教員は出勤し校務などを行う。若草《わかくさ》ろう学校も例外ではない。

お盆を過ぎたけれど、今日もひたすら暑かった。

電気代節約のため、職員室の冷房設定温度は高い。必須アイテムは団扇《うちわ》と保冷剤だ。

校内を歩くのも億劫《おっくう》なのだけれど、仕方がない。階段を上り、二階の奥を目指す。作法を学ぶための六畳の和室があるのだ。しかし用事があるのは、隣の家庭科準備室にいる江連《えづれ》先生だった。

私は汗を拭いながら、仕切りの無い部屋に入る。

「あら、白田《しろた》先生！」

江連先生は、理科担当の私が来たことに目を丸くしたものの、来客だと伝えると「忘れてた！」と叫び、無造作にひとつに縛った髪を揺らしながら慌てて出ていった。定年を数年後に控えているのに、驚くほど足取りは軽やかだ。

ふと、和室のベビー簞笥《だんす》が目に留まった。かつてはそのピンク色が愛されていただろうに、ホコリまみれだ。前面に動物たちが描かれているらしいけど、うっすらとしか分からない。気分転換に、拭いてあげることにした。

固く絞った雑巾から伝わってくる水気が、わずかに涼をもたらす。現れた子鹿やウサギが笑っていて、どこか癒された。拭きながら、簞笥と壁の間が少し空いていることに気づく。覗《のぞ》いてみると、冊子のようなものが落ちていた。

家庭科準備室から洋裁用の長い定規を持ってきて、なんとか引っ張り出した。サイズとしてはA4くらいの、スケッチブックだろうか。

これまたホコリまみれだったけれど、汚れを拭うと表紙が見えてきた。

「えにっき」

ピンと来た。生徒のものだ。若草ろう学校の幼稚部では、家庭と学校間の連絡と日本語の学びのために、保護者が描いた絵日記帳を毎日学校に提出する。それに教員がコメントを書いて戻すのだ。

油性ペンで書かれた名前が読めた。

「このはな　さき」

なんでこんな所にと思いつつ、パラパラめくってみる。

「かわに　はなびたいかいを　みに　いきました」

「うみに　いきました」

「きょうは　おばあちゃんの　おまんじゅうをたべました」

川原の花火、夏の砂浜、笑顔でまんじゅうを食べる子ども。母親が描いたらしい可愛《かわい》いイラストが添えてある。親子の日々の季節は過ぎていき、残りページも少なくなった。

「しんしんと　ゆきがふりました　ママのくるまにのって　パパをえきにむかえにいきました」

薄く積もった雪の上を、赤い車が走っている……。

その絵は私の記憶を呼び覚ました。轟音《ごうおん》と共に世界に亀裂が入った日のことを――。


小一で「女王デビュー」した私は、六年生になっても努力を欠かさなかった。私への賞賛は、「何のとりえもない」父の生きがいでもあったから。

実際、成績は学年でトップクラスだったし、運動会ではリレーのアンカーに選ばれて見事に優勝。体育の授業では、同級生が「跳べない」と泣いていた七段の跳び箱もあっさりと越えた。ファッションにも気を遣い、「ほかの誰よりキレイ」と思い込んでいた。

「すごいね」「なんでもできちゃうんだね」「天才だ」と周囲の子に羨望交じりの視線で言われても、「別に。なんてことないよ」とあっさり返した。

テレビで元オリンピック選手が「跳び箱はいかに体重移動をさせるかがコツ」と解説していたのを頭に叩《たた》き込んだことは黙っていた。家でのガリ勉も、毎朝走っていることも。努力なしにサラッとできるのが女王だと思い込んでいたから。

そして、地位をキープするべく気を配った。男子にいじめられて泣いている女子がいれば仕返しをしてあげたし、逆上がりができない子がいれば、つきっきりで教えてあげた。

十一月のこと。クラスに金原瑠璃《かなはらるり》ちゃんという子が転校してきた。勉強も体育も普通だし、外見的にも目立つ子ではなかった。それが大間違いだと分かったのは、翌月。大雪の日だった。

宇都宮《うつのみや》市独自の教科「会話科」で百人一首が課題だった。「競技かるた」「百人一首」の言葉は耳にしたことはあったけど、実際に試合をしたり歌を読んだりしたことはなかった。なのに、いきなり試合をやらされたのだ。

「先生が上《かみ》の句を読み始めたら、下《しも》の句を取ってくださいね」

担任の森沢《もりさわ》先生は微笑《ほほえ》みながら言う。私はもとより、クラスのみんなが読まれた札を探して右往左往する中、例外がひとりいた。

瑠璃ちゃんだ。

森沢先生が読み始めるやいなや、札を払いにいく。相手の子は一枚も手が出ない。

優雅で素早い手の動きや鷹のように鋭い視線に、クラスメートはあっけにとられた。羨望や驚愕の視線を独り占めにする彼女が、私には輝いて見えた。金色に、瑠璃色に。同時に、反感が膨らんできた。

――私をさしおいて、女王様みたいじゃない！

まだ雪が路面に残る帰り道、私は俯《うつむ》きながらトボトボと歩いていた。ランドセルがいつもより重く感じる。苛立《いらだ》ちをぶつけるように、雪の轍《わだち》に傘をグサグサ刺していると、声をかけられた。

「映美ちゃん！」

振り向くと瑠璃ちゃんが立っていた。今の自分には、彼女の笑顔は眩しすぎる。路肩に汚く積まれた雪に振り注ぐ太陽光線みたいだ。すぐ目をそらしてしまった。

「一緒に帰ろうよ！」

今まで私にそんなこと言ったことないのに。「クラスの新しい女王は私よ」と思っているのかも。無視するのもプライドが許さないので、並んで歩きながら精一杯の笑顔を作った。

「瑠璃ちゃん、すごいね。今日のかるた。あんなにいっぱい……」

「すごくないよ」

横目で表情を窺《うかが》うと、邪気のない満面の笑みだった。

「静岡にいた時ね、競技かるたの教室に通ってたの。だからだよ」

「教室があるんだ。習えば、瑠璃ちゃんみたいに速く取れるの？」

「私なんて全然だよ！　静岡には、ううん、全国にはもっとできる子がいっぱいいるし。それにね、かるたクイーンなんていったら、もう目にもとまらないくらいに」

「かるた……クイーン？」

「うん、かるた日本一の女性選手だよ」

そんな地位があるんだ。

「その教室って、宇都宮にもあるのかな」

「もちろんだよ！　ねぇ、映美ちゃん。一緒に習わない？」

瑠璃ちゃんは立ち止まり、私の手を握った。お互いに手袋をしていなかったので、「冷たい！」とふたり揃《そろ》って叫んでしまう。

「まずは見学に行ってみようよ。私ね、年が明けたら入会する予定なんだ」

入る、と即答するのも悔しい。かといって悠長に構えていたら、瑠璃ちゃんがどんどん先にいってしまう。

「入っていいかどうかは、お母さんに訊かなきゃ」

しかし、母がなんと言おうと絶対入ると決めていた。

宇都宮にある競技かるた会は「黄ぶな会」という名前で、市役所のすぐそばに練習場があった。市の北部にある私の家からは、自転車を三十分も漕げば着く。

黄ぶな会はおじいちゃんおばあちゃん先生ばかりだけど、ひとり例外がいた。二十代後半に見える「お姉さん」は、初めて来た私たちを前に南国の太陽みたいにニコニコ笑った。

「どうぞよろしく！　中田陽子《なかたようこ》です。先生、じゃなくて陽子ちゃんって呼んでね」

「わー！　陽子ちゃん、よろしくお願いします」

はしゃぐ瑠璃ちゃんの傍らで、私は固まっていた。やたらに明るい性格といい体形といい、競技かるたよりもサンバの先生が似合いそう。

名前そのままに、燦々《さんさん》と輝く太陽のような陽子ちゃんは、嬉しそうに手を合わせた。

「今日はね、かるたクイーンが来てくださっていて、模範試合をやるのよ。まさに今から！」

本物のクイーンが！

「今から始まるけど、見学する？」

「はい！　もちろんです」

瑠璃ちゃんと、座敷の隅に行って体育座りをした。数十人の生徒たちは、壁に沿って取り巻くように座って座敷の中央を見つめている。

そこにいるのは、ふたりの女性だ。ひとりは青風《せいふう》学院の制服を着ているから高校生だろう。もうひとりは、桜色の着物に紫色の袴《はかま》を身に着けている。陽子ちゃんと同じくらいの年頃だろうか。

長い髪をバレッタで留め、畳に並んだ札を眺めていた。

「礼！」

空気がピンと張りつめる。着物の女性からオーラのようなものが立ちあがったように見えた。絶対、こちらがクイーンだ。先日の学校の授業とはまったく違う緊張感にゾクゾクしてくる。

陽子ちゃんは、大きく息を吸う。

「難波津《なにわず》に～咲くやこの花～冬ごも～り～　今を～春べと～咲くやこの～花～」

一瞬で場の雰囲気が変わった。

なんて艶《つや》やかな、朗々とした声なんだろう。緊張感に満ちた空気が、花の色に染まっていくようだ。そして、視線はクイーンに引き込まれる。集中しているんだろうか、誰もいない世界にひとりで籠っているみたい。

「吹くからに……」

陽子ちゃんが「ふ」を発した次の瞬間にはもう、クイーンが弾《はじ》いた札が宙を切り裂いている。つむじ風みたいだ。

「……秋の草木の　しをるれば　むべ山風を　嵐といふらむ」

クイーンのひらめく袖から、枯野を倒すように風が吹いていく。

「かささぎの……」

流線を描いて札が飛ぶ。流れ星みたいだ。消える前に三回願い事をいえば叶《かな》うというけど、そんな暇はない。

それでも、歌はまだ続いている。

「……渡せる橋に　おく霜の　白きを見れば　夜ぞふけにける」

見える。夜の暗闇に白い橋がかかっている。霜が静かな明かりとなり、私に「渡りなさい」と呼びかけてくる。

私は幻想の中で白い橋に立つ。眺める夜空に流れ星のように札が飛んでいった。いくつもいくつも。

なんて……なんて美しい世界だろう。この世界を極める者が、かるたクイーンなんだ。目の前にいるのは、本物の女王様だった。

試合はクイーンの圧勝に終わり、私はしばらくボーっとしていた。

「映美ちゃん、大丈夫？」

心配そうに覗き込む瑠璃ちゃんの顔を見て、現実に戻った。開口一番、言わずにいられない。

「瑠璃ちゃん、一緒に頑張ろう」

「やったあ！」

その日から私の生活は、競技かるた一色に染まった。

学校の休み時間に暗記カードを眺めていると、瑠璃ちゃんが驚いた顔をしながらそばに来た。

「映美ちゃん、すごいねぇ。ずっと勉強してる」

「だって……」

かるたクイーンを目指してるし、とは言えなかった。瑠璃ちゃんも本物を見ているから、さすがにおこがましい。慌てて理由をこしらえた。

「る、瑠璃ちゃんはすごく上手だし、釣り合うくらいになるには頑張らないと」

「実はね」

えへへと瑠璃ちゃんは肩をすくめた。

「私、札を取るのってそんなに得意じゃないんだ。歌を聴いている方が好きなの」

「へえ！」

「陽子ちゃんの読む声ってすごくいいよね。私、取るのも忘れて聴き入っちゃう」

「読む人の違いってあるの？」

「もちろんだよ！　いろんな読手《どくしゅ》の録音テープ持ってるから、今度聴かせてあげるよ」

「渋いね、瑠璃ちゃん」

ふたりで笑った。

とは言っても、瑠璃ちゃんは札を取るのが早い。クイーンを目指すなら、まずは彼女に勝たなくては。奮起した私はひたすら練習に励んだ。

あとになって松峰先生が教えてくれたのだけど、私たちが初めて黄ぶな会に行った前日、陽子ちゃんの妹に赤ちゃんが生まれたそうだ。だからいつにも増してテンションが高かったらしい。成長してしゃべりだした姪に陽子ちゃんは「ママン」と呼ばれているという。面白がって生徒たちや先生までもが「ママン」と呼ぶようになるころには、私の実力は瑠璃ちゃんと並ぶまでになった。

中学二年生の冬休み、黄ぶな会で練習試合があった。

私と瑠璃ちゃんが対戦し、読手はママン。それぞれの陣に一枚だけが残る運命戦で、私の陣には上の句が「君がため　春の野に出でて　若菜つむ」の「わかころもてにゆきはふりつつ」。

瑠璃ちゃんの陣には、「君がため　惜しからざりし　命さへ」の「なかくもかなとおもひけるかな」。

つまり、六字目が読まれて「は」か「お」かが判別できるまで取れない。私は全神経を聴覚に集中させた。

「君がため……」

「！」

私が自陣の札を払うと、見ていた生徒たちからどよめきが起きる。それでもママンは最後まで読んだ。

「……春の野に出でて　若菜つむ　わが衣手に　雪は降りつつ」

正解。決まり字「は」の発音を待たず、私は取ったのだ。試合が終わって礼をすると、瑠璃ちゃんは頰を紅潮させて顔を上げた。

「映美ちゃん、すごいね！　なんで六字目を発音する前に取れたの？」

「耳を澄ませてたら、ママンの息が漏れるような音がしたから、『は』だと思ったの。いわゆるh音なのかな」

「すごいすごい！　私なんて絶対無理だよ」

はしゃぐ私たちを前に、ママンが惚《ほ》れ惚れとした顔で言う。

「瑠璃ちゃんと映美ちゃんは、黄ぶな会の『金わき』『銀わき』だね」

「なんですか、それ」

瑠璃ちゃんが訝《いぶか》し気に首を傾ると、ママンは大きい本を持ってきた。『星座散歩』と表紙に書いてあって、かなり古そうだ。

「おふたりさん、この星座を見たことある？」

ママンが開いたページには、よく見かける星の配列があった。四つ星が作る長方形を横断する三つ星。ページタイトルには「冬の王者　オリオン座」とある。

頷くと、ママンは長方形の左上角と右下角を、ふっくらした指で示した。

「左は『金わき』。金色に輝くベテルギウスで、右は『銀わき』。銀色の光のリゲル。ふたつの星をそう呼ぶ地域があるんだって。キレイな名前だよね！　色は違うけど、どっちも一等星なんだよ」

「なんで『わき』なんですか？」

瑠璃ちゃんがママンを不思議そうに見上げる。

「この三つ星の両脇にいるから。でも、三枚の取り札を挟んでリゲルとベテルギウスが対峙しているように見えない？　かるた取りしてるみたい。あはは」

大会が近かったこともあり、その日の練習は夜まで続いた。

私と瑠璃ちゃんは教室を出て宇都宮城址《じょうし》公園に行った。市役所の道路を挟んで向かいにあるから、かるた会館からもすぐだ。瑠璃ちゃんのお父さんが車で迎えにくるので、コンビニで缶コーヒーとピザまんをふたつずつ買い、城址公園で待つことにしたのだ。ついでに、私の自転車を載せて家まで送ってくれるそうで、ちょっとお得な気分になった。

ベンチに並んで座ると、瑠璃ちゃんがお堀の向こうを眺めて残念そうに笑う。

「城址公園っていうから、私、お城があると思ってたんだよ……」

確かにここには宇都宮城があったのだけど、再現されているのは本丸の西半分だけだった。県外の観光客などがブログで「張りぼて」「がっかり名所」などと揶揄《やゆ》しているのを見かけたことがあるけれど、私もそう思っているので腹も立たない。

「まぁ、その分、空は広いからいいんじゃない」

息なのかピザまんの湯気なのか、口の周りの空気を白く染めながら私は濃紺の空を見上げた。

「あ、あれじゃない？　オリオン座」

瑠璃ちゃんが指さす先には、三つの星を囲んだ四つ星がある。さっきのママンの話を思い出し、右隅と左隅を眺めてみた。確かに、金と銀だ。赤と白のようにも見えるけど。

「ね、瑠璃ちゃん。私たちどっちが金わきで、どっちが銀わきなんだろう」

「もちろん、映美ちゃんが金だよ！　将来のかるたクイーンだもの」

リゲルみたいに顔を輝かせながら、瑠璃ちゃんは私を見る。

「私ね、実は選手より読手の方になりたいんだ」

瑠璃ちゃんは、はにかんだように言うとピザまんの残りを口に含んだ。

「ママンみたいな？」

「そう！　あんな風にキレイに声を響かせて読むの。トップクラスの専任読手になれたら、クイーン戦で読むことができるんだよ」

ぷしゅりと音を立てプルトップを開け、コーヒーを一口飲むと瑠璃ちゃんは咳払《せきばら》いして口を開いた。

「春過ぎて～夏来にけらし～白妙～の～　衣～ほすてふ～天の香久～山～」

いつもおだやかにしゃべる瑠璃ちゃんが、朗々と歌う。本丸が黒くそびえる夜空に、その愛らしい声は吸い込まれていった。

「……ど、どうかな」

頬を染め、人目がないか周りをキョロキョロ見る。

「上手じゃん！　将来、ママンみたいになれるかもよ！」

心の底から絶賛した。もちろんまだまだママンの足元にも及ばないけれど、声がキレイに通る。

「ねぇ、瑠璃ちゃん。約束しよう。いつの日か、私がかるたクイーンの決勝戦に進んだら、瑠璃ちゃんが歌を読んで。その札を私が取りに行く。そしてクイーンになる」

「わぁ！」

星のように、瑠璃ちゃんの瞳が輝く。金わき、銀わき。いつか私たちは王者オリオン座となって夜空に輝くんだ。

私はコーヒーで、ピザまんの残りを流し込んだ。

「……私、ピザまんにひとつ不満があるの」

「え？」

瑠璃ちゃんがキョトンとした顔で私を見る。

「どうして、チーズがびよーんって伸びないんだろうね。ピザって感じ、しなくない？」

「分かる！」

あはは と笑いながら乾杯して合わせたコーヒー缶のように、私たちは中学三年生まで同じクラスになった。

星のごとく夜空に輝いた夢が流れてしまったのは、高校受験を控えた十二月だった。

早朝から雪が降り、歩いて登校していた私の脇をワゴン車が通り過ぎた。瑠璃ちゃんが乗っている。さすが、子煩悩なお父さん。雪が降ったら送っていくのか。

私に気づいたのかワゴン車は道路脇に停《と》まり、瑠璃ちゃんが助手席のウインドウを下げた。

「映美ちゃん、おはよう」

「おはよ。瑠璃ちゃん、乗っけてってよ。寒くてさ」

冗談で言ったのだけど、彼女のお父さんは「どうぞ!」と後部シートを指さした。せっかくなので、好意に甘えることにする。大会が来月にあるので、暗記カードをポケットから取り出した。わずかな時間も無駄にはしない。

瑠璃ちゃんも後部シートに移ってきて、おしゃべりがてら次々に質問を投げてきた。

「スゴイねぇ。移動中まで勉強するんだ」

「うん。この間の試合で、頭からすっぽ抜けちゃった歌があって……負けちゃった。あんまり好きな歌じゃなかったからかな」

「映美ちゃんって、好きな歌はあるの?」

「クイーンを目指すなら、特定の歌に思い入れを持っちゃいけないみたい。この間テレビでかるたクイーンがそう言ってた」

「じゃあ、ないんだ」

「いや、ある」

瑠璃ちゃんは「なんだ、もう」と笑いながら私の肩を叩く。

「どれが一番好きなの？」

「あえて言うなら、この札かな。『かささぎの——』」

——渡せる橋に　おく霜の　白きを見れば　夜ぞふけにける
と、最後まで読むことはできなかった。

後部シートの左側にいた私が見たのは、反対車線にいた乗用車が「きゅきゅっ」という音を立てて、ガードレールにぶつかる光景だった。勢いで跳ね返り、こちらに突っ込んでくる。運転席にいる高齢の男性が、悲鳴を上げるように大きく口を開けた。

身構えた刹那《せつな》、衝突音と衝撃が襲う。

それから先のことは、あまり覚えていない。アルバムに張られた写真のように、断片的な記憶が残っているだけだ。

到着したパトカーや救急車の赤色回転灯が、雪の中で赤くにじんでいた。割れた窓から外に投げ出された暗記カードは「かささぎの——」を先頭に扇のように広がり、雪が降り積もる。

衝突した車から降りてきた男性は呆然《ぼうぜん》とし、警察官の聴取にもロクに答えることができないようだった。「すみません……すみません……」とブツブツつぶやいている。

救急車は来たけれど、搬送されるようなケガをした人はいなかった。私も瑠璃ちゃんのお父さんも、突っ込んできた男性も。

事故のショックでか瑠璃ちゃんは真っ青で黙りこくったままだった。すぐにお母さんが車で来て瑠璃ちゃんを連れ帰った。直後に私の母も迎えに来たので、その後の状況は分からない。その日は登校を控えることになった。母が「雪の日に運転なんて危ないじゃない！」と、一日中怒っていたけど、ケガ人もいないし学校も休めたので、私はどこかホッとしていた。

翌日、学校に行ったら瑠璃ちゃんはいなかった。次の日も、その次の日も。先生は「金原さんは今日もお休みです」と繰り返すだけで、なぜ休みなのか言ってくれない。

瑠璃ちゃんが現れないまま一週間が経った。心配で、練習をする気も起きない。

土曜日、私は黄ぶな会ではなく瑠璃ちゃんの家に行ってみた。新興住宅地にある建売住宅の一階は雨戸が閉められ、中は窺えない。彼女の部屋は……と二階を見上げても、花柄のカーテンは閉じたままだ。

何があったんだろう。肩を落として家に帰ると、母が待ち構えていた。

「映美！　大変よ。さっき瑠璃ちゃんのご両親がお詫《わ》びに来たんだけどね」

「なんで謝るの。お父さんがぶつけたわけじゃないのに。それに、乗せてって頼んだのは……」

私だよと言う前に、母が畳みかけてくる。

「それがね、瑠璃ちゃんの耳が聴こえなくなっちゃったんだって」

母の言葉が理解できない。何を言ってるんだろう。

「事故の衝撃のせいらしいのよ。器質的なものか心因的なものなのか、今度大きな病院で検査を……」

口角泡を飛ばす勢いでしゃべり続けるけど、私の頭の中は雪が降ったように真っ白だった。

瑠璃ちゃんの耳が、聴こえなくなった？

あの時、私があの場所を歩いていなかったら。私を乗せるために停まらなかったら。私が乗せてって言わなかったら。瑠璃ちゃんは、事故には遭わなかった。

ううん、私は悪くない。だって事故を起こしたのは、あのおじいちゃんだし。瑠璃ちゃんのお父さんだって謝りに来たし。そうだよ、私のせいじゃ……。

——私ね、読手の方になりたいんだ。

城址公園で夢を語り合った姿が蘇る。

瑠璃ちゃんの夢ってどうなるのかな。

「ママン、読む時ってどうやって声を出すように意識してるんですか？」

正面切って「読手になりたい」って言えない瑠璃ちゃんが、恥ずかしそうに質問していた姿を思い出した。ママンは朗らかに答えていたっけ。

「喉から声を出すんじゃなくて、お腹《なか》から出すこと。口を正しい形に動かして、ハッキリ発音することかな。それと、ガ行音は濁音じゃなくて鼻濁音で読むの」

「濁音と鼻濁音の違いなんて分かんないです！」

そう笑ってた。でも、耳が聴こえなかったら、濁音と鼻濁音どころか自分がどんな声を出したかも分からない。

聴こえなければ、瑠璃ちゃんは読手になれない。

どうしよう、私が夢を壊しちゃった。力が抜け、目の前が暗くなった。

その夜、私はオリオン座を見上げて両手を合わせた。

「神様、私はかるたクイーンになれなくていいですから、瑠璃ちゃんを聴こえるようにしてください。ううん、競技かるたをやめる。だから、だからお願い。瑠璃ちゃんを治して。お願いします……！」

私は黄ぶな会にも行くのをやめて、毎晩夜空に祈り続けた。しかし、瑠璃ちゃんは三学期が始まっても学校に姿を見せなかった。

ある日、朝のホームルームで担任の先生が淡々と言った。

「金原さんはお母さんの実家がある静岡に引っ越すことになりました。最後にみなさんに挨拶ができず、残念だと言っていましたよ」

思わず窓の外に目をやった。鉛色の空の下、誰もいない校庭の隅に掃き寄せられた落ち葉を風が運んでいく。からからと乾いた音を立てて、あてのないどこかへと。

瑠璃ちゃん……もう会えないんだ。会いにいこうか。でも、なんて言えばいいんだろう。

肩を落として家に帰ると、お母さんが玄関にいた。いつも出迎えることなんてないのに。私を見つめる深刻な目が、口に出さずとも訴えてくる。

「お母さん、瑠璃ちゃんのことで何か知ってるの？」

言われて踏ん切りがついたのか、母は大きく息を吸うと私の両肩に手を置いた。

「今日ね、瑠璃ちゃんのご両親が挨拶に来たの。夕方四時に出発します、お嬢さんには夜になってから伝えてください……瑠璃のこと、気にしないでくださいねって」

「気にしないわけないじゃん！」

「そうだよね……いいよ、行っておいで」

玄関の時計を見ると三時半前だ。まだ間に合う。走っていくと瑠璃ちゃんの家の前に黒い乗用車が停まっていた。後ろには、引っ越し業者の大きなトラックが二台連なっている。トラックの陰から窺っていると、瑠璃ちゃんが玄関から出てきた。隠れようか姿を現そうか悩んでいるうちに、先に彼女の方が気づいた。こっちを見る。

目が合った。

「……」

表情は何もない。星のない夜空みたいだ。ただ、目……視線だけを私に送ってくる。突き刺すように。

何を言えばいいの。この視線に何をもって応えればいいのか、私には分からない。しかし、重要なことを思い出した。何を言っても瑠璃ちゃんには聴こえないんだ。

先に目をそらしたのは彼女だった。そのまま、車に乗り込む。

乗用車とトラックが走り去るのを棒立ちになって見送りながら、思い知らされた。

やっぱり、私のせいだ。

――映美ちゃんが、私の夢を壊した――

瑠璃ちゃんは、そう言っていた。声には出せなくても、目が。

映美ちゃんが悪い、映美ちゃんのせい、映美ちゃんがめちゃくちゃにした。

「ごめんなさい！」

そう叫んでも、もういない。瑠璃ちゃんには聴こえない。

私はその場に座り込み、「ごめん、ごめん……ごめん」と何度もつぶやきながら泣いた。

それが瑠璃ちゃんの姿を見た最後だ。でも、夢には毎晩のように現れた。深々《しんしん》と降る雪の中、瑠璃ちゃんは無表情で立ちすくんでいるのだ。射るようなあの目で。

瑠璃ちゃんが去ってから、私は競技かるたができなくなった。

暗記カードを見ると、あの雪の日が蘇《よみがえ》ってしまう。特に、事故の瞬間に読んでいた「かささぎの――」は好きな歌から一転して一番聴きたくない歌になった。

目にするだけで、耳にするだけで息が苦しくなる。目を瞑り耳を押さえ、悲鳴を上げて歌をかき消したくなる。

私は母に頼み、黄ぶな会に退会の連絡をしてもらった。そして競技かるただけでなく、笑うこともやめた。彼女の笑顔を奪ってしまった私が、笑っていられるはずがない。

女王であり続けることもやめた。

何をすべきか、これからどうしようか、何も考えられないまま高校生になった。頭の中が月も星もない闇夜のようで、勉強にも部活にも身が入らない。

高校一年の夏休み、部屋の片付けを始めた。事故以来、机の引き出しに競技かるた関係の本や資料を押し込んだままにしていたから、すっぱり捨ててしまおうと思ったのだ。

引き出しの中身を段ボールに詰めていたら『オリオン座のすべて』という本に気づいた。そういえば、黄ぶな会をやめる寸前、ママンに勧められて借りていた。

「しまった、返してなかったのか」

パラパラめくると、ふたつ折りの便箋が挟んであることに気づいた。開いてみると、ママンの字だった。

「リゲルとベテルギウスの話以来、オリオン座をよく見ているという話だったので、オススメのオリオン座の詩を贈ります」

そこには「オリオンは　聲なき天の聖歌隊……」と書かれていた。

「聲なき……」

どうしても、瑠璃ちゃんを思い出してしまう。そういえば風の便りで「瑠璃ちゃんは静岡のろう学校に入ったらしい」と聞いた。

ママンの文章はまだ続いている。

「オリオン座は、時代や地域によっていろんな形に例えられています。名前の元になった猟師はもとより、鼓《つづみ》や白虎、『手の形だ』と詩に書いたフランス人もいます。人それぞれに思い描く物は違うけれど、星の配置は変わりません。世界もそうだと思いませんか。人の数だけそれぞれの世界はあるけれど、地続きなのです。たまには真面目なことを書きました。あはは。ではまた練習で」

ふと、思った。瑠璃ちゃんは違う世界に行ってしまったんじゃない。同じ世界のどこかに今もいるんだ。

私の頭の闇夜に、オリオン座が現れた。リゲルが銀、ベテルギウスが金色に光を放ち、三つ星が呼応するように輝いている。『手の形だ』。その五つの星が、私にも手に思えた。リゲルが親指、ベテルギウスが小指、三ツ星がひとさし指、中指、薬指。まるで招くように語りかけてきた。

――こちらへおいで。

そうだ、手話。手話を学んだら闇夜を進む明かりになって私を導いてくれるだろうか。その果てに、彼女とまた出会えるだろうか。もし、聴覚障害のある子どもたちの力に少しでもなれたなら、瑠璃ちゃんへの贖罪《しょくざい》になるだろうか。

私はその日からひたすら勉強に打ち込み、東京の難関教育大学に進んだ。そこには全国でも数少ない聴覚障害教育の専門課程があった。院も含めて六年間学問に励み、特別支援学校教諭専修免許状（聴覚障害者に関する教育の領域）と高等学校教諭専修免許状（理科）を取得した。理科を選んだのは、心のどこかでずっとオリオン座が輝いていたからかもしれない。

そして、地元・栃木県の特別支援学校の教員となった。

配属先がどこになるかは分からない。一般の高校に配属されることもある。それでも、運命を受け入れようとは思っていた。

渡された辞令に書いてあった配属先は、若草ろう学校だった。

辞令交付日の夜、漆黒の空を見上げた。四月の夜空にはもうオリオン座はないけれど、こんなに目が潤んでは、どうせ見えないから同じことだ。

「オリオン座はあの時、やっぱり私を手招きしてくれていたのね」

辞令を空に高く掲げ、そうつぶやいた。

勤務の合間に研鑽を積み、手話通訳士の資格も取得した。それでも、笑うことはできなかった。手話で話す時には表情も重要だから、文脈で必要な時には笑顔を作る。だけど、楽しくて笑うとか、面白くて声を上げることは心が拒否した。まだ降り続いているのだ。私の中で、あの時の雪が深々と――。

こんな愛想のない教師が生徒に好かれているかというと、「否」だと思う。手話で〈雪の女王が来た〉と笑っている生徒たちをよく見かけるし。

若草ろう学校に赴任して四年目。高等部一年の担任になると、教師にも授業にも興味を示さず、知らん顔で窓の外を眺めている生徒がいた。木花咲季《このはなさき》さんだ。

「白田先生、指導してくださいよ」

教科を担当するいろんな先生たちから言われたけれど、何を言っても糠《ぬか》に釘《くぎ》だった。

しかしある日、変化が訪れた。

発端は、「おたくの生徒がアラインという喫茶店にいる」と匿名の連絡が来たことだ。主幹教諭が私を呼び、見せてくれたメールの画像はどう見ても木花さんだった。

結局、担任である私がそのカフェに走ることになった。しかし現れたオーナーを見て衝撃を受けた。

黄ぶな会にいたママンではないか！　しかも流暢《りゅうちょう》に手話を使っている。

さらに驚くことに、木花さんはそこで競技かるたを習っていた。何にも興味を示さないと思っていた彼女が、まさか競技かるたなんて！

あまりのことに呆然としていると、ママンがとどめの一言を放った。

「咲季ちゃんが黄ぶな会主催の大会に出る時、読手の手話通訳してくれない？」

思わず目を向けると、彼女は居心地が悪そうな様子で、長い髪をいじりながら縁側の外に視線を移していた。

ママンの輝く瞳は、私を抱擁するように話しかけてくる。

――戻っておいで。競技かるたの世界に。

気高く輝くオリオン座のリゲルとベテルギウス。瑠璃ちゃんと夜空を指さして夢を語り合ったあの時の私になって、もう一度競技かるたを。

——雪の中で瑠璃ちゃんが立ちつくす。射るような視線で、夢を奪った私を見つめて。

セミの合唱が一斉に始まって我に返った。ああ、そうだ。今、私の目の前にいるのは瑠璃ちゃんじゃない、木花さんだ。

彼女はちらちらと視線を投げてくる。私に頼りたいけど頼りたくない、そんな心境なんだろう。でも木花さんが教師の助けを得たいと思うなんて、大きな変化だ。それに、聴覚障害のある子の力になることは、少しでも瑠璃ちゃんへの罪滅ぼしになるかもしれない。私は依頼を受けることにした。

手話通訳の速さと正確さに心配はない。問題は……。

その日の夜、お風呂に浸《つ》かりながら百人一首を諳《そら》んじてみた。目を閉じ、額を押さえて一番から百番まで。

「一番、秋の田の　かりほの庵《いお》の……」

中三でやめてから百人一首には一切触れずに来たけれど、意外に覚えているものだ。考えるより先に声が出てきて、湯気とともに浴室を満たしていく。

「四番、田子の浦に　うち出でて見れば　白妙の　富士の高嶺《たかね》に　雪はふりつつ。五番、奥山にもみぢふみわけ　鳴く鹿の　声聞くときぞ　秋は悲しき」

次だ、六番。あの時の……。

「かささぎの　渡せる橋に　おく霜の　白きを見れば　夜ぞふけにける」

湯舟で一気に言い終え、大きく息を吐いた。そのまま、七番、八番と思い出すまま読んでいく。

これなら試合も大丈夫そうだ。

若草ろう学校の教師になったことで、私の心の雪も溶けたのかもしれない。百番まで読み終えると、浴槽から出て体を洗う。バラの香りのボディーソープを泡立て、苦い思い出も洗い落とすかのように力をこめた。

試合の日を迎えた。

私は車の免許を持っていない。事故が怖くて、運転をする気になれないのだ。

自転車を漕《こ》いでいくと、城壁と本丸が青空に映える城址公園が見えてきた。もうすぐかるた会館だ。二階建てのシンプルな外観は、最後に見た中三の時から変わらない。あのころはジャージで通ったけど、今はスーツだ。梅雨時期の晴れ間は蒸し暑く、青い麻の生地が見事に汗まみれになってしまった。

中は冷房が効いているかと思いきや、参加する生徒や保護者、そして見学する黄ぶな会の生徒たちの人いきれで、違った種類の熱気が満ちている。

ハンカチで汗を押さえつつ、期待と不安で大騒ぎする子どもたちを眺めた。当時と変わらない大会前の緊張感と喧噪が、タイムマシンのように私を中学時代に連れていく。ボーっとしていると、誰かに背中を叩かれた。

〈来るの、遅いよ〉

木花さんは膨れっ面だ。緊張感や恐れを、必死に隠しているようにも見える。謝罪というよりも、心を落ち着かせる意味で彼女の背中をポンポンと叩いた。

〈思ったより家から距離があったわ。自転車は無謀だったかも。暑い！〉

周囲の親子の視線を感じる。「手話？」「耳が聴こえないのに競技かるたに出るの？」「えー、どうやって」そう囁く声も聴こえてきた。

しかし、役員たちが会場に入ってくると、瞬時にざわめきが治まった。ママンがハンドマイクを持ち、大声を張り上げる。

「はい、みなさん。今日はご参加ありがとうございます。間もなく試合開始となります」

試合はスイス式トーナメント戦だ。勝ち抜きのトーナメントとは違い、全員が決められた四試合すべてを戦う。だから、初戦で負けてもチャンスはまだまだある。実戦で試行錯誤できる機会ともいえた。

私は、木花さんの斜め前、対戦相手のすぐ後ろに座った。位置的に近いので、相手は邪魔に感じるようだ。遠慮ない視線を浴びせてくる。しかし五分の暗記時間になると、みんな札に集中し始めた。私は深呼吸をし、不安を和らげようとした。

ママンが大きく息を吸い、序歌《じょか》を読み始めた。

「難波津に……」

ああ——変わらない、朗々とした声。初めてかるた会館に来て、聞き惚れたことを思い出す。時を経て、さらに深みを増した。しかし、うっとりしている場合ではない。最初の歌が来る。

「淡路島……」

「あ」の指文字ができたのは、ママンの発声が「あ」から「わ」に移るころだった。「あ」から始まる歌は十六首。「あはれとも」の「は」は発音通りの「わ」の指文字で表すから、次の「わ」

で二首に絞られ、「じ」で決まる。私の指が「わ」を示した時には、もう「じ」を読まれていて、相手の選手が取った札が宙を舞っていた。

やってみて分かった。読み始めてからの通訳は、どうしても遅れができてしまう。競技かるたでは、その刹那が致命傷となる。

相手が初心者と思えぬレベルの高さだったというのもあるけれど、木花さんが私の手から取り札に視線を移す前に、もう札は弾かれている。

対戦者の陣から、札が消えた。木花さんは、とうとう一枚も取ることができないままデビュー戦を終えた。

礼をし、十五分の休憩時間になった。会場の緊張が一気に緩み、ざわめきが満ちていく。しかし、木花さんは俯いたままだ。

彼女の表情《かお》を見るのが辛《つら》い。

唇を噛みしめて窓に視線を向けると、緑がまぶしい城址公園だ。思い出す、お堀前のベンチに座って瑠璃ちゃんとオリオン座を見上げたっけ。ピザまん食べながら……。

『ね、瑠璃ちゃん。私たちどっちが金わきで、どっちが銀わきなんだろう』

『もちろん、映美ちゃんが金だよ！　将来のかるたクイーンだもの』

翌週、学校の図書室で瑠璃ちゃんと星座の本を読んで驚いた。実際のところベテルギウスは地球から約七百光年先、リゲルは約八百光年先にある。同じ場所にあるように見えても、実は百光年も離れているなんてと笑いあった。そんなに離れてたら、ワープしないと会えないよねって……。

そうだ、私がワープすればいい！

金や赤に見えるベテルギウスは、恒星として晩年の赤色超巨星だから表面はボコボコ沸騰しているらしい。今、私の心は負けないくらい沸き立っている。その勢いのまま、運営のところに走った。説得しなければ！

気迫に驚いたのか、ママンは目を見開いている。私は木花さんにも理解してもらえるよう、手話を交えた。

〈ねぇ、ママン。聴きながらの手話通訳だと、どうやっても時差が出ちゃう。やり方変えてもらえない？〉

〈変えるって……何をどうやって〉

ママンも手話で返してきた。

〈私がママンの横にワープする。歌と歌の間の余韻の時に札を見せてもらえれば、読みと通訳を同時スタートできるでしょう〉

ママンは納得したように頷いたけど、すぐに顔を曇らせた。

〈アタシが読むより先に通訳しちゃったりして、下手したらフライングに……〉

〈合わせてみせるわよ、ママンの読みにピッタリ！　フライングなんてクレーム絶対入れられないようにするから。私を信じて〉

〈……分かった。役員で協議するから、ちょっと待って〉

会長たちを引き連れて隣の小部屋に入ると、一分もかからずママンは出てきた。

〈認めます〉

〈ありがとうございます！〉

ここからが、本当の勝負だ。読手の隣に場所を作ってもらい、私は仁王立ちになった。椅子を用意してくれたけど、座ってなんかいられない。

木花さんが試合をする位置は、読手と通訳の真正面になった。私の視線の先には大きな壁時計がかかっていて、デジタル数字が正確に時を表示している。

「難波津に　咲くやこの花　冬ごもり……」

A級公認読手のママンの読みは、テンポも完璧だ。初句の五字は切らずに、一字をおよそ〇・二秒の速さで読む。目の前の時計とズレがない。私も同じ精度で訳さなければ……木花さんの名誉のためにも。

恐れよりも、高揚が私を支配した。心の沸騰が頭に、そして全身に回って武者震いが起きる。試合が楽しみで仕方がない。戻っていくようだ、選手として試合に挑んだ中学生のころに。

序歌を指文字で通訳しながら調子をつかむ。

視線が突き刺さる。真ん前にいる木花さんの目だ。今までにない必死の形相で、私の指を見つめている。授業中、まったく興味なく窓の外を向いていた木花さんが——射るように。狩るように。すがりつくように見つめている。

私は呼応した。感覚が研ぎ澄まされるのを感じる。

「ちはやぶる……」

ママンの口と私の手が同時に動いた直後、木花さんは視線を落として札を探す。しかし、取り札はすでに弾かれた後だ。

決して反応は遅くない。相手の子が強すぎるわけでもない。もう少し、もう少しで取れる。

しかし、心配している余裕はない。ただ、正確にテンポを合わせて訳す。それだけに集中した。

「吹くからに……」

一字決まりだ。「ふ」から始まる歌は一枚しかない。

——秋の草木の　しをるれば　むべ山風を　嵐といふらむ
一陣の風が吹いたように、札が舞った。払ったのは……。

木花さんが即座に立ちあがり、飛んでいった札を拾いにいく。手に取った瞬間、私に札を示した。

「むへやまかせをあらしといふらむ」

取った！　取れたんだ、ついに！　今、彼女は風を吹かせた。

嬉しそうに口角を上げ、私を見つめる。

〈先生、一枚で満足できるわけない。もっと取りたい。もっともっと私に取らせて〉

手話にせずとも、気持ちが痛いほど伝わってくる。

私は応じ続けた。全身全霊で、読手にシンクロする。〇・一秒でも、ほんの刹那でも遅れないように、フライングしないように指で歌を伝える。

しかし、二試合目も敗けだった。ようやく五枚取れたとはいえ、勝つには程遠い。

「通訳のワープ」ではどうしようもないブランクに、今さらながら気づいた。

読み始めのその瞬間、相手の目は取り札を見据えている。だけど木花さんは、札から視線を外して私の指を見ざるを得ない。通訳の指が動く刹那で決まり字を見極め、視線を札に移した瞬間には、相手はもう札を弾いているのだ。

解決法はひとつだけある。札の配置を完全に暗記し、試合中に動いた位置もすべて頭に叩き込むこと。通訳から目を離さずとも記憶を頼りに手を伸ばせばいい。

ただ、感覚で取りに行くことは「お手付き」のリスクも段違いに高くなる。木花さんは、そのリスクに挑戦し、果敢に手を伸ばしていった。彼女に影響されたかのように、場内の空気が引き締まる。

懐かしい緊張感が、私を連れ戻していく。かるたクイーンを目指したあのころに。畳に正座して取り札を見つめる。隣には瑠璃ちゃんがいて、札を一緒に……。

「……をとめの姿　しばしとどめむ」

下の句が終わる。ママンの手にある次の札を覗き込んだ。

「かささぎの　渡せる橋に　おく霜の　白きを見れば　夜ぞふけにける」

三秒の余韻、一秒の間合い。その四秒の間に、郷愁を越えて絶望の記憶が蘇った。

ブレーキ音、悲鳴、雪に埋もれる暗記カード、そして無言で私を見る瑠璃ちゃん。

——白田先生どうしたの！

木花さんの問い詰める視線が私を刺す。我に返る。

そうだ、私は今ここに誰のためにいる？

指文字の「か」はチョキを作った中指に親指を当て、「k」を形作る。指が開いた時には、もう相手の子が札を払っていた。

強く頭を振る。

大丈夫、次からは大丈夫。木花さんは私を頼りにしている。こんな情けない姿を見せるわけにはいかない。

なんとか元のリズムに戻したものの、木花さんは敗北した。

しかし第三試合では十五枚取れた。この流れなら、次は勝てるかもしれない。さっきは止まってしまったけれど、切り替えた後はきっちりママンとシンクロできた。このリズムを保てれば次こそは……。

そして第四試合が始まった。

最後のチャンスだ。間違いなくやりとげなければ。いや、それだけではダメだ。彼女を勝利に導くんだ。

木花さんは、今日の連戦で確実に成長している。反応、暗記力、払い方、すべてが最初の試合から変化を続けている。

勝利を渇望する彼女は、全神経を集中させて私の指に視線を送ってくる。射るようなあの目。どこかで見た気がする。

「……咲くやこの花」

雑念を払わなければ。もう序歌が終わる。さぁ、次だ。ママンの手元を覗き込む。

「朝ぼらけ……」

あ札。「あ」で始まる十六枚札だ。その中の「大山札」と呼ばれる六字決まりが「朝ぼらけ」で始まる二首、

「朝ぼらけ　有明《ありあけ》の月と　見るまでに　吉野の里に　降れる白雪」

「朝ぼらけ　宇治の川霧　絶え絶えに　あらはれわたる　瀬々のあじろ木」

お手付きも多い。焦らず、六字目を待てるかが勝負になる。

「腹決まり差し引け」

あ札の見分け方だ。

冒頭の「あ」に続く、二文字目の種類。「は・ら・き・ま・り・さ・し・ひ・け」と言いながら、お腹をポンポン叩いて教えるママンに、「太鼓みたい」と生徒たちが大笑いした。思い出したら緊張が解けたようで、私の腹も決まった。

競技かるたでは読唱上の決まりで、大山札は初句から二句目までを一気に読む。

「朝ぼらけ」と「有明の月と」の間に間をとらず、「朝ぼらけ有明の月と」というように。ただし、単語の切れ目でわずかに伸ばしを入れてもよいことになっている。私はママンの読み方を熟知していた。

「け」の指文字は、親指以外の四本を立てて相手に手のひらを見せる。「あ」なら親指を横に伸ばし、残りの四本は握る。「う」なら人差し指と中指を立てて、残りの指は閉じる。

そして、ママンは伸ばしを入れない。

「朝ぼらけ」読手の声が響く。

「け」が発音された刹那、私の右手の人差し指と中指に閉じる気配がないことを木花さんは察した。

六文字目の指文字を完全に表す直前に、彼女は「あらはれわたる」の札を払った。見ていた保護者からも、どよめきが起きる。

ギャラリーの反応は相手の闘志に火をつけたらしい。次の札からは、怒濤《どとう》の勢いで手を伸ばしてくる。お手付きもまったく恐れていない。

その闘志に、木花さんの気の強さが呼応した。ふたりの気迫がぶつかりあい、取って取られ、取られて取る。

ついに運命戦となった。取り札の残りは、双方の陣に一枚ずつ。次に読まれる札を取った方が勝つのだ。

ふたりとも囲い手――自陣の札を手で囲っているので、何の札かは分からない。

絶対に通訳に間違いがあってはならない。心を落ち着かせるべく深呼吸した私は、読手の札を覗き込んだ。

「かささぎの――」

目の前が暗くなっていく。仄白く浮かぶのは瑠璃ちゃんの……表情のない顔。

よりによって、これが来るなんて。イヤだ、無理。できない。

落ち着いて。今は目の前にいる木花さんを……。こちらに向けられる視線。射るようなこの目は……瑠璃ちゃんだ。引っ越していく時、私に向けたあの目。

――許さない。あんたのせいよ。私の夢を全部壊した！

握りしめた拳から指を立てて「か」の字にしたいのに、指が開かない。通訳がなければ、木花さんは何もできない。

ごめん、許して――！

しかし、相手も動かなかった。

……そうか、空札なんだ。今日の読み札は六十枚。そして取り札は二十五枚ずつ。畳にない十枚のうちの一枚である、空札だったのだ。

助かった。まだチャンスはある。

短く息を吐く。目の前にいるのは瑠璃ちゃんじゃない、木花さん。私が担任をしている木花咲季さんだ。

空札で少し緊張が緩んだのか、ふたりは囲っていた手を一瞬離し、姿勢を直した。それで見えた。

一枚ずつ残っている札は、木花さん側が、

「をとめのすかたしはしととめむ」

相手の陣にある札は、

「たつたのかはのにしきなりけり」

どちらも「あ」で始まる「あ札」だ。

「あらし吹く　三室の山の　もみぢ葉は　竜田の川の　錦なりけり」

「天《あま》つ風《かぜ》　雲のかよひ路《じ》　吹きとぢよ　をとめの姿　しばしとどめむ」

「あらざらむ」「天の原」は既に読まれているから、二文字目が「ら」か「ま」かが判別できれば取れる。

聴者の「感じの良い」子は子音の「R」か「M」かが判明した段階で取りに行く。指文字「ら」は相手に手のひらを見せて立てた人差し指と中指をクロス。指文字「ま」は手の甲を見せて下に向け人差し指、中指、薬指を立てる。木花さんの判別ポイントは、「あ」の指文字の次に手の甲を向けるか、手のひらを見せるかだ。

ママンの手にある札は……。

「天つ風――」

私は膝に置いていた右手を握りしめ、前に突き出しながら親指を開く。指文字「あ」。およそ〇・二秒後に表現しなければならないのは「ま」だ。

私の拳が下に向き始めた刹那、木花さんは自陣の札を払っていた。

選手たちと共に礼を終えた私は両手で顔を覆い、椅子に座りこんで背もたれに全身を預けた。指の隙間から、木花さんが飛び上がって喜ぶ姿が見える。

よかった、無事に終わった。一試合でも勝たせてあげることができた。あまりにも木花さんが速すぎて、フライングじゃないかとクレームがつくほどだったけれど、幸いにも却下された。木花さんが喜んで駆け寄ってきたけど、私はおざなりな言葉でねぎらい、さっさと帰ることにした。心身共に、もう限界だったのだ。

帰宅早々ぬるいお風呂に二時間浸かった後、ベッドに倒れ込んだ。

しかし寝付けず、寝返りを何度も打ちながら今日の出来事を思い出していた。自覚してなかったけど、よく分かった。あの日の雪はまだ、心の中に降り続けているんだ。深々と――。

その日以降、熟睡できなくなった。雪の日の事故が夢に出てきて、そのたびに寝汗をかいて目が覚める。睡眠不足に悩まされながら日々が過ぎ、学校は夏休みに入った。校務に気を取られていると、登校日ではないのに木花さんが学校にやってきた。職員室に入ろうとしたら背中を叩かれ、振り向くと彼女が立っていたのだ。目を星のように輝かせて。

〈白田先生！　私、ほかの大会にも出たい。また通訳お願いしていいよね？〉

生徒に頼られる。これは教師として嬉しいことだ。

だって私は、罪滅ぼしのために聴覚障害教育の勉強をし、若草ろう学校で教師をしているんだから。そして、「学校で何にも興味を持たない」という定評の木花さんが、こんなに目を輝かせてくれている。

嬉しく思わなくてはいけないのに……。ダメだ、無理。もう競技かるたの通訳はできない。

〈ごめんね。先生は週末いろいろ用事があって、もう試合に出るのは難しい。ほかの先生に頼むとか、手話通訳の派遣をお願いしてもらえない？〉

そう告げると、木花さんの顔の表情は一変した。春爛漫《らんまん》の花畑に、木枯らしがぴゅうと吹いたかのように。

〈分かりました。もういいです〉

踵《きびす》を返し、走り去っていった。

あんな風に、自分の感情を全開にできるなんて羨ましい。教師は、大人は、そんなことは許されない。

その夜はいつもに増して眠れなくて、次の日は授業をしながら倒れそうになってしまった。ダメだ、この気持ちを吐き出したい。聴いてほしい、受け止めてほしい、誰かに。

「もろともに　あはれと思へ　山ざくら　花よりほかに　しる人もなし」

ママンの朗々とした声が聴こえてくるような気がした。山桜じゃなくてひまわりみたいな人だけど、ママンなら私の気持ちを分かち合ってくれる。

アラインに行こう。今日は練習日じゃないから、木花さんは店に行かないはずだ。

勤務時間が終わると自転車に飛び乗った。唇を噛みしめて漕ぎ続ける。空はもう暗くなり始めていた。

夕方の暗さを夕闇、明るさを夕彩という。闇が迫る嘆き、明るさが残る喜び。同じ空でも感じ方は違う。ママンに会った瞬間、私の空は夕闇から夕彩となった。

「あら、どうしたのよ、映美ちゃん」

その光を浴びたとたん、私の目から涙が零《こぼ》れ落ちる。ママンは何も訊かず、私が泣き終わるまでただ背中を撫でてくれた。

ごめん、木花さん。ごめん、瑠璃ちゃん……。

子どもみたいにしゃくりあげていると、薄ら闇に立葵《たちあおい》が見えた。艶やかに紅く咲き誇った花は、疲れたように黄ばみ始めている。

「ママン……枯れた花は早く摘んだ方がいい……病気の元になる」

「あら、そうなの。さすが映美ちゃん、理科の先生ね」

人間もそうできたらいいのに。辛い思い出を摘み取って、すべて忘れて生きていけたらいいのに。

ハンカチで目を押さえながら、立葵を羨ましく思った。

夏休みが終われば、また少し成長した生徒たちが学校に戻ってくる。

絵日記のホコリを払ったティッシュはもう真っ黒だ。グシャグシャと丸め、勢いよくごみ箱に投げ入れた。

新学期になったら、木花さんに返してあげよう。それまで、私のデスクで保管しておくか。

しかし、「しんしんと　ゆきがふりました」のページを思い出すと、息が苦しくなる。目にふれないよう、デスクの引き出しの奥深くにしまった。


「映美ちゃん、顔のお手入れしてる？」

帰宅途中、気分転換をしようとアラインに寄ったら、ママンが私の顔をまじまじと眺めた。ママンに美容の話なんかされるとは思わなかった。初めてじゃなかろうか。

「なんで、いきなり」

「産毛、剃《そ》ったら？　せっかくの美人さんなのにもったいないよ。ここの近所の理容室ね、レディースシェービング始めたんだって。三千円なんだけど、やってみたら気持ちいいの！　アタシの知り合いっていえば、ちょっとサービスしてくれるかも」

美容に興味はないけど、リフレッシュはしたかった。エステやマッサージに比べれば、三千円はお手頃かもしれない。何より、ママンの知り合いというのは最大の安心材料だ。「いいかも」とつぶやいた。

「じゃ、今から行ったら？　連絡しとくから」

「ずいぶん推すわね」

ママンがそこまで言うなら、よっぽど良いのだろう。せっかくなので、スマホのナビをセットし、ママンに勧められた「日永《ひなが》理容店」を探した。自転車でアラインから数分だった。

「いらっしゃいませ」

ドアを開けると、美容室とは違うツンとした香りが漂っている。男性向けの整髪料だろうか。ママンと同じ年くらいの女性理容師が笑顔で出迎えてくれた。特徴のある発音は、聴覚障害の方だろうか。きちっと髪を縛っているので、両耳に補聴器が見える。

私は両手の人差し指を向かい合せてくるくる回した。「手話」の意味だ。

〈手話で大丈夫ですよ。アラインのオーナーにお勧めされてきました。レディースシェービングお願いします〉

そう伝えると、嬉しそうに〈ああ、さっきメッセージが来てました。どうぞ、お座りになって〉と席を勧めてくれた。手話を主なコミュニケーション手段とするろう者は、相手が手話ができると分かると一気に心を開く気がする。

最初に、蒸しタオルが顔に載せられる。顔を温めているだけなのに、肩から背中、足までとろけるようだ。

ああ……実感する。疲れていたんだ、私。

頰に泡立てるクリームがこそばゆく、シュッシュッと肌に刃が滑るスリルがたまらない。時間にして三十分ほど。あまりの気持ちよさに、途中で熟睡してしまった。ちょっともったいなかったかなと苦笑いした。

〈よろしければ、冷たいお茶どうぞ〉

心地良い余韻に浸っていると、小花模様のグラスに注いだハーブティーを出してくれた。赤紫色が艶やか……ハイビスカスティーだろうか。酸味が冷風となって吹き抜けていく。

背後に立つ理容師さんが、鏡の中で小首を傾げている。

〈お客様、とても手話がお上手ですね。もしかして若草ろう学校の先生だったりします？〉

〈はい〉と答えると、笑顔が一段階明るくなった。

〈私の母校なんです。でも、先生の手話は栃木的じゃないかも。どちらで習われたの？〉

〈聴覚障害教育を勉強した大学も院も東京なんです〉

〈私の知り合いは静岡のろう学校を出たんですけど、やっぱり栃木とは手話が微妙に違うって言ってました。大学はギャローデットに行ったんですけどね、世界中から留学生が来るでしょ？　いろんな国の手話を吸収してスゴイことになってるみたいです〉

アメリカにあるギャローデット大学は聴覚障害者のための学校として、世界にその名を轟かせている。院からは聴者も学べるので私も興味はあったけど、留学する経済的余裕はなかった。

〈ギャローデット！　うらやましいです。その方、今は何をされてるんですか？〉

〈そこの学生と結婚して、ギャローデットのすぐ近くに夫婦でピザ屋さんを開いたらしいです。インスタやってますよ。これ〉

理容師さんがスマホで見せてくれた画面には、様々なピザがズラリと並んでいる。

私が大好きな、チーズが長く伸びている画像もいっぱいだ。覚えておいて、家でじっくり観《み》よう。アカウント名は「ＰＩＺＺＥＲＩＡ ＲＩＧＥＬ」。

リゲル？　アイコンはお店のロゴイラストだ。オリオン座を使っている。

〈すみません、ちょっとスマホお借りします〉

私は、画面をスクロールした。ピザの写真がほとんどだけど、一枚だけどう見てもピザまんがあった。ふたつに割ってチーズを勢いよく伸ばしている。画像をクリックして、投稿を開いた。英語と日本語、両方で文章が書いてある。

「ピザまんでチーズびよん！　中学時代の親友の夢、叶えてみた！」

その投稿のハッシュタグには「#リゲル」「#ベテルギウス」「#オリオン座」「#金わき」「#銀わき」が並んでいた。

もしかして……スクロールをする指が止まらない。

初期の投稿に、素顔があった。このクシャッとした笑顔――。

改めてプロフィールを見ると、瑠璃・キャメロンとある。間違いない。

〈あの……この方、お知り合いなんですか？〉

手を震わせながら訊くと、理容師さんは何度も頷く。

〈私の親友がSNSでつながってまして。なので、正確に言うと知り合いの知り合いです〉

あらためて画像を眺める。なんて、なんて幸せそうな笑顔なんだ。城址公園で夢を語った時と同じような……ううん、あれ以上だ。さらにスクロールしていくと、瑠璃ちゃんにそっくりな女の子がふたり写っている。娘さんだろうか。

そうか、覚えていてくれたんだ、ピザまん。

私の記憶に刷り込まれた彼女の絶望の表情が、今の笑顔に変わる。

心に深々と降り続けた雪が、溶け始める。

リゲルとベテルギウス、金わきと銀わき。今、私たちは遠く離れていても、一緒に輝いているんだ。

新学期が始まって数日後、木花さんを職員室に呼び出した。

現れた彼女は、どこか不満げだ。「通訳を断ったのに何の用よ」と思っているんだろう。

例のものを、デスクから取り出して表紙が見えるように掲げる。ホコリはきれいに落としておいた。

〈はい、これ。二階の和室にある箪笥の裏に落ちてた〉

木花さんは首を傾げながら受け取ると、中身を開いてすぐに顔をほころばせる。

〈絵日記だ！　無くしたと思ってたんですよ。なんで和室に……。そういえば、あのころよく探検してたかも〉

〈それともうひとつ、伝えたいことがある〉

〈え？〉

〈競技かるたの市民大会に出るんでしょ？　通訳をさせてほしいの〉

椅子から飛び上がり、木花さんは自分の顔の前で右手を左に向けて、顎を二回叩いた。この手話だと若い子は「マジ？」と口を動かすけど、教師の前だからか「本当？」と言った。

〈何で？　どんな心境の変化？〉

〈まぁね……ママンにお礼を言っておきなさいよ〉

〈え？〉

木花さんは、絵日記を抱えたままキョトンとしている。私には分かっている。一連の出来事は、きっとママンが仕掛けたんだ。たまたま行った理容室で瑠璃ちゃんの消息が分かるなんて、あまりにもできすぎている。

〈お礼だけ言っておけば分かるわよ！〉

彼女は首を傾げ、それから絵日記に視線を落とした。ページをめくる手が止まる。

覗き込むのも悪いなと思っていると、木花さんの方から見せてきた。描かれた絵は、おばあちゃん、お母さんと木花さんだろうか。テーブルに大皿が載り、何か丸いものが山盛りになっている。そして、三人とも指で「1」を作っている。

「おばあちゃんの　まんじゅうが　かぞくには　いちばん」

〈思い出した〉

木花さんは開いた絵日記を私のデスクに置き、目を潤ませて手を動かした。

〈市の「家庭のまんじゅうコンテスト」があったんですよ。祖母も出したんですけど賞に入れなくて……。でも、わたしたちには一番だったから、みんなで「1」の数字を指で作りながら食べたんです〉

〈ママンのよりも、おいしかった？〉

〈もちろん、「いちばん」！〉

指で「1」を作ると、木花さんは目を輝かせた。

〈白田先生！　わたし、決めた。市民大会で優勝する。おばあちゃんが果たせなかった宇都宮市の「いちばん」、わたしが競技かるたで叶えてみせる〉

〈あら、私も頑張らなきゃ〉

「頑張る」の手話は両肘を張り、向き合わせた拳を力強く同時に二回振り下ろす。手話は感情表現も重要だ。手の動きと一緒に張り切った表情を作り……最後に、思いきり笑った。

私の笑顔なんて、木花さんは初めて見たのかもしれない。最初はビックリしたのか目を見開いたけど、力強い笑顔で同じく拳を振り下ろした。


市民大会は十一月下旬。木花さんはそれまでの間、可能な限りあちこちの試合に出て研鑽を積むらしい。私もそれらの試合に通訳として参加することにした。

勝って、負けて、勝って、負けて。

私も試行錯誤だ。もっといい方法はあるはず。木花さんが札をより速く正確に取れるよう、通訳するやり方が。

ある日の放課後。

学校の裏庭で筋トレをしていると、フェンスの向こうを自転車で走る警察官と目が合った。

「あ」

お互いにつぶやく。見知った顔だ。

若草ろう学校には警察学校が隣接している。学校の廊下からは訓練の様子が見えるので、成長を毎日眺めることができるのだ。ピヨピヨしているヒヨコが、卒業するころにはトサカの生えた立派な鶏になる過程が興味深い。

この人は妙に声が大きくて、記憶に残っていた。元気が空回りしていた気もするけど。当時も、よく目が合った。もしかして、若草ろう学校の教員に気になる人でもいたのかもしれない。

「先生！　筋トレですか」

自転車を降りて敬礼する。

「はい、上腕二頭筋を」

「背中が反れてます。アームカールをやるなら、それじゃダメですよ」

なんだか分からないけど、しばしレクチャーを受けてしまった。

二の腕を鍛えるのは、競技かるたの手話通訳のためだ。一番手話を見せやすく、なおかつフライングと思われないポジションをあれこれ試した結果、顔の脇で右拳を握って待機しているのがベストだと分かった。いわゆるガッツポーズをし、指側を正面に向けている状態だ。

一試合は一時間前後かかる上に、一日に何試合も行う。試合途中で腕がぷるぷる震えては、みっともないことこの上ない。解決法は腕を鍛えるしかなかった。

翌日、筋トレしたからにはオヤツを食べようと、帰りにママンのカフェに寄った。営業時間外だから入れるのは友人扱いの私だけだと思いきや、意外な人物がいた。お互いに「あっ」と指さす。昨日の筋トレ警察官だった。

なんでこの人が。しかも閉店後に。

ママンが淹《い》れてくれたコーヒーを飲みながら話をしてみると、警察官は納得の表情をした。

「先生が競技かるたの大会で手話通訳をするんですか。もしかして、木花咲季ちゃんが言っていた先生ですかね」

この人が校舎を見ていたのは女性教師ではなく、生徒が目当てだったのか？　教え子を野獣の牙から守らねばという警戒心が伝わったのだろうか、松田《まつだ》と名乗る筋トレ警察官は違う違うと手を振った。

「俺もここでママンに手話や競技かるたを習っているから、時々会うんですよ。誤解しないでください」

　ママンが時間外の来店を許しているなら、まぁ、問題ない人なんだろう。とりあえずは様子を窺ってみることにする。話してみると、剣道愛に溢れた、まっすぐな気持ちが心地良い人だった（剣道バカとも言える）。どこか抜けているところも面白くて、ちょっと癒し系でもある。

　話の流れで、その場で筋トレ指南を受けてしまった。お礼に私も手話を教えてあげたのだけど、見事なまでに覚えられない。どういう記憶装置が備わっているんだろう。

「松田さん、せめてあなたの決めゼリフの手話だけでも覚えなさいよ。『スリ、置き引き、注意！』、この三つだけでも」

「分かりました、こうですね！　『スリ、置き引き、注意！』」

「全部間違ってる！　もう一回！」

　筋トレアドバイスのおかげで私の力こぶは順調に育ち、比例するように木花さんも上達していった。


　小雪《しょうせつ》を過ぎ、帰宅する夜八時ごろに空を眺めると、オリオン座が東の空に昇り始める姿が見えるようになった。

　市民大会の会場となるのは、ＪＲ宇都宮駅から東に二キロほど離れた場所にある宇都宮市立駅東体育館。大きな市営公園と隣接し、公園には有名な銀杏並木がある。紅葉シーズンになると写真撮影の人たちでごった返す光景が、ローカルニュース番組や地元紙でおなじみだ。

木に残る葉が少なくなるごとに彼らの姿も消えてゆき、落ち葉も掃除されて路面が見えてきた。代わりに、袴やジャージ姿の子どもたちが集い、体育館へと向かっていく。

今回は午前中に団体戦が五試合、午後が個人戦が五試合と長丁場だ。ママンが読手として登場するのは、それぞれの決勝戦のみ。

記念大会の今回は「同時にかるた遊びをした最多人数でギネスに挑戦」をするそうで、参加者たちは団体戦の前に全員揃って試合をする。現記録の六六二人を上回るべく、参加したのは七〇一人。三人や五人で参加するグループもあるので、奇数なのだ。

もちろん木花さんも参加した。ペアで申し込んだ対戦相手は私も何度かアラインで会ったことがあるカナさん。ママンの姪であることは知っていたのだけど、対戦表を見て初めて名字が「日永」だと知った。宇都宮ではそうそうある名字ではない。もしや、理容師さんと血縁関係があるのか。

読手である着物姿のママンの隣に手話通訳の私が立ち、目の前でジャージ姿の木花さんとカナさんが対峙《たいじ》する形になる。

ママンが自慢げに口を開いた。

「見て、畳八百枚よ！　昨日、運営スタッフみんなで敷いたの。アタシも手伝ったのよ。痩せちゃう！」

アリーナを埋め尽くす見渡す限りの畳は確かに壮観で、宇宙にいる気分になる。

「あら、私も手伝えばよかったなぁ。そしたら、お腹いっぱい食べても大丈夫よね」

「ふふ……」

ママンが浮かべているのは真夏の太陽のような弾ける笑みではなく、春の日差しのような柔らかな微笑みだ。面白がっているというより、嬉しいような。

しかし感慨に浸っている暇はない。もう大会が始まる。まずはギネス記録挑戦だ。勝敗は関係ないデモンストレーション的試合とはいえ、やはり通訳としては緊張する。

私は、深呼吸して会場内を見回した。

アリーナから見上げると、さらに広さを実感する。取り巻く観客席も、そそり立つようだ。映画『グラディエーター』で観たコロセウムを思い出す。

児童や生徒の参加者がほとんどだからか、保護者とおぼしき観覧者が多い。観客席にバッグなどをまとめて置いてあるのは、学校単位での参加者のものだ。

私から見て左手の観客席の最上段に、見知った顔がいることに気づいた。あの武骨な雰囲気は、松田さん！　制服姿でないということは、休暇が取れたんだ。

私の視線に気づいたのか、彼は思いきり手を振る。一緒にいる女子ふたりに教えてあげると、木花さんは爆笑しながら、カナさんは「うげっ」とつぶやきながらも手を振り返した。

木花さんに視線を戻したカナさんは、冷たい目をしながら手を動かす。

〈ここで力尽きて、個人戦一回戦で敗退とかしないでよね〉

〈カナさんこそ。決勝戦まで残ってよね。そして、わたしが目の前で勝つ姿を見て、悔し涙を流してちょうだい〉

〈ほらほら、ふたりともおとなしくしなさい！　もう始まるのに〉

手話で喧嘩していたカナさんと木花さんは私の小言も目に入らないようで、まだじゃれあっている。まぁ、女子高生はこんなもんだろうと諦めたら、いきなり動きを止めた。ふたり揃って、同じ方向を見ている。

視線の先を追ってみたら、袴姿の女子がいた。手鏡に見入っているあの切れ長の目には覚えがある。交流で来校した青風学院の子だ。名札に福田江里菜《ふくだえりな》とあったはず。

木花さんとカナさんは拳を握りしめて仁王立ちし、四つの瞳にはセントエルモの火のように光が放たれている。カナさんは隣に立つ木花さんに激しく手を動かした。

〈ちょっと、なんで袴姿で来ないの！　バレッタが浮いてるわよ。衣装であの子に負けちゃうじゃないの〉

〈お母さんが振袖にお醤油《しょうゆ》こぼしちゃったの！　そういう自分だってジャージじゃない〉

〈もともと持ってないし！〉

私もスーツじゃなくて学校ジャージの方が良かったかも。今日は長丁場なのだ。このギネス記録がかかる試合と、個人戦は木花さんが勝ち続ける限り、手話通訳を続けなければならない。

礼をし、参加者が暗記に励む五分間は私だけの時間だ。右の二の腕に活を入れるべく、しばし左手でもみほぐす。会場を見回す余裕があるのは、アリーナでは私だけだ。

広大な空間を埋めつくす参加者が無言で取り札を見つめている。七百人が参加しているから、畳の上には何万枚もの札があるはずだ。その一枚一枚に千年近く前の歌詠みの心が描かれて、今の時代を生きる人が取る。不思議な空間だと思っていると、あっという間に五分が終了した。序歌が始まる。

マイクを通じて、ママンの息を吸う音が場内に響き渡った。

「難波津に　咲くやこの花　冬ごもり」

澄んだ重みのある声が場を支配する。観客の視線が、歌を通訳する私の指に集中した。気を乱すな、四・三・一・五のリズムを忘れるな、心身の感覚を研ぎ澄ませ。

さぁ、次から。

三秒の余韻でママンは札をめくる。さらに間合いの一秒を使い、私はママンの手にある札を覗きこみ、最初の歌を通訳すべく構える。

目に映った歌は「さびしさに」。

「さ」から始まる歌は一首しかない。

「さびしさに　宿をたち出でて　ながむれば　いづこもおなじ　秋の夕ぐれ」

最初の一文字で取り札が分かる、「一字決まり」だ。

指文字の「さ」はグーを作り正面に向ける。顔の脇で拳を構える私は、そのまま手を前に突き出すだけだ。

ママンが「さ」の形に口を開く瞬間、私の指が開かないのを見て、「さ」と判断したのだろう。木花さんの手が目にも見えない速さで、札を払う。

この段階で取れるのは、聴者なら「感じの良い」子。「さ」のS音がA音に変わる瞬間に取りに行ける子だけだ。

観客席から、怒濤の歓声があがる。木花さんには聴こえなくても、この波動は肌に伝わってくるはずだ。場内の熱気が増すほどに、彼女は研ぎすまされていった。

ギネス記録達成の試合と、全員揃っての記念撮影が終わった。

「いやー、七百人も一斉にやると壮観ですね」

団体戦が始まる前にロビーで立ち話をしていると、松田さんが客席から降りてきた。

「もうね、観客席から見たら宇宙ですよ！　畳が夜空で、参加者や取り札が星。みんなきらきらしていて」

「あら、詩人みたいなこと言うわね。筋肉脳なのに」

私が心底驚いて言うと、松田さんは畳みかけてきた。

「俺にはみなさんが星座に見えました。カリスマ読手のママンに、手話通訳する先生、咲季ちゃんにカナちゃんで四角形。最後のころ、札が三枚残っていた時には、もはやオリオン座かと思いました」

〈オリオン座って、誰がどの星よ〉

惜敗した悔しさがまだ残っているカナさんが、機嫌悪そうに頭を掻く。彼女を横目で見ながら、ママンがペットボトルの水で喉を潤し相好を崩した。

〈そうだねぇ。松田君に解説してもらうかな〉

「いやー。何をどう答えても、みなさんにはいじられそうで……」

女性陣が大笑いする。私もよじれるお腹を抱えて気づいた。声を上げて笑うなんて、あの事故の日以来、初めてだ。

私はドアから会場をちらと見た。広大なアリーナが心の宇宙と重なる。

遠く離れた星たちも、地球からは連なって見える。星の配置に人は「星座」を見出し、物語を紡いできた。

今、このアリーナという宇宙で、私、ママン、カナさん、木花さん……。それぞれの人生を歩んできた私たちが集い、ドラマが生まれているのだ。宿命という星が輝き、歌につながれて星座となる――。


ママン以外、団体戦の間は手持ち無沙汰だ。試合を観覧してもいいのだけど、せっかくの晴天なので黄葉の名残がある公園でのんびり過ごすことにした。

大人（しかも教師）は邪魔かなと思いきや、カナさんはベンチに並んで座る私と屈託なく話す。

〈やっぱり、カナさんって日永理容店さんの娘さんなんだ！　あれ？　あなたはママンの姪ごさんよね。じゃあ、お母さんとママンは姉妹なの？　失礼だけどタイプが全然違う……〉

〈姉妹どころか双子ですよ〉

淡々とした表情ながらも、カナさんの手は饒舌だ。

〈母も父も耳が聴こえないから、あたしはコーダなんです〉

なるほど。もしかして、小さいころからお店の手伝いとかしてきたのかも。だから、大人が相手でも尻込みしないんだ。ママンと日永理容店の関係も解けた。瑠璃ちゃんの消息が分かった理由も解けた。ママンが瑠璃ちゃんが来なくなった理由（そしてそれは私が競技かるたをやめた理由でもある）や、その後を調べ、静岡のろう学校に転校したことを知ったんだろう。ろう者のコミュニティは広く堅固だから、妹さんが自分の交流関係を通じてインスタを探し出したんだ。

〈うちの理容店でもＳＮＳやって若いお客さんを増やしたいって母が言うから、教えるためにあたしも始めたんですよね。だって、若い人を集客するのにオバさんのセンスじゃダメじゃないですか。そしたら分かったんですけど、コーダって割と地元にいるんです。今度、つながった人たちとアラインでオフ会でもやろうかなと思って。炭酸まんじゅう食べながら〉

カナさんの顔は和らいでいる。近くに仲間が見つかって嬉しいのかもしれない。

〈コーダも人それぞれで、通訳をやったことがない人もいるんですって。もう、アレコレ話してみたい!〉

〈でも、おひとりさま専用カフェなのにママンは大丈夫なの?〉

〈偶然、お店の前で会ったことにするからオッケーです〉

〈無理だよ、ママンなら追い返しちゃう!〉

木花さんが激しく手を振り、三人で爆笑した。

昼休みを挟んで午後一時から個人戦が始まる。人数は十数人とそれほど多くないけれど、トーナメント方式だ。団体戦が終了して観客席の密度が下がると思いきや、想定外に人が残っている。目的は、おそらく木花さんだろう。若草ろう学校の生徒が担任の手話通訳で市民大会の競技かるたに挑む——というのは、県の学校教育界で話題になっていた。もちろん、競技かるたの世界でも。彼女……いや、聴覚障害のある人の可能性を示すためにも、私も頑張らなくては。

ママンが読手を務めるのは決勝だけだ。初戦はB級公認読手の初老男性で、渋めの奥深い声が場内に響き渡った。

「今はただ……」

木花さんが誰よりも早く札を払う瞬間、会場はどよめきに満ちる。その空気の振動は、木花さんの肌にも伝わっているはずだ。

彼女は今、スターだ。自身への期待に臆することなく輝きを増していく。そして私は影となって木花さんを支える。迷いなく札に導くため、正確に指を動かし続ける。

全組で最初に自陣から札が無くなったのは木花さんだった。正座したまま、「まだまだこれから」という手話と笑顔を私に見せる。

彼女の隣で対戦している組にカナさんがいる。自陣最後の札を勢いよく払う姿が目に入った。どうやら彼女も絶好調のようだ。

壁に張ってあるトーナメント表を見る。このふたりの対戦は決勝に進んだ場合だけだと分かった。その試合で手話通訳できますようにと願いながら、私は二の腕をもみほぐす。

二回戦も三回戦も、ふたりは勝ち進んだ。ただ、試合が進むほど木花さんが取れる枚数が減っていく。相手のレベルも上がっていくからだ。胃が痛くなり、思わずお腹を押さえた。

四回戦。

正座した木花さんから、前戦までは感じられなかったオーラが放たれた。

彼女に対峙しているのは、艶やかな袴姿の福田江里菜さんだ。今朝も感じたけど、福田さん相手になぜこんなに闘争心を燃やしているんだろう。交流の時も、特に接触してなかったような気がするんだけど。勝てば決勝戦だという気迫なのだろうか。

暗記時間に札を見つめる目も、さっきまでとは違う。畳まで燃えてしまうんじゃないかという勢いで視線を注いでいる。

読むのは私とさほど年齢が変わらなそうなB級公認読手で、初めて見る女性だ。

「難波津に……」

マイクがあるから声は通るけど、か細い。しかも緊張からかリズムが乱れている。私の調子もおかしくなりそうだ。

序歌が終わった。札を覗き込むと、

「ほととぎす　鳴きつる方を　ながむれば　ただありあけの　月ぞ残れる」

「ほ」で始まる歌はこの一首のみ。一字決まりだ。指文字の「ほ」は親指以外を閉じて伸ばし、相手に甲を見せる。私の拳が翻り、閉じていた四本の指が開こうとした瞬間、木花さんは札を払った。早い！　木花さんの口角が上がり、目が歓喜の光に満ちる。

福田さんが「鳴き声なんか聴こえないくせに」とボソッと言ったのを私は聞き逃さなかった。私の闘志にも火がつく。勝たせる、絶対に木花さんにこの子を撃破させてみせる。私は全神経を読み札と通訳に集中させた。読み札に穴が開く勢いで、私は読手の札を覗き込む。

「朝ぼらけ　有明の月と　見るまでに……」

あ札だ！　私の手話通訳は正確にテンポを取れても、読手の方が乱れている。この乱調リズムに合わせなきゃならない。そしてこの読手は、札が決まる六字目の前、二句目の単語の切れ目でわずかに伸ばしを入れるのか、入れないのか。

「はらきまりさしひけ」

そうだ腹を決めろ。焦るな、フライングになる。私の頭から時計を外し、全身全霊で読手の「気」を捉える。

六文字目「あ」の指文字が出た瞬間に、木花さんは札を払った。飛ばした札を取りに行き、拾

う と同時に確信の笑顔を見せる。

私も彼女も、さらに燃える。

乱調のリズムに完全に合わせた手話通訳に、札は次々と宙を舞った。

終わってみれば圧勝だった。福田さんは一枚も取れないまま終了した。

カナさんの試合は、拮抗《きっこう》しているようだ。「間合い」の時に横目でちらりとこちらを見、喜びに天を仰ぐ木花さんの姿を確認すると、カナさんは一瞬笑みを浮かべた。そのあとは連続で札を取りまくり、同じく決勝への進出を決めた。

〈やったね、先生！　次勝てば優勝だよ。「いちばん」！〉

休憩時間にロビーに出ると、木花さんが飛び上がって喜んだ。

私も応じてあげたいのに、倒れそうだ。さっきの試合で、気力も体力も完全消費してしまった。二の腕が棒のようで、力が入らない。頭の中も真っ白だ。何も考えられない。身体のエンプティマークが点灯している。もうダメだ。ごめん、木花さん……。

「はい、差し入れです」

目の前に、炭酸まんじゅうが詰め込まれた紙袋が差し出される。慌てて顔を上げると、キリリとした眉の男性……松田さんだった。相変わらずの真面目顔で、私たちを見つめている。

「どうしたの、こんなにいっぱい」

「昨日の夜、ママンに頼まれて……というか半分命令されて、八百枚の畳を敷くのを手伝ったんです。俺は公務員ですから謝礼金は受け取れませんと言ったら、これをくれました。俺、どんだけ食うと思われてるんですかね」

私と木花さんは、ものすごい勢いで紙袋に手を突っ込んで炭酸まんじゅうを取り出すと、思い切り頬張った。

〈ちょっと、あたしも！〉

カナさんが乱入し、両手に炭酸まんじゅうをつかむ。

〈あたしも決勝進出したんだからね〉

〈でも、決まるの随分遅かったよね。同じ決勝進出でも、ちょっとレベル違くない？〉

木花さんの手の動きは気が抜けた様子だ。でも、その目は喜びの輝きに満ちている。

〈あなたとの決勝の通訳なんて胸が熱いわ。よろしくね、カナさん〉

ペットボトルのお茶で炭酸まんじゅうを流し込んでそう言うと、彼女は胸を張って応えた。

〈若草ろう学校連合軍か。強敵ですけど、負けません！　だってあたしはあのママンの姪ですから〉

〈あら、私だってママンの教え子なのよ〉

負けじと木花さんが身を乗り出す。

〈わたしもだよ。しかもマンツーマンだし〉

「俺もなんですけど」

自分自身を指さす松田さんに、女性陣の視線が集まる。しばし彼を見つめたあと、みんな揃って笑い転げた。

最後の試合が行われるアリーナは、静けさに満ちていた。

決勝戦の読手は県内で数人しかいないA級公認読手が務める。そのひとりであるママンが、席についた。

私と木花さんも入場しなければ。促そうと彼女を見ると、少し考えてから小さく手を動かした。

〈白田先生。さっきの試合ね、わたし、不思議な体験をしたんだよ〉

不思議？　私は足を止めて彼女を見つめる。遠い目をしながら、木花さんは続けた。

〈二首目の朝ぼらけ……の時から。わたし、通訳を見るから取り札が見えないでしょ。だから頭の中に札の場所を叩き込んで、手の感覚で取りに行く。でも、二首目からね、わたし、まるで宇宙にいるみたいな気分になった。頭の中に、星座みたいに札が並んでいて……通訳が始まった時、一枚だけ金色に光ったの。その光に手を伸ばしたら、正解だった。それ以降、ずっとその感覚が続いたんだ〉

驚いた。木花さんがそんな域に達していたとは。

〈スポーツ選手でいうところの、ゾーンに入った、みたいな感じかな。じゃあ、優勝するね〉

〈まだ入ったままならいいけど〉

私たちは拳を作って突き合わせ、表情を引き締めてアリーナへと入っていった。

手話通訳のために特設された場所に、スーツ姿の私が立つ。

広大な宇宙にいる選手は、ふたりだけ――木花さんとカナさんだ。

礼の瞬間に視線がクロスし、静かな火花を散らす。

さぁ、序歌だ。ママンが息を吸う。

「難波津に……」

最初に取り合う札は何が来るのか。私は手元を覗き込んだ。

「かささぎの」

しょっぱなから！

今日の読み札は六十枚だけ。つまりは、読まれないで終わる札も多い。「かささぎの」は個人戦でまだ出ていなかった。

でも、もう心が乱されることはない。深々と降り積もっていた雪は溶けたのだから。

「か」で始まる歌は四首で、「かさ」は一首のみ。二文字目で決まる。

木花さんは、ひたすら私を見つめる。

〈白田先生、わたしに歌をつないで。わたしを優勝させて〉

その目の訴えに、私は全身全霊で応えなければならない。

三秒の余韻が終わり、一秒の間合い。

ママンが「さ」を発音する瞬間を捉えた。私が指文字の「か」から「さ」に指の形を変えるその刹那、木花さんは札を払った。

早い！

会場にどよめきが起きる。気を取られている暇はない、時は刻み続けているのだ。私はママンの手にある札に視線を落とす。

「天つ風……」

「！」

今度はカナさんが払う。

こちらも早い。会場に、先ほどと変わらぬどよめきが起きる。

次の札は木花さん、その次はカナさんが取る。

それぞれの陣から札が減っていく——残された時間と共に。ふたりの物語は、間もなく終わりを迎えるのだ。その時、「1」の指文字を作るのは、木花さんか、カナさんか。勝負は拮抗している。どちらも「いちばん」にふさわしいけれど、その位置に座れるのはひとりだけ。

この宇宙に、ふたりが星となって輝いて見える。この子たちもまた、リゲルとベテルギウスなんだ。金と銀。色は違えど、どちらも目映く輝く一等星だ。

札を取られた後でも読手は最後まで歌を読むし、私も通訳する。次の歌が始まるまでの数秒間、木花さんは少しでも札の位置を暗記すべく畳を眺める。だが、ふと木花さんが顔をあげた。彼女は視線で何かを追い、目を見開く。

「！」

木花さんの手が動いた。右手を握って腰から下ろし、右手の人さし指を曲げて引く。珍しい手話だ。視線の先には観客席の松田さんがいる。木花さんが示す方向に、松田さんは気づいたらしい。

手話が示すのは「置き引き」。観客席の一角に、荷物がまとめられている。どこかの学校の生徒たちのものだ。そこでの置き引きを木花さんが目撃したのか！

彼女が指さした先にいるのは、ジャージ姿の中年男性だった。近寄ってくる松田さんに気づいたのか、木枯らしに吹かれた落ち葉のように走り出した。

「なんだ、危ねえ！」

「やだー！」

悲鳴を上げる観客を蹴り飛ばすように逃げていく。

「止まれ！」

大声をあげ、松田さんも追う。男性の近くにいる観客は蜘蛛《くも》の子を散らすように逃げだし、それまでの静寂は一変、悲鳴や怒号が空間を満たした。

「！」

審判が右手を上げた。試合は一時中断だ。

逃げる男性は高さ三メートル近い観客席から飛び降りた。一瞬うずくまったけど、這《は》うように逃げだす。足を痛めたのだろうか。

松田さんまで飛び降りた。見ていられないのか、木花さんは両手で顔を覆い、私も思わず悲鳴を上げてしまった。

しかし、さすが警察官だ。見事なフォームで着地するやダッシュし、タックルしながら男性を捕まえた。

「確保！」

警察官の声が場内に響き渡った。

それからが大変だった。救急車が来て、パトカーが来て、大会の取材に来ていた報道陣は関係者を追い回す。

結局、決勝戦は中止になり、また日を改めて開催することになった。

〈木花さん、よく分かったわね。あの人が置き引きしてるって〉

呆然と緊急車両を見つめる彼女に訊くと、肩をすくめた。

〈松田さんにね、遠山の日付は競技かるたにいいよって前に教えてもらったの〉

〈ああ、剣道用語ね。あえて遠くを見るようにするんでしょ？　前にかるたクイーンも、そうおっしゃってた〉

〈その言葉を思い出して、観客席まで視界に入れてみたんだ。そしたら、怪しい動きをしているオジさんがいて。置き引きだ！　と思ったの〉

〈観客の視線、あなたたちに集中しちゃってたしね。みんな気づかないかも〉

木花さんは青ざめた顔で、去って行く救急車を指さした。

〈今、救急車に乗せられるところ見て分かった。あの人、常習犯だよ。前に見たことがある〉

〈どこで？〉

〈駅ビルのカフェ。あの時、青風学院の子のバッグから財布を抜くつもりだったんだ。だけどわたしのバッグに引っ掛かって失敗して。それを根に持って、披露宴会場でバイトしてた時に嫌がらせしてきたんだ、きっと。会場にいたのも披露宴に招かれたんじゃなくて、スリ目当てだったんだと思う〉

聞き捨てならないことを。

〈バイトですって？〉

木花さんは目に見えて動揺した。慌ててバレッタを外してジャージのポケットにしまい、頭を掻く。

〈いや、その……なんでもないです〉

団体戦も一緒の表彰式が行われたけれど、個人戦は「暫定優勝がふたり」となった。式終了後、不機嫌この上ない顔つきで、カナさんがママンと一緒にやってきた。

〈ああー！　悔しい。もう少しであたしが優勝だったのに〉

苦笑いしながら、伯母は姪《めい》の頭をポンポンと叩く。

〈仕方ないわね、この騒ぎじゃ。片付けもあるから、再試合している余裕ないもの。鍵を返す時間は決まってるからね。改めて日程と会場を調整するから、その時こそケリつけてちょうだい〉

〈ママン、きっとだよ！〉

しかし、その「きっと」は無くなった。

この直後からニュースになり始めた新型コロナウイルスが、翌年一月に国内で最初の感染者が確認されたと思ったら、一気にパンデミックの様相を呈したのだ。混乱の中で再試合どころか練習もできなくなり、さらに学校は休校が決まった。飲食店をはじめ、あらゆる商業施設も扉を閉めた。もちろん、黄ぶな会もアラインも。

深々と降り積もる雪に埋もれるように、世界中が冬眠したようだ。

「アタシ、炭酸まんじゅうを目玉メニューにしといてよかったわ。買いに来るお客様、結構いらっしゃるのよね。先見の明があったわ」

カフェは休業、テイクアウトのみ対応中のアラインに寄ったら、ママンが自慢するような困惑しているような、複雑な表情をしている。

客ではなく友人として寄ったので、今は使われていない座敷でコーヒーを出してくれた。

「テイクアウトでも営業できてよかったわね。黄ぶな会もお休みだったら……ママン、日々の張り合いがなくなっちゃうんじゃないかって、心配してたのよ」

あははと太陽が燦々と輝くような笑顔を見せながら、ママンは隣に腰を下ろした。

「ほんと、ゴロゴロしてたら、また体重増えちゃうしね！」

眉を下げ、寂しそうに本棚を見る。オリオンの色紙の隣に、市民大会表彰式の写真が飾ってあった。木花さんとカナさんが並び、ふたりとも不満顔で指を「1」にしている。

「咲季ちゃんもカナも、可哀《かわい》そうだよね。中途半端に終わっちゃって……。こんな情勢で、次の市民大会は開催できるのかなぁ。いつかコロナ禍が明けたら、ちゃんと再試合の機会を設けてあげたいな」

「本当ね、いつになるかしら」

私は深く息を吐きながらカップを口に運ぶ。コーヒーのほろ苦さが、口と心に広がっていった。

ママンは思いついたように「あっ」とつぶやいた。

「ねぇ、映美ちゃん。いま、厄除けでアマビエ様とか人気じゃない？　炭酸まんじゅうで『黄ぶな』作ったら売れるかな。黄色はかぼちゃ、黒は竹炭、緑は春菊、赤はいちごで着色してさ。厄除《よ》け炭酸まんじゅう」

「いいけど……既にある気もする」

「残念！」

心底悔しそうに首をひねると、ママンもコーヒーを飲み干した。

時は情け容赦なく過ぎていく。コロナ禍だからといって、子どもたちの成長を待ってはくれない。制限された生活の中で、若草ろう学校の生徒も自分の未来を探っていた。

もちろん、そんな中でも営業しているお店はある。人間の生理上、必要なお店だ。

私はすっかり日永理容店のレディースシェービングにハマり、数か月に一度の割合で顔を剃ってもらうようになった。

〈うちのカナね。就職も進学もしないで、やりたいことがあるっていうんですよ〉

顔剃り後のハーブティーをいただいていたら、お母さんが困った笑みを浮かべた。

〈あら、もしかして競技かるた？　ママンの跡継ぎかしら〉

〈いいえ！　ひとり暮らしをしたいんですって。一年間、何もしないで好きなように過ごすって。その先は、また考えるって言うんですよ〉

初めてコーダたちとSNSで交流していると聞いていた。得るものがあったのだろう。

〈長い人生、そういう時があってもいいと思いますよ。まだ若いんだもの〉

お母さんはため息をつき、首を横に振る。

〈ニートにならなきゃいいけど。カナには負い目があるから、ダメとも言えなくて〉

負い目って、ずっと通訳をさせていたことだろうか。

〈ほら、市民大会で置き引きの犯人捕まったでしょう。家宅捜索で、私の小銭入れが見つかったんです！　喜んだものの、カナに「母の日にあげたのに、目を離すなんてひどい！」って怒られちゃって〉

そっちか。鏡に映るお母さんは、苦笑いから悲しげな表情に変わった。

〈それもあって、裁判に行ってみたんです。そしたらね、あの犯人って小さいころからずっと車上生活だったんですって。両親と三人であちこち放浪してたから、学校もほとんど行かせてもらえなくて。子どもなら怪しまれないからって、親に命令されて置き引きやスリをさせられて、それで生活してきたんだそうです〉

〈そうですか。今からでも、何かサポートされるといいですね〉

〈本当に。でも、カナは……。先生、どうしよう〉

〈大丈夫ですよ。しっかりしてるもの〉

〈でもねぇ。ゴロゴロしてたら、絶対太っちゃいますよ。私の姉見れば分かるでしょ？　そういう家系なんです。油断すると、あっという間に〉

カナさんと木花さんは、競技かるたの試合や練習ができなくとも友情を培っていくのだと思っていた。

しかし、ふたりは「競技かるたでしか、つながりたいとは思わないなぁ」と、その後は会っていないらしい。連絡先すら交換していないそうだ。

百人一首に出会うことで、彼女たちの壁が壊れ世界は交じり合ったけど、見つけた道はそれぞれに違うのだろう。

ただ、市民大会に若草ろう学校の生徒が手話通訳を交えて参加し、決勝まで進んだというのは全国的な話題になった。やってみたいという生徒も多く、若草ろう学校には百人一首部が誕生した。顧問は私だ。

三年生になった木花さんを部長に、とも思ったのだけれど。

〈市民大会の準決勝で、青風学院の子に勝ったでしょう？　ほら、星座が見えて、光った星を弾いたら正解の札だったたって話をしたじゃない。白田先生はゾーンに入ったたって言ったけど。あの時が、頂点だった気がする。わたしの中で競技かるたはもう、やりきったんだ。そりゃ、カナさんとのケリはつけたいけど、それはまた別の話だから〉

と、あっさり断られてしまった。

その後、バッサリ髪を切った木花さんは進路指導の場で断言した。

〈白田先生。わたし、大学に進学したいです〉

〈え？　どこの？〉

休校中にパソコンを買ってもらった彼女は、画集を見ることからデジタルアートを制作することに興味が移っていた。てっきり、そのスキルを活かしてデザイン会社に就職するか、アート系専門学校に進学するのかと思っていた。

彼女は、満面の笑みを浮かべる。

〈ギャローデット！　知ってるでしょ？〉

〈そりゃもちろん。近くにおいしいピザ屋があることも知ってるわよ。でも、いきなりギャローデットは厳しいんじゃない？〉

〈うん。だからまずはギャローデットと交流のある大学に進学して、そこから留学をめざす〉

〈夢が大きいのはいいことだけど……なんでまた〉

木花さんは、「百／人／一」と漢字手話をし、最後に自分の首をポンと叩く。

〈百人一首がきっかけだった。いろんな歌が、わたしの知らない世界に連れていってくれたでしょ？　なんか、もっともっといろんな世界を知りたいと思って。ギャローデットなら、ろう者が世界中から集まってるじゃない？　楽しそう！　両親も大喜びで賛成してくれたよ。わが家は、みんながろう者のデフ・ファミリーだからね〉

彼女は弾けんばかりの笑顔を浮かべた。

一年生のころ、窓の外をぼんやり見ていた姿を思い出す。

ああ……あなたは壁を壊し、見つけた道を歩み始めたんだね。

〈分かった！　ギャローデットに留学実績があって、情報保障も手厚い大学を調べるわ〉

大学における「情報保障」とは、聴覚障害のある学生の代わりに授業を要約筆記してリアルタイムに伝える「ノートテイク」や手話通訳などのサービスがあることを意味する。木花さんがキャンパスライフを送るなら、「情報保障」の有無は大変重要なのだ。

〈もう調べてあるよ〉

木花さんは小さなノートをバッグから出してパラパラめくる。見たことがある表紙だ。確かこれは――。

〈あ、それ。詩が書いてあるんじゃない？　交流の時の……〉

〈やだ。覚えてるの！　恥ずかしい〉

木花さんは頰を染めて慌ててノートを閉じる。しかしその瞳は輝いていた。

きらきらと――。

エピローグ
～そして、序歌～

二〇二二年晩秋。

三年前と変わらず、宇都宮《うつのみや》市立駅東公園の銀杏《いちょう》並木は黄金色の道を作っていた。やがて散策する人が去り、彼らに踏まれた銀杏《ぎんなん》の残り香がかすかに漂うなか、隣接する駅東体育館で「宇都宮百人一首かるた市民大会」が開催された。

――来年だったらLRTに乗って来られただろうに、残念。

咲季《さき》は会場までの道のりを、慣れない袴《はかま》姿で歩いた。都内の大学に通うためひとり暮らしをする咲季に、母親はLRTの試運転を撮影して送ってきた。黄色と黒の「雷」をイメージしたという車体が、宇都宮の見慣れた街並みを走っていくのは新鮮な感動だ。しかし、開業する来年は、自分は東京よりさらに遠いところに行ってしまう。数年後に帰ってきたら、両親と一緒に乗ろう。

駅東の大通りから公園に入ると、同じように袴姿の少女がいっぱいいた。大会の看板の前で思い思いに撮影をしている。大会よりも撮影がメインのようで微笑《ほほえ》ましい。咲季の目尻が下がる。

着物の背中をポンと叩《たた》いたのは、若草《わかくさ》ろう学校時代の担任だ。振り返った咲季は満面の笑みを浮かべた。

〈白田《しろた》先生、お久しぶりです！〉

ふたりが会うのは、咲季が卒業して以来だ。映美《えみ》の背後に、母校である若草ろう学校の生徒が十人くらいいて、〈どうしよう〉〈マジやばい〉と手話で騒いでいる。

〈木花さんも、久々でしょ？　競技かるた〉

咲季は不安そうに顔を歪《ゆが》めた。

〈そうなんです。もう、ドキドキ。白田先生と初めて試合に行った時みたい。朝、二荒山《ふたあらやま》神社に寄って、無事に終わりますようにって祈願してきました〉

古い手話で「二荒山神社」と咲季が表現するのを見て、映美は微笑んだ。

〈緊張しないで！　大丈夫よ。ところで素敵ね、袴姿。そのバレッタ、三年前の試合でつけてたよね？〉

〈はい！　よく覚えてますね〉

〈咲くやこの花、の柄だから印象的だったの〉

〈さすがの記憶力！　白田先生は、今日は引率ですよね？〉

〈そうよ。団体戦に出るの〉

映美は愛《いと》おしそうに背後の生徒たちに目をやった。

〈白田先生が通訳するなら、優勝ですよ〉

咲季は笑いながら、バッグからコーヒーチェーン店のロゴ入りタンブラーを取り出した。

〈あら、駅のカフェで買ってきたの？〉

〈はい、ここに来る途中で。今は便利になりましたよね。レジにコミュニケーションボードがあるから、指さしで間違いなくオーダーできて〉

つられたようにペットボトルをバッグから取り出そうとした映美は、会場入り口でテレビのインタビューを受ける女性に気づいた。三年前からさらに一回り大きくなったA級公認読手《どくしゅ》がいる。

「ギネス記録にチャレンジした時のような賑《にぎ》わいはまだまだですけど、競技人口を増やす再スタートです！」

ママンが、太陽のように輝く笑顔で女性リポーターを前に熱く語っていた。映美が内容を手話通訳すると、咲季は「ママンらしい」と笑みを浮かべる。

〈咲季ちゃん！　映美ちゃん！〉

インタビューを終え、ママンがふたりに気づいたらしい。着物に包まれた豊満な体を揺らしながら歩いてきた。

〈咲季ちゃん、お久しぶり！　映美ちゃん、元気？〉

右腕に力こぶを作る真似《まね》をしながら、映美は頷《うなず》いた。

〈頑張ります。午前中は団体戦で本校の百人一首部の通訳でしょ、午後の個人戦のあとに、三年前の個人戦決勝の再試合ですね〉

〈白田先生、わたしの通訳までしてくれてありがとう。もう担任じゃないのに〉

〈いいのよ。私だって、中途半端なままで終わりたくないもの。ママンに「私にやらせて」ってお願いしたの〉

ママンは咲季の背中をポンと叩いた。

〈咲季ちゃん、どう？　キャンパスライフは。青春してる？〉

相好を崩すママンに、咲季はペロっと舌を出した。

〈遊ぶ方が楽しかったりするけど、来年はギャロ－デットに留学できる見込みです〉

読手と教師は歓声を上げた。

〈あら、本校の生徒たちのためにも、留学ライフ通信みたいのが欲しいわね。インスタか何かやってよ〉

〈やだ、恥ずかしい。やっても鍵かけちゃう〉

ママンは、咲季をギュっと抱きしめる。

〈咲季ちゃん！　また一緒に試合ができて嬉しいよ〉

〈うふふ。決勝をやり直させてくださってありがとう。でも〉

ママンの腕から離れた咲季は、ちょっと困った顔をして肩をすくめた。

〈あれ以来、競技かるたからは遠ざかってるし……あっさり負けそう〉

映美は苦笑いしながら向き合わせた両拳を振り下ろす。「頑張れ！」の手話だ。

〈何言ってるのよ、そんな気合いの入った格好しているくせして。勝つ気まんまんじゃないの〉

手話でそう言いながら近寄ってきた女性を見て、咲季と映美は「誰だったかな」と言いたげに首を傾げる。

〈失礼ね！　日永《ひなが》カナよ！　分かんない？〉

ふたりは口をぽかんと開いた。ママンを豊穣《ほうじょう》の女神とするなら、こちらは豊穣の天使。最後に見た三年前の大会の姿から想像できない、ふっくら加減だった。

〈念願のひとり暮らししながらゴロゴロしてたら、こうなっちゃったの！〉

ママンはあははと笑いながら、カナの頭に手を乗せた。

〈アタシも静香もさんざん言ったのに。うちの家系は、油断したらすぐに太るからねって〉

ふん。と息を荒くしながら、カナは余裕の笑みを浮かべる。

〈大丈夫。一年期限のひとり暮らしが終わったら、あっという間に元通りだから〉

〈アタシだってそういう日が来るかと思ってたけど、元通りどころか今こうだよ。ま、本人が幸せならいいんだよ、体形なんてどうだって〉

〈ママンが言うと説得力あるわ〉

〈こんにちは！〉

やっと覚えた挨拶の手話をしながら、私服姿の松田《まつだ》が四人に走り寄ってきた。

〈あ、警察官。やっぱりまだ試合見るのが好きなんだ〉

冷たい視線を送るカナを見て、松田はスポーツ刈りの頭を掻《か》く。

「どなたでしたっけ」

〈あなたまで失礼ね。日永カナだよ！〉

「え」

松田は人生最大級の衝撃に見舞われたようだったが、すぐに気合いを入れ直したように直立姿勢になる。

「昨今の時勢にも拘《かかわ》らず、大変健康そうで何よりです！」

カナの厳しい視線から目をそらすと、松田はパンフレットをみんなに見えるように掲げた。

「ところで、見てください！　入り口で配られていた記念パンフレット。過去の大会写真がいろいろ載っていて、そこにいたんですよ、あの人が！」

〈誰？〉

女性陣が首を傾げると、松田はいそいそと冊子を開いた。

見開きのページには過去の大会スナップ写真が何十枚と載っている。松田が指さす先に、若い女性がいた。長くウェーブした髪、可憐《かれん》な着物に袴、そして儚《はかな》げな肢体で華麗に札を払っている。

「この人が、俺がずっと言っていた『颪の伯爵夫人』なんですよ！　もう何年探し求めたと……」

〈あら！　懐かしい〉

ママンは両手を叩いた。

〈これ、アタシだ〉

〈え〉

全員が、信じられないといった表情で写真とママンを交互に見つめる。

〈模範試合に来てくださった、かるたクイーンのお相手を務めた時の写真。アタシが高三のときね。この直後に選手やめて読手に転身したら、あっという間に太っちゃってさ。今に至るまで成長中でござりまする〉

「……」

松田の人生最大級の衝撃は、あっさり更新されてしまった。冊子を持ったまま固まる背中を、カナがポンポンと叩く。

〈青い鳥は目の前にいたんだよ！　気づいて良かったね！〉

「そりゃ……まぁ、そうですね……」

力なく頷く松田に、女性陣は大笑いした。

〈白田先生！　やったよー！　一回戦敗退かと思ってた〉

〈何言ってるの、先生は信じてたよ、君たちを〉

映美は半泣きになって、生徒たちの頭をつぎつぎに撫でた。

団体戦で、若草ろう学校は準優勝したのだ。ここまで進むとは予想していなかった映美は二の腕をマッサージしながら、子どもたちの成長と可能性に感じ入った。

しかし、想定外に疲労した。朝握ってきたおにぎりだけでは足らず、近所のコンビニで買ってきたピザまんを頬張る。

相変わらずチーズの量は少ない。いつか、インスタで見たピザまんを食べに、ギャローデット大学近くのピザ屋に行きたいものだと映美は思った。

ペットボトルのお茶で流し込み、観客席から広大なアリーナを眺める。この宇宙に、選手たちはそれぞれの宿命の星を輝かせるのだ。

リゲルとベテルギウス。遠く離れていても、二つの星はそれぞれの輝きを放つ一等星だ。

一昨年だっただろうか。ベテルギウスの地球からの距離は、実は従来の考えよりも近い約五百光年の場所にあるとの研究結果が発表された。従来よりも二百光年近いとはいえ、旅行で行ける距離ではない。しかし、ギャローデットのあるワシントンなら、飛行機に乗ればひとっ飛びだ。

お茶を飲み干すと、心配そうな表情をしながら咲季が来た。

〈白田先生、体力は大丈夫？〉

〈もちろん。お釣りが出るくらい燃料補給させていただきました〉

〈連戦だから大変だよね。ありがとう〉

傍らに腰を下ろした咲季に素直な感謝を送られ、映美は感心した。卒業して一年も経たないのに、グッと大人っぽくなった。

〈木花さん、競技かるたから遠ざかってるなんて言ってたけど、実はこっそり練習してきたでしょ〉

カナがいないことを周囲を見て確認し、映美は咲季に訊いた。一瞬真顔になり、咲季はアリーナを見下ろす。

〈そりゃ、わざわざ再試合を設けてくださるんだもの。でもね……もう感じない。わたしは宇宙にいて、星座の中で金色に光る星に手を伸ばしてって感覚はね〉

〈ふふ。今は違う道を歩いているんだから、そりゃ当然だよ〉

咲季は遠くを指さした。

〈遠山の目付みたいだよね。遠く離れることで分かることもある。三年前を思い返してみると、自分って幼かったなぁと思うもの〉

〈一生懸命で可愛かったよ。ポスターにして飾っておきたいくらい。乙女の姿しばしとどめんってね！〉

ふたりは笑いながらハイタッチした。

「ただいまより、二〇一九年個人戦決勝の再試合を行います」

場内にアナウンスが響き渡ると、満員の観客席から怒濤《どとう》の歓声と拍手が起きた。

向かい合って座る咲季とカナの視線がぶつかる。

三年前、ふたりの垣根は壊れ、世界は交じり合った。しかし世の中はコロナ禍という長い冬になり、それぞれ別々の道を進んだ。

冬が終わり、ひさかたの陽《ひ》が差す世界で、また出会う。

――今日の決勝が、きっと私たちの春の始まりなのだ。

ふたりは深々と礼をした。

ママンの隣に立つ映美は、歌を通訳するべく顔の横で握りこぶしを作る。ピザまんは効果があった。最後までやりきれそうだ。

大きく息を吸い、序歌を読み始めようと口を開きながらママンは思った。

試合で読手を務める時、歌の情景が頭に思い浮かぶことはない。なのに、なぜか今は序歌の景色が見える。冬が去り、春が来て木の花が……此の花が咲く。

難波津《なにわず》に　咲くやこの花　冬ごもり　今を春べと　咲くやこの花

不思議なものだと映美は感じた。

試合での通訳は指文字だけ。だけどなぜか今、この序歌だけは手話で通訳したい。思うより先に、手が動き始めた。右手の拳をほどき、両手で言葉を紡いでいく。

今／春／咲く／木／花。

「今」――体の前で両手を下に向ける。その手を、土から暖かい空気が上がってくるかのように動かす――「春」だ。「木」の手話は、向かい合わせた両手の二指を、少し上げてから左右斜めに、木が伸びていくように広げる。そして、木の枝に花が咲くように両手を次々に結んでは開く。雪解けを告げるような手話通訳士の晴れやかな笑みと手の動きに、観客達は見入った。

白田先生、春の女神みたいだ――。映美が字を伝えるだけの指文字通訳ではなく、春の喜びを手話で静かに詠《うた》っていることに気づき、咲季は蕾《つぼみ》が開くように顔をほころばせた。

カナは、うっとりと耳を傾けていた。久しぶりに聴くママンの読みは、こんなキレイだったのかと。一年間のひとり暮らしが終わったら、自分も読手の勉強を始めてみようか。理容師専門学校に通いながら……と気合いを入れる。

やっぱり、この四人が揃うとオリオン座みたいだ。観客席に座る松田は、そうしみじみ思った。しかし、四つ星が集う姿は今日が最後。冬空の盟主・オリオン座は春の訪れと共に夜空から消えていくのだ。一瞬の輝きを目に焼き付けるべく、松田は身を乗り出した。

読手は下の句をもう一度繰り返す。朗々と、この刹那を讃《たた》えるように。

今を春べと　咲くやこの花――。

引用・参考文献一覧

『第1回～第17回　全国聾学校作文コンクール入選作品集』公益財団法人　聴覚障害者教育福祉協会
『コーダ　私たちの多様な語り　聞こえない親と聞こえる子どもとまわりの人々』澁谷智子　編（二〇二四年／生活書院）
『コーダ　きこえない親の通訳を担う子どもたち』中津真美　著（二〇二三年／金子書房）
『Ｎｏｒ：ｉｃｏｄａ波瀾万丈　多文化共生・中途コーダの手話通訳論』宮澤典子　著（二〇一六年／クリエイツかもがわ）
『手話は心』川淵依子　著（一九八三年／全日本聾唖連盟）
『とちぎ手話辞典』とちぎ手話辞典プロジェクトチーム　編（二〇一七年／一般社団法人栃木県聴覚障害者協会）
『みんなが手話で話した島』ノーラ・エレン・グロース　著　佐野正信　訳（二〇二二年／早川書房）
『ろう理容師たちのライフストーリー』吉岡佳子　著（二〇一九年／ひつじ書房）
『「障害」ある人の「きょうだい」としての私』藤木和子　著（二〇二二年／岩波書店）
『ＤＶＤでわかる百人一首　競技かるた　永世クイーンが教える必勝ポイント』渡辺令恵　監修（二〇一九年／メイツ出版）
『瞬間の記憶力　競技かるたクイーンのメンタル術』楠木早紀　著（二〇一三年／ＰＨＰ研究所）
『小倉百人一首　競技かるた読手テキスト　第二版』一般社団法人全日本かるた協会競技かるた部（読唱）編（二〇二三年）
『まんてん・いろは小町』小坂まりこ　著（二〇〇八年／小学館）

『那珂川町馬頭広重美術館蔵　小倉擬百人一首』(二〇二〇年/那珂川町馬頭広重美術館)
『訓読　明月記　第五巻』藤原定家　著　今川文雄　訳(一九八五年/河出書房新社)
『宇宙をうたう　天文学者が訪ねる歌びとの世界』海部宣男　著(一九九九年/中央公論新社)
『星座風景』野尻抱影　著(一九三一年/研究社)
『星三百六十五夜』野尻抱影　著(一九五五年/中央公論社)
『日本星名辞典』野尻抱影　著(一九八七年/東京堂出版)
『野尻抱影　星は周る』野尻抱影　著(二〇一五年/平凡社)
『学問と情熱　野尻抱影　星の文人』DVD(二〇〇七年/紀伊國屋書店)
『星の歳時記』石田五郎　著(一九五八年/文藝春秋新社)
『天文月報』一九七八年二月号(日本天文学会)
『「遊」野尻抱影・稲垣足穂追悼臨時増刊号　われらはいま、宇宙の散歩に出かけたところだ』(一九七七年/工作舎)
「聴覚障害における視覚情報処理特性―アイマーク・レコーダーによる眼球運動の解析―」
筑波技術大学テクノレポート14　177―181　2007―03　(筑波技術大学学術・社会貢献推進委員会)

謝辞

本書の執筆にあたりましては、公益財団法人 聴覚障害者教育福祉協会様、宇都宮かるた会様、宇都宮市魅力創造部文化都市推進課様、栃木県立聾学校様、篠原侑香様（同校卒業生）ほか、たくさんの方々に多大なるご協力を賜りました。ここに心より御礼申し上げます。

栃木県立聾学校様の「百人一首」に関する学習は、昭和五十三年ごろに始まり、学部行事として毎年二月に校内で大会が行われるようになりました。令和六年度現在に至るまで授業に取り入れられ、宇都宮かるた会様のご指導のもと、文化活動としても行われています。「うつのみや百人一首市民大会」（記録が確認できる範囲では平成十五年の第九回大会から）等にも同校の先生による手話通訳で参加し、好成績を残しています。

手話表現は、地域や世代等で違いがあり、本書に登場する「二荒山神社」の手話表現も複数あります。本書の手話表現は、主に「とちぎ手話辞典」（とちぎ手話辞典プロジェクトチーム編／二〇一七年／一般社団法人栃木県聴覚障害者協会）を参考としたものです。

本書は実在の学校や団体、大会や会場等をモデルにしておりますが、内容はまったくのフィクションです。また、文責はすべて筆者にあります。

※本書の和歌の表記は、『小倉百人一首競技かるた読手テキスト第二版』一般社団法人全日本かるた協会競技かるた部（読唱）編（二〇二三年）に則ったものです。

本作品は書き下ろしです。
本作品はフィクションであり、
実在の事件、人物、団体などには一切関係ありません。

装画　かない
装丁　川谷康久

村崎なぎこ（むらさき・なぎこ）
一九七一年栃木県生まれ、在住。食べ歩きブロガーのかたわら、夫のトマト農家を手伝う。二〇二一年「百年厨房」で第三回「日本おいしい小説大賞」を受賞し作家デビュー。他の作品に『ナカスイ！海なし県の水産高校』などがある。

オリオンは静かに詠う

二〇二五年二月三日　初版第一刷発行

著者　村崎なぎこ
発行者　庄野　樹
発行所　株式会社小学館
〒一〇一－八〇〇一　東京都千代田区一ツ橋二－三－一
編集　〇三－三二三〇－五九五九　販売　〇三－五二八一－三五五五
DTP　株式会社昭和ブライト
印刷所　萩原印刷株式会社
製本所　株式会社若林製本工場

ISBN 978-4-09-386742-9